# 今古奇觀

十娘沉寶

目次

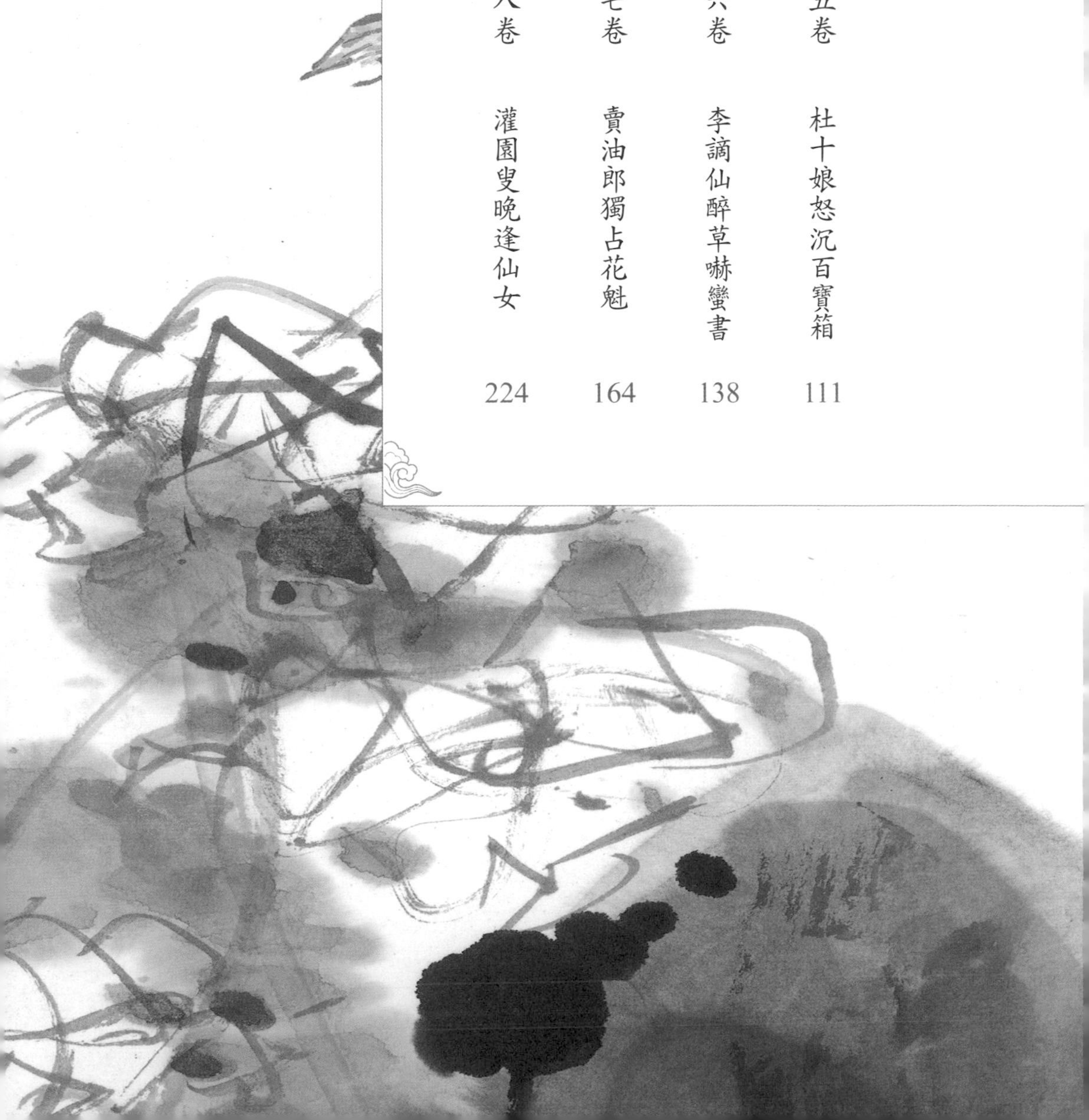

# 導讀

## 市井小民的不平凡故事

編註　曾珮琦

「説話」藝術起源自唐代，到了兩宋時期，由於商業經濟的繁榮。在臨安、汴京等大城市，「説話」成爲市井小民主要的文化娛樂。所謂「説話」就是講故事，這類故事大多以韻文與敘事的散文爲其講演形式，在説話藝人講正文故事之前，往往會先以相關的詩、詞語小故事做爲開場白，來引起觀眾的注意。正文以敘事爲主，其中會依情節的需要穿插詩、詞，有評論、襯托的作用。末尾往往以一首四句詩或八句詩做爲總結。説話藝人，不可能即興的講演情節完整、内容豐富的故事，這時候「話本」這種文學題材就應運而生。「話本」，原本只是説話藝人講演故事的底本，用以備忘或者傳授徒弟等用途。後來，隨著説話藝術的興盛，一種文人模仿「話本」體制所創作的通俗白話小説也應運而生，這種文人仿作的話本稱爲「擬話本」。明代，由馮夢龍創作的「三言」（《喻世明言》、《警世通言》、《醒世恆言》）與淩濛初創作的「二拍」（《初刻拍案驚奇》、《二刻拍案驚奇》），就是屬於「擬話本」。在當時大受讀者的歡迎，卻因爲木刻印刷，書價昂貴，不是一般普羅大眾能夠輕易閱讀得到，所以抱甕老人有感於此，從「三言」、「二拍」中選取精華四十篇，以便推廣普及。

馮夢龍，南直隸蘇州府長洲縣（今江蘇省蘇州市）人，別號綠天館主人。凌濛初，浙江湖州府烏程縣（今浙江省湖州市吳興區織里鎮晟舍）人，別號即空觀主人。兩人的際遇相似，皆是考場失意之輩，加上馮夢龍遭受閹黨魏忠賢的迫害，遂將一腔抱負用於著書立說之上。所以在「三言」、「二拍」中有許多寫科舉不第，後來發跡成名的故事，這類故事中保留了許多科舉制度的用語詞彙，如：〈鈍秀才一朝交泰〉，主人翁馬德稱自幼聰明飽學，還有個未婚妻，可謂前途一片光明，卻因父親被構陷，其父得病身亡，家道中落，淪落市井，經歷一番波折才得以金榜題名，順利迎娶未婚妻。「三言」、「二拍」之所以受到群眾的歡迎，是因爲它所撰寫的是市井小民的不平凡故事，較爲貼近一般民眾的生活，

例如：〈蔣興哥重會珍珠衫〉，是寫妻子紅杏出牆的故事；或者花街柳巷的愛情故事，例如：〈杜十娘怒沉百寶箱〉，是寫名妓杜十娘想要從良，與李甲兩情相悅，好不容易贖了身，李甲卻因身上缺少盤纏，回家沒法向父母交代，就把杜十娘賣給他人，杜十娘一怒之下，把自己積攢多年百寶箱中的珠寶，盡數投入江中的故事。〈賣油郎獨占花魁〉，是寫一名妓年幼時因戰亂與父母走散，被歹人賣到妓院去，長大後被老鴇設計陷害失身，幸好遇到賣油郎，經歷一番波折，兩人終成佳偶。抱甕老人其人已不可考，他從「三言」、「二拍」中，選取「忠孝節烈」、「善惡果報」、「聖賢豪傑」（姑蘇笑花主人以爲的選文標準，寫於《今古奇觀・原序》中）等故事，一共四十篇集結成書，在篇名上亦有所改動，「二拍」有些篇名由原本的兩句，濃縮成一句，例如：「顧阿秀喜捨檀那物，崔俊臣巧會芙蓉屏」縮爲「崔俊臣巧會芙蓉屏」。在「三言」中原本篇名便只有一句，但有些篇名亦有少許改動，例如：「蔡小姐忍辱報仇」，《醒世恆言》的原名是〈蔡瑞虹忍辱報仇〉。除了上述的題材以外，還有一些是馮夢龍、凌濛初根據史書、志怪小說、宋元戲曲等所改編，這類作品有：〈李汧公窮邸遇俠客〉就是由宋代李昉等人編著的《太平廣記》中的〈原化記義俠〉所改編，敘述儒生房德因誤入歧途，與強盜合夥打家劫舍，畿尉李勉憐其才華，助他越獄，自己因此丟了官職。房德日後做了官，相遇李勉，怕他將自己從前之事宣揚出去，就起了歹心欲殺李勉。房德請了一位俠客，編了謊話，騙他助自己殺李勉，那位俠客信以爲眞，等見到李勉方知中計，於是折返殺了房德夫婦的故事。又如〈羊角哀捨命全交〉，根據戲曲中的〈羊角哀鬼戰荊軻〉改編，左伯桃與羊角哀本是布衣出身，兩人結爲知交，要一同前往楚國求取功名，兩人路上遇到大風雪，左伯桃便將衣服脫下給羊角哀穿，自己則凍死在風雪中。羊角哀後來做了楚國大夫，左伯桃託夢說在陰間受到荊軻欺凌，羊角哀爲了拯救兄弟便自刎，到了陰曹地府助左伯桃擊退荊軻。

本書選用「三言」、「二拍」的明、清善本作爲底本，理由有二：第一，本書因需收錄眉批、夾批。所謂眉批，就是文人在閱讀時後在書頁上方空白處所寫心得筆記；夾批，則是隨手寫在字裡行間的空白處的心得筆記。這兩者稱之爲點評，是明清時期所流行的一種文學批評形式。而抱甕老人選輯的《今古奇觀》則無收錄眉批、夾批，故筆者選擇以「三言」、「二拍」的善本爲底本，輔以三民書局出版，李平先生校註的《今古奇觀》來做校勘的工作。第二，以版本選擇來說，越接近當時代的版本可信度越大，故選擇原著「三言」、「二拍」作爲底本，而《今古奇觀》經過抱甕老人的選輯，文句或多或少都有經過刪改，可能無法完善保留原故事樣貌。以下詳細列出所依據的善本：《警世通言四十卷》明王氏三桂堂刊本；《醒世恆言四十卷》清衍慶堂刊本；《拍案驚奇三十六卷》消閒居刊本。在文字上本書保留了善本書的原貌，除了簡體字改成繁體外，其餘字句都是根據善本未做刪節。但古今用字難免有所出入，例如：善本書常用分付，而現今的用法則是吩咐；伏侍，現今則作服侍，且善本書使用了許多異體字，在註解處都有一一標明，以便讀者閱讀。本書所收錄的眉批根據中華書局校勘的「三言」、「二拍」版本，有學者認爲可一居士、無礙居士、綠天館主人，就是馮夢龍；即空觀主人就是凌濛初，但也有人認爲究竟是誰無法考證。

# 如何閱讀本書

**詳細註釋：**
解釋艱難字詞，隨文直書於左側，並於文中以※記號標號，以供對照。

**閱讀性高的原典：**
將一百回原典分為五大分冊，版面美觀流暢、閱讀性強。

**列出各回回目便於索引翻閱**

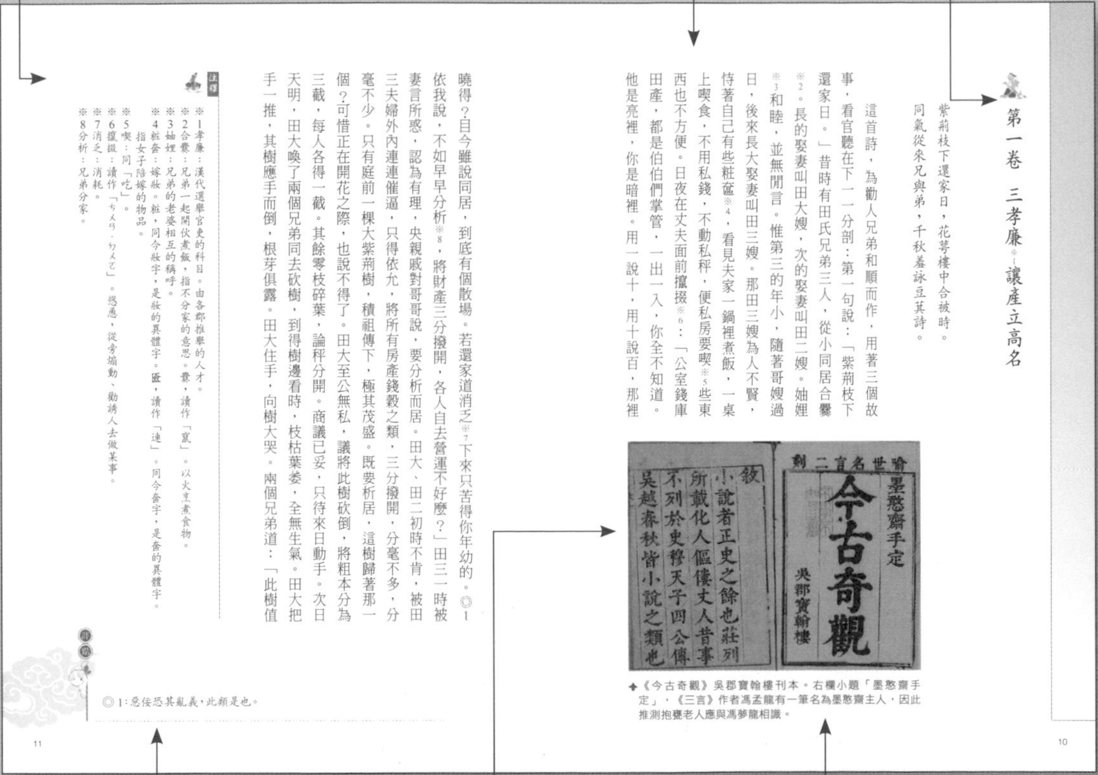

第一卷　三孝廉※1讓產立高名

紫荊枝下還家日，花萼樓中合被時。
同氣從來兄與弟，千秋羞詠豆萁詩。

這首詩，為勸人兄弟和順而作，用著三個故事，看官聽在下一一分剖：第一句說：「紫荊枝下還家日。」昔時有田氏兄弟三人，從小同居合爨※2。長的娶妻叫田大嫂，次的娶妻叫田二嫂。妯娌※3和睦，並無閒言。惟第三的年小，隨著哥嫂過日，後來長大娶妻叫田三嫂。那田三嫂為人不賢，恃著自己有些粧奩※4，看見夫家一鍋裡煮飯，一桌上喫食，不用私錢，不動私秤，便私房要喫※5些東西也不方便。日夜在丈夫面前攛掇※6：「公室錢庫田產，都是伯伯們掌管，一出一入，你全不知道。他是亮裡，你是暗裡。用一說十，用十說百，那裡

《今古奇觀》吳郡寶翰樓刊本。右欄小題「墨憨齋手定」，《三言》作者馮孟龍有一筆名為墨憨齋主人，因此推測抱甕老人應與馮夢龍相識。

10

曉得？自今雖說同居，到底有個散場。若還家道消乏※7下來只苦得你年幼的。◎1依我說，不如早早分析※8，將財產三分撥開，各人自去營運不好麼？」田三一時被妻言所惑，認為有理，央親戚對哥哥說，要分析而居。田大、田二初時不肯，被田三夫婦外內連連催逼，只得依允，將所有房產錢穀之類，三分撥開，分毫不多，分毫不少。只有庭前一棵大紫荊樹，積祖傳下，極其茂盛。既要析居，這樹歸著那一個？可惜正在開花之際，也說不得了。田大至公無私，議將此樹砍倒，將粗本分為三截，每人各得一截。其餘零枝碎葉，論秤分開。商議已妥，只待來日動手。次日天明，田大喚了兩個兄弟同去砍樹，到得樹邊看時，枝枯葉萎，全無生氣。田大把手一推，其樹應手而倒，根芽俱露。田大住手，向樹大哭。兩個兄弟道：「此樹值

注釋
※1孝廉：漢代選舉官吏的科目。由各郡推舉的人才。
※2合爨：兄弟一起開伙煮飯，指不分家的意思。爨，讀作「竄」。以火烹煮食物。
※3妯娌：兄弟的老婆相互的稱呼。
※4粧奩：嫁妝。粧，同今妝字，是妝的異體字。奩，讀作「連」。同今奩字，是奩的異體字。指女子陪嫁的物品。
※5喫：同「吃」。
※6攛掇：讀作「ㄘㄨㄢ、ㄉㄨㄛ˙」。慫恿，從旁煽動、勸誘人去做某事。
※7消乏：消耗。
※8分析：兄弟分家。

◎1：急侯恐其亂義，此類是也。

11

**名家評點：**
選收不同名家之評點，隨文橫書於頁面的下方欄位，並於文中以◎記號標號，以供對照。

**彩圖：**
古籍版畫、名人墨寶、相關照片等精緻彩圖，使讀者融入小說情境。

**圖說：**
說明性和評點性的圖說，提供讓讀者理解。

# 第一卷　三孝廉※1讓產立高名

紫荊枝下還家日，花萼樓中合被時。
同氣從來兄與弟，千秋羞詠豆萁詩。

這首詩，為勸人兄弟和順而作，用著三個故事，看官聽在下一一分剖：第一句說：「紫荊枝下還家日。」昔時有田氏兄弟三人，從小同居合爨※2。長的娶妻叫田大嫂，次的娶妻叫田二嫂。妯娌※3和睦，並無閒言。惟第三的年小，隨著哥嫂過日，後來長大娶妻叫田三嫂。那田三嫂為人不賢，恃著自己有些粧奩※4，看見夫家一鍋裡煮飯，一桌上喫食，不用私錢，不動私秤，便私房要喫※5些東西也不方便。日夜在丈夫面前攛掇※6：「公室錢庫田產，都是伯伯們掌管，一出一入，你全不知道。他是亮裡，你是暗裡。用一說十，用十說百，那裡

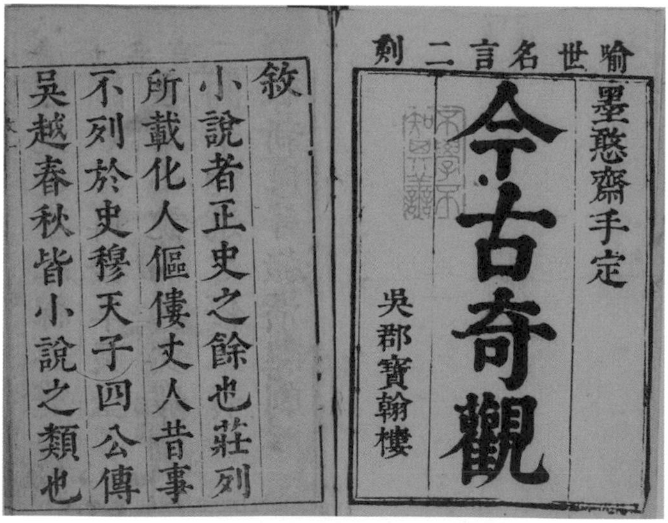
喻世名言二刻
墨憨齋手定
今古奇觀
吳郡寶翰樓

敘
小說者正史之餘也莊列所載化人傴僂丈人昔事不列於史穆天子四公傳吳越春秋皆小說之類也

《今古奇觀》吳郡寶翰樓刊本。右欄小題「墨憨齋手定」，《三言》作者馮孟龍有一筆名為墨憨齋主人，因此推測抱甕老人應與馮夢龍相識。

曉得？目今雖說同居，到底有個散場。若還家道消乏※7下來只苦得你年幼的。◎1依我說，不如早早分析※8，將財產三分撥開，各人自去營運不好麼？」田三一時被妻言所惑，認為有理，央親戚對哥哥說，要分析而居。田大、田二初時不肯，被田三夫婦外內連連催逼，只得依允，將所有房產錢穀之類，三分撥開，分毫不多，分毫不少。只有庭前一棵大紫荊樹，積祖傳下，極其茂盛。既要析居，這樹歸著那一個？可惜正在開花之際，也說不得了。田大至公無私，議將此樹砍倒，將粗本分為三截，每人各得一截。其餘零枝碎葉，論秤分開。商議已妥，只待來日動手。次日天明，田大喚了兩個兄弟同去砍樹，到得樹邊看時，枝枯葉萎，全無生氣。田大把手一推，其樹應手而倒，根芽俱露。田大住手，向樹大哭。兩個兄弟道：「此樹值得甚麼！兄長何必如此痛惜？」田大道：「吾非哭此樹也。想我兄弟三人，產於

註

※1孝廉：漢代選舉官吏的科目。由各郡推舉的人才。
※2合爨：兄弟一起開伙煮飯，指不分家的意思。爨，讀作「竄」。以火烹煮食物。
※3妯娌：兄弟的老婆相互的稱呼。
※4粧奩：嫁妝。粧，同今妝字，是妝的異體字。匳，讀作「連」。同今奩字，是奩的異體字。指女子陪嫁的物品。
※5喫：同「吃」。
※6攛掇：讀作「ㄘㄨㄢ．ㄉㄨㄛ」。慫恿，從旁煽動、勸誘人去做某事。
※7消乏：消耗。
※8分析：兄弟分家。

評點

◎1：惡佞恐其亂義，此類是也。（可一居士）

一姓，同爺合母，比這樹枝枝葉葉，連根而生，分開不得。根生本，本生枝，枝生葉，所以榮盛。昨日議將此樹分為三截，那樹不忍活活分離，一夜自家枯死。我兄弟三人若分離了，亦如此樹枯死，豈有榮盛之日？吾所以悲哀耳！」◎2田二、田三聞哥哥所言，至情感動：「可以人而不如樹乎？」遂相抱做一堆，痛哭不已。大家不忍分析，情願依舊同居合爨。三房老婆聽得堂前哭聲，出來看時，方知其故。大嫂、二嫂各各歡喜；惟三嫂不願，口出怨言。田三要將妻逐出，兩個哥哥再三勸住。三嫂羞慚，還房自縊※9而死。此乃自作孽不可活。這話擱過不題。再說田大可惜那棵紫荊樹，再來看時，其樹無人整理，自然端正，枝枯再活，花萎重新，比前更加爛熳※10。田大喚兩個兄弟來看了，各人嗟訝不已。自此田氏累世同居。有詩為證：

紫荊花下說三田，人合人離花亦然。

◆紫荊樹

同氣連枝原不解，家中莫聽婦人言。

第二句說：「花萼樓中合被時。」那花萼樓，在陝西長安城中，大唐玄宗皇帝所建。玄宗皇帝就是唐明皇，他原是唐家宗室，因為韋氏亂政，武三思專權，明皇起兵誅之，遂即帝位。有五個兄弟，皆封王爵，時號「五王」。明皇友愛甚篤，起一座大樓，取《詩經•棠棣》※11之義，名曰「花萼」。時時召五王登樓歡宴。又製成大幔※12，名為「五王帳」。帳中長枕大被，明皇和五王時常同寢其中。有詩為證：

羯鼓※13頻敲玉笛催，朱樓宴罷夕陽微。
宮人秉燭通宵坐，不信君王夜不歸。

註

※9自縊：上吊自殺。
※10爛熳：讀作「濫漫」。光彩煥發的樣子。
※11《詩經．棠棣》：《詩經．小雅》中的一首，中有「棠棣之華（花），鄂（萼）不韡韡，凡今之人，莫如兄弟。」韡韡，讀作「娓娓」。光明盛大的樣子。這句是說花與花萼就如同兄與弟的關係，兩者關係親密，相依相映，比喻兄弟之間的互相扶持與友愛。
※12幔：布幕、帳幕。
※13羯鼓：樂器名。源自西域，狀似小鼓，兩面蒙皮，均可擊打。也稱爲「兩杖鼓」。羯，讀作「節」。

評點

◎2：說得眞切動人。（可一居士）

第四句說：「千秋羞詠豆萁詩。」後漢魏王曹操※14長子曹丕※15，篡漢稱帝。有弟曹植※16字子建，聰明絕世，操生時，最所寵愛，幾遍欲立為嗣而不果。曹丕銜※17其舊恨，欲尋事故殺之。一日，召子建問曰：「先帝每誇汝詩才敏捷，朕未曾面試。今限汝七步之內，成詩一首；如若不成，當坐※18汝欺誑之罪。」子建未及七步，其詩已成，中寓規諷之意。詩曰：

煮豆燃豆萁，豆在釜※19中泣。
本是同根生，相煎何太急！

曹丕見詩感泣，遂釋前恨。後人有詩為證：

從來寵貴起猜疑，七步詩成亦可危。
堪歎釜萁仇未已，六朝骨肉盡誅夷※20。

說話的※21，為何今日講這兩三個故事？只為自家要說那〈三孝廉讓產立高名〉。這段話文不比曹丕忌

◆魏文帝曹丕像

刻，也沒子建風流，勝如紫荊花下三田，花萼樓中諸李。隨你不和順的弟兄，聽著在下講這節故事，都要學好起來。正是：

要知天下事，須讀古人書！

這故事出在東漢光武年間。那時天下乂※22安，萬民樂業。朝有梧鳳之鳴，野

註

※14曹操：字孟德，小字阿瞞，東漢沛國譙（今安徽省亳縣）人。生於西元一五五年，卒於西元二二〇年。是三國時期稱霸一方的梟雄，爲人權變狡詐，在文學上頗有造詣。擊退黃巾，討伐董卓，逐漸剷除當時的梟雄勢力。曹操在世時官至丞相，爵至魏王。後卒於洛陽，其子曹丕稱帝後，追謚武帝，廟號太祖。

※15曹丕：字子桓，三國時曹操之子。生於西元一八七年，卒於西元二二六年。漢建安十六年爲五官中郎將，兼副丞相。父卒，嗣爲丞相。最終脅迫東漢皇帝漢獻帝劉協禪讓，於建安二十五年即帝位，建立魏朝，史稱曹魏，卒謚文帝。

※16曹植：字子建，三國時曹操第三子，曹丕之弟。生於西元一九二年，卒於西元二三二年。十歲能屬文，甚得曹操寵愛。其詩歌對後世影響深遠，在文學上頗有造詣，與父親曹操、兄長曹丕並稱「三曹」。曹丕即帝位後，妒忌他的才華而不重用，封陳王。

※17銜：懷藏於心。

※18坐：處斷、定罪。

※19釜：古代一種用來烹煮食物的器具，今之「鐵鍋」。

※20夷：消滅。

※21說話的：指說書人。

※22乂安：太平無事。乂，讀作「義」。

古代的釜

無谷駒之歎[※23]。原來漢朝取士之法，不比今時。他不以科目[※24]取士，惟憑州郡選舉。雖則有博學宏詞[※25]、賢良方正[※26]等科，惟以孝廉為重。孝者，孝弟[※27]；廉者，廉潔。孝則忠君，廉則愛民。但是舉了孝廉，便得出身做官。若依了今日的事勢，州縣考個童生[※28]，還有幾千封薦書。若是舉孝廉時，不知多少分上鑽刺[※29]，依舊是富貴子弟鑽去了。孤寒的便有曾參[※30]之孝，伯夷[※31]之廉，休想揚名顯姓。◎3只是漢時法度甚妙，但是舉過某人孝廉，其人若果然有才有德，不拘資格，驟然升擢，連舉主俱紀錄受賞；若所舉不得其人，後日或貪財壞法，輕則罪黜[※32]，重則抄沒，連舉主一同受罪。那薦人的與所薦之人，休戚相關，不敢胡亂。所以公道大明，朝班清肅，不在話下。

且說會稽郡陽羨縣[※33]有一人，姓許名武，字長文。十五歲上，父母雙亡。雖然遺下些田產童僕，奈門戶單微，無人幫助。更兼有兩個兄弟，一名許晏，年方九歲；一名許普，年方七歲。都則幼小無知，終日趕著哥哥啼哭。那許武日則躬率童僕耕田種圃，夜則挑燈讀書。但是耕種時，二弟雖未勝耰鋤[※34]，必使從傍[※35]觀看。但是讀書時，把兩個小兄弟坐於案傍，將句讀[※36]親口傳授，細細講解，教以

東漢光武帝像

禮讓之節，成人之道。稍不率教，輒跪於家廟之前，痛自督責，說自己德行不足，不能化誨，願父母有靈，啟牖※37二弟，涕泣不已。直待兄弟號泣請罪，方纔※38起

註

※23朝有梧鳳之鳴：典故出自《詩經・大雅・卷阿》：「鳳凰鳴矣，于彼高岡。梧桐生矣，於彼朝陽」，以鳳凰棲息象徵太平盛世，賢人被朝廷重用。野無谷駒之歎：典故出自《詩經・小雅・白駒》：「皎皎白駒，在彼空谷。」惋惜才俊之士被棄置不用。「野無谷駒之歎」在此則爲頌揚朝廷重用傑出的人才。

※24科目：隋唐時分科取士的名目。如秀才、明經、進士等；而明經又有五經、三經、二經等區分。後沿用爲科舉的通稱。

※25博學宏詞：一種科舉考試制科。用以選拔學問淵博，文詞卓越之人。

※26賢良方正：漢朝制郡國舉士的科目之一。選拔文墨才學之士，魏、晉、唐、宋皆沿之。

※27孝弟：孝順父母，友愛兄弟。弟，讀作「替」。

※28童生：明、清兩代報名參加科舉考試的讀書人，在還未考取秀才之前皆稱童生。

※29鑽刺：鑽營、刺探。此指通過賄賂等走後門的方式取得功名。

※30曾參：字子輿，春秋時魯國武城（在今山東省費縣西南）人。曾點之子，爲孔子弟子。爲人極其孝順，又作《孝經》。

※31伯夷：孤竹君的長子，曾推辭國君的繼承權，後人嘉獎他不貪慕權位。

※32黜：貶降、革職。

※33會稽：古代縣名。今浙江省紹興市。陽羨：古代縣名。今江蘇省宜興縣南。

※34耰鋤：此指下田耕種。耰，讀作「優」。用來平整田土或擊碎土塊的農具。通「櫌」。

※35傍：側、邊。通「旁」。

※36句讀：古人指文章休止和停頓處。文中語意完足的稱爲「句」，語意未完而可稍停頓的稱爲「讀」。書面上用圈和點來標記。此指文章的字句。讀，讀作「豆」。

※37啓牖：啓發誘導。牖，讀作「有」。

※38纔：通「才」字。

評點

◎3：若選舉之法守之無弊，何患不得眞才。（可一居士）

身，並不以疾言倨色相加也。室中只用鋪陳一副，兄弟三人同睡。如此數年，二弟俱已長成，家事亦漸豐盛。有人勸許武娶妻，許武答道：「若娶妻便當與二弟別居，篤夫婦之愛，而忘手足之情，吾不忍也。」由[※39]是晝則同耕，夜則同讀，食必同器，宿必同床。鄉里傳出個大名，都稱為孝弟許武。又傳出幾句口號，正是：

陽羨許季長，耕讀晝夜忙。
教誨二弟俱成行，不是長兄是父娘。

時州牧郡守[※40]，俱聞其名，交章薦舉。朝廷徵為議郎，下詔會稽郡。太守奉旨，檄[※41]下縣令，刻日勸駕。許武迫於君命，料難推阻。分付兩個兄弟：「在家躬耕力學，一如我在家之時，不可懈惰廢業，有負先人遺訓。」又囑咐奴僕：「俱要小心安分，聽兩個家主役使，早起夜眠，共扶家業。」囑咐已畢，收拾行裝，不用官府車輛，自己僱了腳力登車，只帶一個童兒，望長安進發。不一日，到京朝見受職。長安城中，聞得「孝弟許武」之名，爭來拜訪識荊[※42]。此時望重朝班，名聞四野。朝中大臣，探聽得許武尚未婚娶，多欲以女妻之者。許武心下想道：「我兄弟

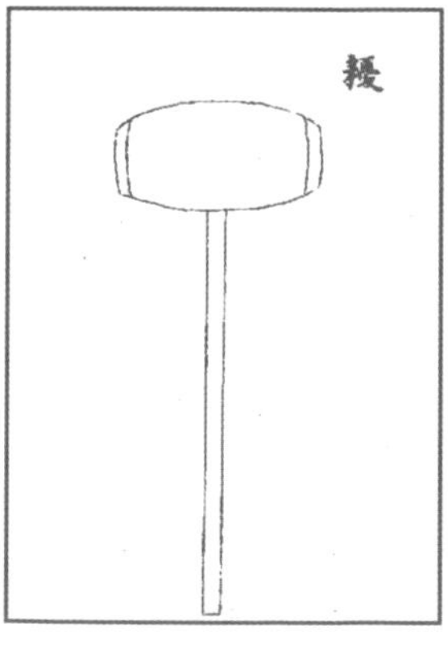


耰為古代農具。（選自元朝王禎《農器圖譜》）

二人，年皆強壯，皆未有妻。我若先娶，殊非為兄之道。況我家世耕讀，僥倖備員朝署，便與縉紳※43大家為婚，那女子自恃家門，未免驕貴之氣，不惟壞了我儒素門風，異日我兩個兄弟娶了貧賤人家女子，妯娌之間，怎生相處？從來兄弟不睦，多因婦人而起，我不可不防其漸也。」一腹中雖如此躊論，卻是說不出的話，只得權辭※44以對，說家中已定下糟糠之婦※45，不敢停妻再娶※46，恐被宋弘所笑。眾人聞之，愈加敬重。況許武精於經術，朝廷有大政事，公卿不能決，往往來請教他。他引古證今，議論悉中窾要※47。但是許武所議，眾人皆以為確不可易。公卿倚之為

註

※39由：有些版本做「繇」，有些做「由」，這兩個字是相通的，爲求統一，以明王氏三桂堂刊本爲主，本篇一律改成「由」。

※40州牧：古代官名。古時分九州，州牧爲每州的最高長官。郡守：古代官名。秦代一郡最高的行政首長。漢景帝時更名爲太守。依據《中華民國教育部重編國語辭典修訂本》解釋。

※41檄：讀作「席」。古代用於徵召、聲討等的官方文書。

※42識荊：典故出自唐．李白〈與韓荊州書〉：「生不用封萬户侯，但願一識韓荊州。何令人之景慕一至於此耶。」後以識荊指初次見面或見到生平所景仰的人。

※43縉紳：讀作「進深」，指仕宦。古代官員將笏插入綁於腰間一端下垂的腰帶上，故稱。搢，插。紳，束在腰間的大帶。

※44權辭：隨機應變的推託之詞。

※45糟糠之婦：比喻貧賤時共患難的老婆。

※46停妻再娶：拋棄未離婚的老婆而再娶。

※47窾要：指問題的關鍵要領。窾，讀作「款」。

重。不數年間，累遷至御史大夫※48之職。忽一日，思想二弟在家，力學多年，不見州郡薦舉，誠恐怠荒失業，意欲還家省視。遂上疏※49，其略云：「臣以菲才※50，遭逢聖代，致位通顯，未謀報稱，敢圖暇逸？古語有云：「人生百行，孝弟為先。」「不孝有三，無後為大。」先父母早背※51，域兆※52未修；臣弟二人，學業未立；臣三十未娶。五倫※53之中，乃缺其三。願賜臣假，暫歸鄉里。倘念臣犬馬之力，尚可鞭苔，奔馳有日。」天子覽奏，准給假暫歸，命乘傳衣錦還鄉。復賜黃金二十斤，為婚禮之費。許武謝恩辭朝，百官俱於郊外送行。正是：

報道錦衣歸故里，爭誇白屋出公卿※54。

許武既歸，省視先塋※55已畢，便乃納還

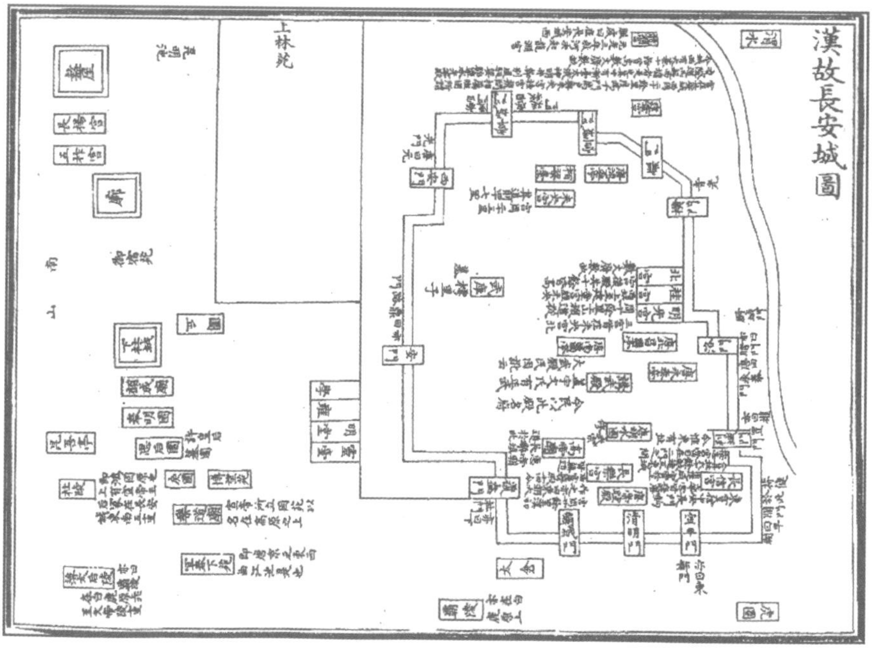


✦漢長安城圖。漢長安城位於西安市未央區，先後成為西漢、新莽、東漢、西晉、前趙、前秦、後秦、西魏、北周、隋初的都城。（選自元代李好文《長安誌圖》）

官誥※56，只推有病，不願為官。過了些時，從容召二弟至前，詢其學業之進退。許晏、許普，應答如流，理明詞暢。許武心中大喜。再稽查田宅之數，比前恢廓數倍，皆二弟勤儉之所積也。武於是遍訪里中良家女子，先與兩個兄弟定親，自己方纔娶妻，續又與二弟婚配。約莫數月，忽然對二弟說道：「吾聞兄弟有析居※57之義，今吾與汝皆已娶婦，田產不薄，理宜各立門戶。」二弟唯唯惟命。乃擇日治酒，遍召里中父老。三爵※58已過，乃告以析居之事。因悉召僮僕至前，將所有家財，一一分剖。首取廣宅自予，說道：「吾位為貴臣，門宜棨戟※59，體面不可不

**註**

※48御史大夫：古代官名。秦漢兩代御史府的長官。地位僅次於丞相，掌管彈劾、糾察及掌管圖籍祕書。與丞相、太尉合稱三公。依據《漢語大辭典》的解釋

※49上疏：臣子向天子進呈奏章。依據《漢語大辭典》的解釋

※50菲才：微薄的才學。菲，讀作「斐」。

※51早背：早逝。

※52域兆：墳墓。

※53五倫：古代指君臣、父子、兄弟、夫妻、朋友之間的五種倫理體系。

※54白屋出公卿：此指平民百姓晉身高官。公卿，比喻高位、高官。

※55先塋：讀作「營」。祖先的墳墓。

※56官誥：古代朝廷封賜官職的誥命。

※57析居：分家。

※58爵：古代一種形似鳥雀的三腳酒器。此指酒杯。

※59棨戟：古代官吏出行時，作為前驅的儀杖。後亦架於宮殿、官署門前，用以表示威嚴。棨，讀作「起」。

肅；汝輩力田耕作，得竹廬茅舍足矣！」又閱田地之籍，凡良田悉歸之已，將磽薄※60者量給二弟。說道：「我賓客眾盛，交游日廣，非此不足以供吾用；汝輩數口之家，但能力作，只此可無凍餒※61，吾不欲汝多財以損德也。」又悉取奴僕之壯健伶俐者，說道：「吾出入跟隨，非此不足以給使令；汝輩合力耕作，正須此愚蠢者作伴，老弱饋食※62足矣，不須多人費汝衣食也。」眾父老一向知許武是個孝弟之人，這番分財，定然辭多就少。不想他般般件件，自佔便宜；兩個小兄弟所得，不及他十分之五，全無謙讓之心，大有欺淩之意。眾人心中甚是不平，有幾個剛直老人氣忿不過，竟自去了。◎4有個心直口快的，便想要開口說公道話，與兩個小兄弟做喬主張※63。其中有個老成的，背地裡捏手捏腳，叫他莫說。以此罷了。那叫他莫說的，也有些見識。他道：「富貴的人與貧賤的人，不是一般肚腸。許武已做了顯官，比不得當初了。常言道：疏不間親，你我終是外人，怎管得他家事？就是好言相勸，料未必聽從，枉費了唇舌，倒挑撥他兄弟不和。倘或做兄弟的肯讓哥哥，十分之美，你我又嘔這閒氣則甚！若做兄弟的心上不甘，必然爭論。等他爭論時節，我們替他做個主張，卻不是好？」正是：

事非干己休多管，話不投機莫強言。

✦爵是古代一種三腳酒器。

原來許晏、許普自從蒙哥哥教誨，知書達禮，全以孝弟為重。見哥哥如此分析，以為理之當然，絕無幾微不平的意思。◎5許武分撥已定，眾人皆散。許武居中住了正房，其左右小房，許晏、許普各住一邊，每日率領家奴下田耕種，暇則讀書，時時將疑義叩問哥哥，以此為常。妯娌之間，也學他兄弟三人一般和順。從此里中父老，人人薄※64許武之所為，都可憐他兩個兄弟。私下議論道：「許武是個假孝廉，許晏、許普纔是個真孝廉。他思念父母面上，一體同氣，聽其教誨，唯唯諾諾，並不違拗，豈不是孝？他又重義輕財，任分多分少，全不爭論，豈不是廉？」起初里中傳個好名，叫做「孝弟許武」；如今抹落了「武」字，改做「孝弟許家」，把許晏、許普弄出一個大名來。那漢朝清議※65極重，又傳出幾句口號。道是：「假孝廉，做官員；真孝廉，出口錢※66。假孝廉，據高軒；真孝廉，守茅簷。」

註

※60磽薄：土地堅硬不肥沃。磽，讀作「撬」。
※61凍餒：挨餓受凍。
※62饋食：古代祭祀時進獻熟食。此指祭祀的食物。
※63做喬主張：胡亂出主意。
※64薄：輕視，不尊重。
※65清議：對時政的批評議論。
※66口錢：古代按照人口所收的稅，始於秦代。

評點

◎4：若在今日，都只奉承紗帽了，誰肯不平開口。漢之風俗，即此可知。（可一居士）
◎5：難兄難弟，高行萃於一門。（可一居士）

假孝廉，做田園；真孝廉，執鋤鐮。真為玉，假為瓦；瓦登廈，玉拋野。不宜真，只宜假。」

那時明帝即位，下詔求賢，令有司訪問篤行有學之士，登門禮聘，傳驛至京。詔書到會稽郡，郡守分諭各縣。縣令平昔已知許晏、許普讓產不爭之事，又值父老公舉他「真孝真廉，行過其兄」。就把二人申報本郡。郡守和州牧，皆素聞其名，一同舉薦。縣令親到其門，下車投謁※67，手捧玄纁束帛※68，備陳天子求賢之意。許晏、許普謙讓不已。許武道：「幼學壯行，君子本分之事，吾弟不可固辭！」二人只得應詔，別了哥嫂，乘傳到於長安，朝見天子，拜舞已畢。天子金口玉言，問道：「卿是許武之弟乎？」晏、普叩頭應詔。天子又道：「聞卿家有孝弟之名。卿之廉讓，有過於兄，◎6朕心嘉悅。」晏、普叩頭道：「聖運龍興，闢門訪落，此乃帝王盛典。郡縣不以臣晏、臣普為不肖，有溷※69聖聰。臣幼失怙恃※70，承兄武教訓，兢兢自守。耕耘誦讀之外，別無他長，臣等何能及兄武之萬一。」天子聞對，嘉其廉德，即日俱拜為

✦郡守和州牧，皆素聞其名，一同舉薦。縣令親到其門，下車投謁。（古版畫，選自《今古奇觀》明末吳郡寶翰樓刊本。）

內史※71。不五年間，皆至九卿※72之位。居官雖不如乃兄赫赫之名，然滿朝稱為廉讓。忽一日，許武致家書于二弟。二弟拆開看之，書曰：

匹夫而膺辟召※73，仕宦而至九卿，此亦人生之極榮也！二疏有言：「知足不辱，知止不殆。」※74既無出類拔萃之才，宜急流勇退以避賢路。

晏、普得書，即日同上疏辭官。天子不許。疏三上，天子問宰相宋均道：「許晏、許普，壯年入仕，備位九卿，朕待之不薄，而屢屢求退，何也？」宋均奏道：

註

※67投謁：參見、拜訪。

※68玄纁束帛：古代君王聘請賢士時，爲表誠意所贈送的禮物。玄纁，赤黑色的幣帛。纁，讀作「動」。

※69溷：讀作「混」。混亂。此處是自謙之詞。

※70失怙恃：父母雙亡。

※71內史：古代官名。漢代稱諸侯之官，掌治國人。

※72九卿：周代稱少師、少傅、少保、冢宰、司徒、宗伯、司馬、司寇、司空爲「九卿」。後用以指中央的九等高級官職，唯歷代名稱多所變更。

※73辟召：因才高名重受人薦舉，而被徵召授以職位。辟，讀作「必」。

※74知足不辱，知止不殆：語出《老子．四十四章》，這句話意思是：不去追求功名利祿，能夠知足才不會受到他人的誹謗、侮辱，知道適可而止，才能夠保全自己的生命，而不會因爲過份的鋒芒畢露，引起別人的忌妒，而遭到陷害，最終喪失自己的生命。

評點

◎6：古時爲善於鄉者，皆得上聞，所以人爭修行。（可一居士）

「晏、普兄弟三人，天性孝友。今許武久居林下，而晏、普並駕天衢※75，其心或有未安。」天子道：「朕並召許武，使兄弟三人同朝輔政何如？」宋均道：「臣察晏、普之意，出於至誠。陛下不若姑從所請，以遂其高。異日更下詔徵之，或訪先朝故事，就與一大郡以展其未盡之才，因使便道歸省，則陛下有好賢之誠，與晏、普友愛之意，兩得之矣！」天子准奏，即拜許晏為丹陽郡太守，許普為吳郡太守，各賜黃金二十斤，寬假三月以盡兄弟之情。許晏、許普謝恩辭朝，公卿俱出郭※76到十里長亭，相餞而別。晏、普二人星夜回到陽羨，拜見了哥哥，將朝廷所賜黃金盡數獻出。許武道：「這是聖上恩賜，吾何敢當？」教二弟各自收去。次日，許武備下三牲祭禮，率領二弟到父母墳塋，拜奠了畢，隨即設宴，遍召里中父老。許氏三兄弟都做了大官，雖然他不以富貴驕人，自然聲勢赫奕。聞他呼喚，那個敢不來！況且加個「請」字。那時眾父老來得愈加整齊。許武手捧酒卮※77，親自勸酒。眾人都道：「長文公與二哥、三哥接風之酒，老漢輩安敢僭先？」比時風俗淳厚，鄉黨序齒※78。許武出仕已久，還叫一句「長文公」。那兩個兄弟又下一輩了，雖是九卿之貴，鄉尊故舊，依舊稱「哥」。許武道：「下官此席，專屈諸鄉親下降，有句肺腑之言奉告。必須滿飲三盃※79，方敢奉聞。」眾人被勸，依次飲訖。許武教兩個兄弟次

✦畫軸上的官員，朝代約為東漢時期。

第把盞，各敬一盃。眾人飲罷，齊聲道：「老漢輩承賢昆玉※80厚愛，借花獻佛，也要奉敬。」許武等三人，亦各飲訖。眾人道：「適纔長文公所諭金玉之言，老漢輩拱聽已久，願得示下。」許武疊兩個指頭說將出來。言無數句，使聽者毛骨聳然。正是：

斥鷃不知大鵬※81，河伯不知海若※82。

註

※75並駕天衢：指同在京城做官。天衢，京都。衢，讀作「渠」。

※76出郭：出城。郭，城牆外再築的一道城牆。即外城。

※77卮：讀作「隻」。酒杯。

※78序齒：依年齡的長幼排定先後次序。

※79盃：同今杯字，是杯的異體字。

※80昆玉：稱人兄弟的敬詞。

※81斥鷃不知大鵬：此即小鳥不知大鵬鳥的鴻鵠之志之意。斥鷃，小鳥。典故出自《莊子．逍遙遊》，有一隻大鵬鳥，要從北冥飛往南冥。小鳥認爲牠每天跳上跳下，很自得其樂，看到大鵬鳥飛到那麼遠的地方就譏笑牠。莊子評論說，這是因爲小鳥受到生命的限制，而無法了解大鵬鳥想要提升生命境界的想法，此即「小知不及大知，小年不及大年。」意思是說，像小鳥這種受制於時空、生活環境限制的生命個體，永遠也無法了解像大鵬鳥那樣超越於一般世俗認知的生命型態。

※82河伯不知海若：此即認爲人的認知寬廣還是狹隘，是受限於生活環境。典故出自《莊子．秋水篇》，河伯即是河神，海若是海神。河伯一向以自身的河面遼闊而感到自豪，直到有一天，祂看到海的廣大，這才意識到自身的渺小。

聖賢一段苦心，庸夫豈能測度！

許武當時未曾開談，先流下淚來。嚇得眾人驚惶無措，兩個兄弟慌忙跪下，問道：「哥哥何故悲傷？」許武道：「我的心事，藏之數年，今日不得不言！」指著宴、普道：「只因為你兩個名譽未成，使我作違心之事，冒不韙之名，有玷於祖宗，貽笑於鄉里，所以流淚。」◎7遂取出一卷冊籍，把與眾人觀看，原來是田地屋宅及歷年收斂米粟布帛之數。眾人還未曉其意。許武又道：「我當初教育兩個兄弟，原要他立身行道，揚名顯親。不想我虛名早著，遂先顯達。二弟在家，躬耕力學，不得州郡徵辟。我欲效古人祁大夫內舉不避親※83，誠恐不知二弟之學行者，說他因兄而得官，誤了終身名節。◎8我故倡為析居之議，將大宅良田，強奴健婢，悉據為己有。度吾弟素敦愛敬，決不爭競，吾暫冒貪饕之跡，吾弟方有廉讓之名。果蒙鄉里公評，榮膺徵聘。今位列公卿，官方無玷，吾志已遂矣！這些田房奴婢都是公共之物，吾豈可一

◆許武當時未曾開談，先流下淚來。嚇得眾人驚惶無措，兩個兄弟慌忙跪下。（古版畫，選自《今古奇觀》明末吳郡寶翰樓刊本。）

人獨享！這幾年以來，所收米穀布帛，分毫不敢妄用，盡數開載在那冊籍上，今日交付二弟，表為兄的向來心跡，也教眾鄉尊得知。」眾父老到此方知許武先年析產一片苦心，自愧見識低微，不能窺測，齊聲稱歎不已。只有許晏、許普哭倒在地，◎9道：「做兄弟的蒙哥哥教訓成人，僥倖得有今日。誰知哥哥如此用心！是弟輩不肖，不能自致青雲之上，有累兄長。今日若非兄長自說，弟輩都在夢中。兄長盛德，從古未有！只是弟輩不肖之罪，萬分難贖！這些小家財原是兄長苦掙來的，合該兄長管業。弟輩衣食自足，不消兄長掛念。」許武道：「做哥的力田有年，頗知生殖。況且宦情已淡，便當老於耰鋤，以終天年。二弟年富力彊※84，方司民社※85，宜資莊產，以終廉節。」晏、普又道：「哥哥為弟輩而自汙，弟輩既得名，又欲得利，是天下第一等貪夫了！不惟玷辱了祖宗，亦且玷辱了哥哥，萬望哥哥收回冊籍，聊減弟輩萬一之罪。」眾父老見他兄弟三人，交相推讓，你不收，我不受，一齊向前勸道：「賢昆玉所言，都則一般道理。長文公若獨得了這田產，不見得

註

※83祁大夫內舉不避親：典故出自《左傳》，晉襄公請祁奚推舉適合繼任他職位的人選，他先是推薦仇人解張，解張尚未到任就身亡；後又推薦自己的兒子祁午。這句話的意思是說，舉薦賢才，不會因爲那個人是自己的親人，爲了避嫌就不舉薦他。

※84彊：壯盛、健壯。同「強」。

※85民社：人民與社稷。此指許晏兄弟被朝廷任命爲太守一職，可爲百姓與社稷效勞。

評點

◎ 7：人只知許武此時流淚，不知許武一片苦心，勝過時時流淚也。（可一居士）

◎ 8：其意甚遠，皆是今人不到處。（可一居士）

◎ 9：不得不哭倒矣。（可一居士）

向來成全兩位這一段苦心。兩位若徑受了，又負了令兄長文公這一段美意。依老漢輩愚見：宜作三股均分，無厚無薄，這纔見兄友弟恭，各盡其道。」他三個兀自※86你推我讓，那父老中有前番那幾個剛直的，挺身向前厲聲說道：「吾等適纔處分，甚得中正之道，若再推遜，便是矯情沽譽※87了！把這冊籍來，待老漢與你分剖。」◎10許武弟兄三人，更不敢多言，只得憑他主張。當時將田產配搭三股分開，各自管業。中間大宅，仍舊許武居住。左右屋宇窄狹，以所在栗帛之數補償晏、普，他日自行改造。其僮婢亦皆分派。眾父老都稱為公平。許武等三人，施禮作謝，邀入正席飲酒，盡歡而散。許武心中，終以前番析產之事為歉，欲將所得良田之半，立為義莊以贍鄉里。許晏、許普聞知，亦各出己產相助。里中人人歎服，又傳出幾句口號來，道是：

眞孝廉，惟許武。誰繼之？晏與普。弟不爭，兄不取。作義莊，贍鄉里。嗚呼孝廉誰可比！

◆東漢漆盒上的裝飾畫，繪畫主旨為孝道典範。

晏、普感兄之義，又將朝廷所賜黃金，大市※88牛酒，日日邀里中父老與哥哥會飲。如此三月，假期已滿，晏、普不忍與哥哥分別，各要納還官誥。許武再三勸諭，責以大義，二人只得聽從，各攜妻小赴任。卻說里中父老，將許武一門孝弟之事，備細申聞郡縣。郡縣為之奏聞。聖旨命有司旌表※89其門，稱其里為「孝弟里」。後來三公※90九卿，交章薦許武德行絕倫，不宜逸之田野。累詔起用，許武只不奉詔。有人問其緣故，許武道：「兩弟在朝居位之時，吾曾諷以知足知止。我若今日復出應詔，是自食其言了。況近聞朝廷之上，是非相激，勢利相傾，恐非縉紳之福，不如躬耕樂道之為愈耳。」人皆服其高見。再說晏、普到任，守其乃兄之教，各以清節自勵，大有政聲。後聞其兄高致不肯出山，弟兄相約，各將印綬納還，奔回田里，日奉其兄為山水之遊，盡老百年而終。許氏子孫昌茂，累代衣冠不絕，至今稱為「孝弟許家」云。後人作歌歎道：

註

※86兀自：還是。

※87矯情沽譽：違反常情與沽名釣譽。沽名釣譽，故意做作，用手段謀取名聲和讚譽。

※88市：買。

※89旌表：表揚、表彰。

※90三公：人臣中最高的三個官位：周代以太師、太傅、太保爲三公。掌一國之軍政大權。

評點

◎10：此等父老，非漢世不可多得。（可一居士）

今人兄弟多分產，古人兄弟亦分產。
古人分產成弟名，今人分產但囂爭。
古人自汙爲孝義，今人自汙爭微利。
孝義名高身並榮，微利相爭家共傾。
安得盡居孝弟里，卻把鬩牆※92人愧死！

聖旨命有司旌表其門，稱其里為「孝弟里」。（古版畫，選自清代《繪圖今古奇觀》。）

註

※91鬩牆：比喻兄弟相爭。鬩，讀作「戲」

# 第二卷　兩縣令競義婚孤女

風水人間不可無，也須陰騭※1兩相扶。
時人不解蒼天意，枉使身心著意圖。

話說近代浙江衢州府，有一人姓王名奉，哥哥名喚王春，弟兄各生一女。王春的女兒名喚瓊英，王奉的叫做瓊真。瓊英許配本郡一個富家潘百萬之子潘華，瓊真許配本郡蕭別駕※2之子蕭雅，都是自小聘定的。瓊英年方十歲，母親先喪，父親繼歿。那王春臨終之時，將女兒瓊英托與其弟囑付道：「我並無子嗣，只有此女，你可做嫡女看成，待其長成，好好嫁去潘家。你嫂嫂所遺房奩※3衣飾之類，盡數與之。有潘家原聘財禮置下庄※4田，就把

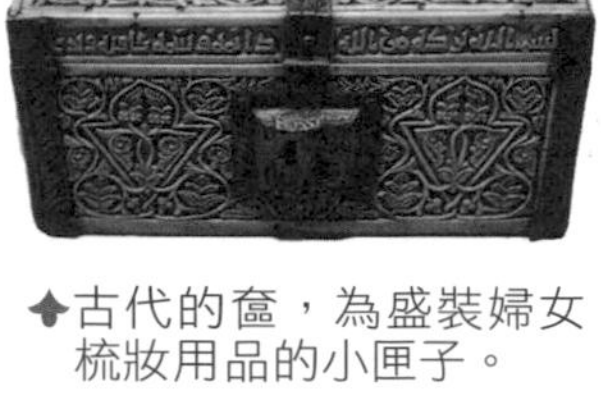
古代的奩，為盛裝婦女梳妝用品的小匣子。

註

※1陰騭：暗中做施德於人的善行。也稱爲「陰德」、「陰功」。騭，讀作「至」。
※2別駕：別駕：官名，宋代以後通判又稱別駕。漢朝官制，是州刺史的輔佐官吏，因隨刺史巡行視察時，另乘車駕隨行，故稱爲「別駕」。
※3匳：讀作「連」。同今奩字，是奩的異體字。指女子陪嫁的物品。
※4庄：同今莊字，是莊的異體字。此指田舍。

與他做脂粉之費，莫負吾言。」囑罷氣絕。殯葬事畢，王奉將侄女瓊英接回家中，與女兒瓊真作伴。忽一年元旦，潘華和蕭雅不約而同到王奉家來拜年。那潘華生得粉臉朱唇，如美女一般，人都稱「玉孩童」；蕭雅一臉麻子，眼瞘齒齙※5，好似飛天夜叉模樣。一美一醜，相形起來，那標緻的越覺美玉增輝，那醜陋的越覺泥塗無色。況且潘華衣服炫麗，有心賣富，脫一套換一套。那蕭雅是老實人家，不以穿著為事。常言道：「佛是金裝，人是衣裝。」世人眼孔淺的多，只有皮相，沒有骨相。王家若男若女、若大若小，那一個不欣羨潘小官人美貌如潘安再出，暗暗地顛唇簸嘴，批點那飛天夜叉之醜。王奉自己也看不過，心上好不快活。

不一日，蕭別駕卒于任所，蕭雅奔喪，扶柩而回。他雖是個世家，累代清官，家無餘積。自別駕死後，日漸消索。潘百萬是個暴富，家事日盛。一日，王奉忽起一個不良之心，想道：「蕭家甚窮，女婿又醜；潘家又富，女婿又標緻。何不把瓊英、瓊真暗地兌轉，誰人知道？也不教親生女兒在窮漢家受苦。」主意已定，到臨嫁之時，將瓊真充做侄女嫁與潘家，哥哥所遺衣飾庄田之類，都把他去。卻將瓊英

◆夜叉為佛教用語中的鬼神，中國則常用來比喻容貌醜陋的人。圖為希臘渦卷裝飾上的夜叉雕飾。

反為己女，嫁與那飛天夜叉為配，自己薄薄備些粧奩※6嫁送。瓊英但憑叔叔做主，敢怒而不敢言。誰知嫁後，那潘華自恃家富，不習詩書，不務生理※7，專一賭鬪※8為事。父親累訓不從，氣憤而亡。潘華益無顧忌，日逐與無賴小人酒食遊戲，不上十年，把百萬家資敗得罄盡，寸土俱無。丈人屢次周給他，如炭中沃雪※9，全然不濟。結末迫於凍餒※10，瞞著丈人，要引渾家※11去投靠人家為奴。王奉聞知此信，將女兒瓊真接回家中養老，不許女婿上門。潘華流落他鄉，不知下落。那蕭雅勤苦攻書，後來一舉成名，直做到尚書地位；瓊英封一品夫人。有詩為證：

西元前50年的印度夜叉雕塑。

註

※5眼瞘齒齙：眼眶深陷，牙齒稀疏不整齊，面貌醜陋。瞘，讀作「摳」。齙，讀作「八」。牙齒外露不整齊，即暴牙。

※6粧奩：嫁粧。粧，同今妝字，是妝的異體字。

※7生理：生意、買賣。

※8鬪：讀作「嫖」。同今嫖字，是嫖的異體字。嫖妓，玩弄妓女，流連煙花場所。

※9炭中沃雪：好像在燒紅的煤炭上潑冰雪一樣，比喻無濟於事。

※10餒：飢餓。

※11渾家：妻子。

目前貧富非爲準，久後窮通未可知。
顛倒任君瞞昧做，鬼神昭鑒定無私。

看官，你道為何說這王奉嫁女這一事？只為世人便顧眼前，不思日後；只要損人利己，豈知人有百筭[12]，天只有一筭。你心下想得滑碌碌的一條路，天未必隨你走哩！還是平日行善為高。今日說一段話本，正與王奉相反，喚做〈兩縣令競義婚孤女〉。這椿故事，出在梁、唐、晉、漢、周五代[13]之季。其時周太祖郭威[14]在位，改元廣順。雖居正統之尊，未就混一之勢。四方割據稱雄者，還有幾處，共是五國三鎮。那五國？周郭威、南漢劉晟、北漢劉旻、南唐李昪、蜀孟知祥。那三鎮？吳越錢鏐、湖南周行逢、荊南高季昌。

單說南唐李氏有國，轄下江州[15]地方。內中單表江州德化縣一個知縣，姓石名璧，原是撫州臨川縣[16]人氏，流寓[17]建康。四旬之外，喪了夫人，又無兒子，止有八歲親女月香，和一個養娘[18]隨任。那官人為官清正，單喫[19]德化縣中一口水。又且聽訟明決，雪冤理滯，果然政簡刑清，民安盜息。退堂之暇，就抱月香坐於膝上，教他識字。又或叫養娘和他下棋蹴踘[20]，百般頑耍[21]，他從旁教導。只為無娘之女，十分愛惜。一日，養娘和月香在庭中蹴那小小毬兒為戲。養娘一

◆南唐烈祖李昪像

腳踢起，去得勢重了些，那毬擊地而起，連跳幾跳的溜溜滾去，滾入一個地穴裡。那地穴約有二三尺深，原是埋缸貯水的所在。養娘手短，攬他不著，正待跳下穴中去拾取毬兒。石璧道：「且住！」問女兒月香道：「你有甚計較，使毬兒自走出來麼？」月香想了一想，便道：「有計了！」即教養娘去提過一桶水來傾在穴內，那毬便浮在水面；再傾一桶，穴中水滿，其毬隨水而出。◎1石璧本是要試女孩兒的聰明，見其取水出毬，智意過人，不勝之喜。

註

※12筭：同今算字，是算的異體字。
※13五代：（西元九〇七年至九六〇年）自唐朝滅亡後至宋朝建國，在各地分立興亡的諸國。唐末朱全忠篡唐自立，改國號爲梁，建都於開封。朱梁以後，繼起的朝代，分別是唐、晉、漢、周，與梁合稱爲「五代」。
※14周太祖郭威：（西元九〇四年至九五四年），邢州堯山（今河北省隆堯），漢族人，字文仲，小名「郭雀兒」。後周的建立者。原爲五代後漢的樞密使，卻因隱帝疑忌之下，全家被殺。怒而起兵，殺死隱帝，不久發動黃旗加身的兵變，建立後周。
※15江州：中國隋朝、唐朝、宋朝的行政區之一，在今江西省境內，治所在德化（今江西省九江市）。
※16撫州臨川縣：今撫州市臨川區。
※17流寓：遷居他鄉。
※18養娘：婢女。
※19喫：同「吃」。
※20蹴踘：一種古代踢球遊戲，類似現今的踢足球。也作「踢毬」。
※21頑耍：玩樂、嬉戲。《中華民國教育部重編國語辭典修訂本》

評點

◎1：司馬童慧，原來有本。（可一居士）

閒話休敘。那官人在任不上二年，誰知命裡官星不現，飛禍相侵。忽一夜倉中失火，急去救時，已燒報官糧千餘石。那時米貴，一石值一貫五百，亂離之際，軍糧最重。南唐法度：凡官府破耗軍糧至三百石者，即行處斬。只為石璧是個清官，又且火災天數，非關本官私弊，上官教替他分解保奏。唐主怒猶未息，將本官削職，要他賠償。估價共該一千五百餘兩，把家私變賣，未盡其半。石璧被本府軟監，追逼不過，鬱成一病，數日而死。遺下女兒和養娘二口，少不得著落牙婆※22官賣※23，取價償官。這等苦楚，分明是：

屋漏更遭連夜雨，船遲又遇打頭風。

卻說本縣有個百姓叫做賈昌。昔年被人誣陷，坐假人命事，問成死罪在獄，虧石知縣到任，審出冤情，將他釋放。賈昌銜※24保家活命之恩，無從報效。一向在外

蹴踘是一種以腳擊球的運動，可以上溯至戰國時代，本為訓練士兵之用，進而演變為遊戲。（圖為《明宣宗行樂圖》局部，蹴踘）

為商，近日方回。正值石知縣身死，即往撫屍慟哭，備辦衣衾※25棺木，與他殯殮。合家掛孝，買地營葬。又聞得所欠官糧尚多，欲待替他賠補了，又怕錢糧干係，不敢開端惹禍。見說小姐和養娘都著落牙婆官賣，慌忙帶了銀子到李牙婆家，問他多少身價。李牙婆取出朱批的官票來看，養娘十六歲，只判得三十兩；月香十歲，倒判了五十兩。卻是為何？月香雖然年小，容貌秀美可愛；養娘不過粗使之婢，故此判價不等。賈昌並無吝色※26，身邊取出銀包，兌足了八十兩紋，銀交付牙婆，又謝他五兩銀子，即時領取二人回家。李牙婆把兩個身價交納官庫。地方※27呈明石知縣家財人口變賣都盡，上官只得在別項那移賠補，不在話下。

　　卻說月香，自從父親死後，沒一刻不啼啼哭哭。今日又不認得賈昌是什麼人，買他歸去，必然落於下賤，一路痛哭不已。養娘道：「小姐，你今番到人家去，不比在老爺身邊，只管啼哭，必遭打罵。」月香聽說，愈覺悲傷。誰知賈昌一片仁義

註

※22牙婆：以介紹人口買賣爲職業的婦人。
※23官賣：用變賣所得的錢充公以抵虧空的數目。
※24銜：含，此指心存。
※25衾：讀作「親」，被子。此處應指殮屍用的被子。
※26吝色：猶豫不定的神色。
※27地方：指里正一類負責地方事務人員。

之心，領到家中，與老婆相見，對老婆說：「此乃恩人石相公的小姐，那一個就是伏侍小娘的養娘。我當初若沒有恩人，此身死於縲絏※28。今日見他小姐，如見恩人之面。你可另收拾一間香房※29，與他兩個住下，好茶好飯供待他，不可怠慢。後來倘有親族來訪，那時送還，也盡我一點報效之心。不然之時，待他長成，應就本縣擇個門當戶對的人家，一夫一婦，嫁他出去。恩人墳墓，也有個親人看覷。◎2那個養娘，依舊叫他伏侍※30小姐，等他兩個作伴，做些女工，不要他在外答應※31。」月香生成伶俐，見賈昌如此分付※32老婆，慌忙上前萬福※33道：「奴家賣身在此，為奴為婢，理之當然。蒙恩人抬舉，此乃再生之恩，乞受奴一拜，收為義女。」說罷即忙下跪。賈昌那里肯要他拜，便轉了頭，忙教老婆扶起道：「小人是老相公的子民，這螻蟻之命，都出老相公所賜。就是這位養娘，小人也不敢怠慢，何況小姐！小人怎敢妄自尊大？暫時屈在寒家，只當賓客相待，望小姐勿責怠慢，小人夫妻有幸。」◎3月香再三稱謝。賈昌又分付家中男女，都稱為石小姐。那小姐稱賈昌夫婦，但呼賈公、賈婆，不在話下。

原來賈昌的老婆，素性不甚賢慧。只為看上月香生得清秀乖巧，自己無男無女，有心要收他做個螟蛉※34女兒。初時甚是

✦在馬王堆漢墓一號坑出土的梭織絲綢紡織品。

歡喜。聽說賓客相待，先有三分不耐煩了，卻滅不得石知縣的恩，沒奈何依著丈夫言語，勉強奉承。後來賈昌在外為商，每得好紬※35好絹，先揀上好的寄與石小姐做衣服穿；比及回家，先問石小姐安否，老婆心下漸漸不平。又過些時，把馬腳露出來了：但是賈昌在家，朝饔※36夕餐，也還成個規矩，口中假意奉承幾句；但背了賈昌時，茶不茶，飯不飯，另是一樣光景了。養娘常叫出外邊雜差雜使，不容他一刻空閒。又每日間限定石小姐要做若干女工針指※37還他，倘手遲腳慢，便去捉雞罵狗※38，口裡好不乾淨哩。正是：

註

※28縲絏：讀作「雷謝」。古代用以捆綁罪犯的黑色繩索，引申爲繫獄囚禁。
※29香房：指女子居住的閨房。香，比喻女子。
※30伏侍：侍奉。
※31答應：聽候使喚。
※32分付：交代、囑咐。
※33萬福：古代婦女行拜手禮時，多口稱萬福，後因沿稱行拜手禮爲萬福。
※34螟蛉：蜾蠃是一種昆蟲，牠常捕捉螟蛉飼養牠的孩子，古人誤以爲螟蛉就是蜾蠃的孩子，後因稱養子爲「螟蛉」。
※35紬：讀作「籌」。絲織品的通稱。通「綢」。依據《中華民國教育部重編國語辭典修訂本》解釋。
※36饔：讀作「傭」。早飯。
※37針指：刺繡、縫紉等工作。
※38捉雞罵狗：比喻借著不相干的事物來譏罵。

評點

◎2：後來竟如其言。（可一居士）
◎3：知恩報恩，賈昌忠厚。（可一居士）

人無千日好，花無百日紅。

養娘受氣不過，稟知小姐，欲待等賈公回家，告訴他一番。月香斷然不肯，說道：「當初他用錢買我，原不指望他抬舉。今日賈婆雖有不到之處，卻與賈公無干。你若說他，把賈公這段美情都沒了。我與你命薄之人，只索忍耐為上。」◎4

忽一日，賈公做客回家，正撞著養娘在外汲水，面上比前甚是黑瘦了。賈公道：「養娘，我只教你伏侍小姐，誰要你汲水？且放著水桶，另叫人來擔罷。」養娘放了水桶，動了個傷感之念，不覺滴下幾點淚來。賈公要盤問時，他把手拭淚，忙忙的奔進去了。賈公心中甚疑。見了老婆問道：「石小姐和養娘沒有甚事麼？」老婆回言沒有。初歸之際，事體多頭，也就閣※39過一邊。又過了幾日，賈公偶然到近處人家走動回來，不見老婆在房，自往廚下去尋他說話，正撞見養娘從廚下來，也沒有托盤，右手拿一大碗飯，左手一隻空碗，碗上頂一碟醃菜葉兒。賈公有心閃在隱處看時，養娘走進石小姐房中去了。賈公不省得※40這飯是誰喫的，一些葷腥也沒有。那時不往廚下，竟悄悄的走在石小姐房前向門縫裡張時，只見石小姐將這

古代刺繡非常精妙，一些花鳥、魚蟲、人物、山水都在團扇的扇面上繡出。（圖為清代刺繡團扇，古岳蒼松圖團扇。

碟醃菜葉兒過飯。◎5心中大怒，便與老婆鬧將起來。老婆道：「葷腥儘有，我又不是不捨得與他喫。那丫頭自不來擔，難道要老娘送進房去不成？」賈公道：「我原說過來：石家的養娘，只教他在房中與小姐作伴。我家廚下走使的又不少，誰要他出房擔飯！前日那養娘噙著兩眼淚在外街汲水，我已疑心是必家中把他難為了，只為匆忙，不曾細問得。原來你恁地※41無恩無義，連石小姐都怠慢。見放著許多葷菜，卻教他喫白飯，是甚道理？我在家尚然如此，我出外時，可知連飯也沒得與他們喫飽。我這番回來，見他們著實黑瘦了。」老婆道：「別人家丫頭，那要你恁般疼他！養得白白壯壯，你可收用他做小老婆麼？」賈公道：「放屁！說的是什麼話？你這樣不通理的人，我不與你講嘴。自明日為始，我叫當直的※42每日另買一分肉菜供給他兩口，不要在家火中算帳，省得奪了你的口食，你又不歡喜。」老婆自家覺得有些不是，口裡也含含糊糊的哼了幾句，便不言語了。從此賈公分付當直的，每日肉菜，分做兩分。卻叫廚下丫頭們，各自安排送飯。這幾時，好不齊整！正是：

註

※39閣：通擱。
※40不省得：不明白、不了解、不曉得。
※41恁地：如此、這樣。恁，讀作「任」。
※42當直的：值班的人。

評點

◎4：此女大賢德。（可一居士）
◎5：賈公細心。（可一居士）

人情若比初相識，到底終無怨恨心。

賈昌因牽掛石小姐，有一年多不出外經營，老婆卻也做意修好，相忘於無言。月香在賈公家，一住五年，看看長成。賈昌意思，要密訪個好主兒嫁他出去了，方纔※43放心，自家好出門做生理。這也是賈公的心事，背地裡自去勾當。曉得老婆不賢，又與他商量怎的。若是湊巧，賠些粧奩嫁出去了，可不乾淨！何期姻緣不偶，內中也有緣故：但是出身低微的，賈公又怕辱抹了石知縣，不肯俯就；但是略有些名目的，那個肯要百姓人家的養娘為婦？所以好事難成。賈公見姻事不就，老婆又和順了，家中供給又立了常規，捨不得擔閣※44生意，只得又出外為商。未行數日之前，預先叮嚀老婆有十來次，只教好生看待石小姐和養娘兩口。又請石小姐出來再三撫慰，連養娘都用許多好言安放。又分付老婆道：「他骨氣也比你重幾百分哩！你切莫慢他；若是不依我言語，我回家時，就不與你認夫妻了。」又喚當直的和廚下丫頭，都分付遍了，方纔出門。正是：

臨岐費盡叮嚀語，只爲當初受德深。

◆唐代彩繪侍女木俑。

卻說賈昌的老婆，一向被老公在家作興※45石小姐和養娘，心下好生不樂。沒奈何，只得由他，受了一肚子的腌臢※46昏悶之氣。一等老公出門，三日之後，就使起家主母的勢來，尋個茶遲飯晏小小不是的題目，先將廚下丫頭試法，連打幾個巴掌，罵道：「賤人！你是我手內用錢討的，如何恁地托大？你恃了那個小主母的勢頭，卻不用心伏侍我！家長在家日縱容了你。如今他出去了，少不得要還老娘的規矩。除卻老娘外，那個該伏侍的？要飯喫時，等他自擔，不要你們獻勤，卻擔誤老娘的差使。」罵了一回，就乘著熱鬧中，喚過當直的分付：將賈公派下另一分肉菜錢乾折※47進來，不要買了。」當直的不敢不依。且喜月香能甘淡薄，全不介意。又過了些時，忽一日，養娘擔洗臉水遲了些，水已涼了。養娘不合哼了一句，那婆娘聽得了，特地叫來發作道：「這水不是你擔的。別人燒著湯，你便胡亂用些罷。當初在牙婆家，那個燒湯與你洗臉！」養娘耐嘴不住，便回了幾句言語道：「誰要

註

※43纔：通「才」字。
※44擔閣，耽誤、延遲，也作「耽擱」。
※45作興：縱容。
※46腌臢：讀作「菸贓」。比喻窩囊或惡劣。
※47乾折：白白的犧牲損失。此處解作剝奪。

他們擔水燒湯？我又不是不曾擔水過的，兩隻手也會燒火。下次我自擔水自燒，不費廚下姐姐們力氣便了。」那婆娘提醒了他當初曾擔水過這句話，便罵道：「小賤人！你當先擔得幾桶水？便在外邊做身做分哭與家長知道，連累老娘受了百般嘔氣。今日老娘要討個帳兒！你既說會擔水、會燒火，把兩件事都交在你身上，每日常用的水都要你擔，不許缺乏！是火都要你燒。若是難為※48了柴，老娘卻要計較。且等你知心知意的家長回家時，你再啼啼哭哭告訴他便了，也不怕他趕了老娘出去。」◎6

月香在房中聽得賈婆發作自己的丫頭，慌忙移步上前，萬福謝罪，招發※49許多不是，叫賈婆莫怪。養娘道：「果是婢子不是了，只求看小姐面上，不要計較。」那老婆愈加忿怒，便道：「什麼小姐！小姐是小姐，不到我家來了。我是個百姓人家，不曉得小姐是什麼品級！你動不動把來壓老娘，老娘骨氣雖輕，不受人壓量的。今日要說個明白。就是小姐，也說不得費了大錢討的。少不得老娘是個主母。賈婆也不是你叫的！」月香聽得話不投機，含著眼淚自進房去了。那婆娘分付廚中：「不許叫石小姐，只叫他月香名字。」又分付養娘只在廚下專管擔水燒火，不許進月香房中。月香若要

✦東漢時期鉛綠釉明器陶井及汲水桶。

飯喫時，得他自到廚房來取。其夜又叫丫頭搬了養娘的被窩到自己房中去。月香坐個更深，不見養娘進來，只得自己閉門而睡。又過幾日，那婆娘喚月香出房，卻教丫頭把他的房門鎖了。月香沒了房，只得在外面盤旋，夜間就同養娘一鋪睡。睡起時，就叫他拿東拿西，役使他起來。在他矮簷下，怎敢不低頭？月香無可奈何，只得伏低伏小。那婆娘見月香隨順了，心中暗喜，驀地開了他房門的鎖，把他房中搬得一空。凡丈夫一向寄來的好紬好緞，曾做不曾做的，都遷入自己箱籠，被窩也收起了不還他。月香暗暗叫苦，不敢則聲。

忽一日，賈公書信回來，又寄許多東西與石小姐。書中囑付老婆：「好生看待，不久我便回來。」那婆娘把東西收起，思想道：「我把石家兩個丫頭作賤※50夠了，丈夫回來必然廝鬧，難道我懼怕老公，重新奉承他起來不成！那老亡八把這兩個瘦馬※51養著，不知作何結束？他臨行之時說道，若不依他言語，就不與我做夫妻了，一定他起了什麼不良之心。那月香好副嘴臉，年已長成，倘或有意留他，也不

註

※48 難爲：糟蹋，浪費。

※49 招發：承認。

※50 作賤：糟蹋；折磨。

※51 瘦馬：古代買主蓄養貧困人家的少女，加以調教，命習歌舞，長大後轉售豪門富室家爲姬妾以圖利，稱爲「養瘦馬」。

評點

◎6：描寫不賢婦口氣如盡（畫）。（可一居士）

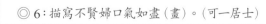

見得。那時我爭風喫醋便遲了。人無遠慮，必有近憂。一不做，二不休！索性把他兩個賣去他方，老亡八回來，也只一怪，拚得廝鬧一場罷了。難道又去贖他回來不成？好計好計！」正是：

眼孔淺時無大量，心田偏處有奸謀。

當下那婆娘分付當直的：「與我喚那張牙婆到來，我有話說。」不一時，當直的將張婆引到。賈婆教月香和養娘都相見了，卻發付他開去，對張婆說道：「我家六年前討下這兩個丫頭，如今大的忒大了，小的又嬌嬌的，做不得生活，都要賣他出去。你與我快尋個主兒。」原來當先官賣之事，是李牙婆經手；此時李婆已死，官私做媒，又推張婆出尖※52了。張婆道：「那年紀小的，正有個好主兒在此，只怕大娘不肯。」賈婆道：「有甚不

奴僕是古代封建社會生活的一環。畫面為僱典奴婢。三個未成年的奴僕，衣衫襤褸，雙手被縛，而僱典者正在看賣身文書。（圖為明代寶寧寺水陸畫，《往古顧典婢奴棄離妻子孤魂眾》）

肯？」張婆說道：「就是本縣大尹※53老爺，覆姓鍾離，名義，壽春※54人氏。親生一位小姐，許配德安縣※55高大尹的長公子，在任上行聘的，不日就要來娶親了。本縣嫁裝都已備得十全，只是缺少一個隨嫁的養娘。昨日大尹老爺喚老媳婦當面分付過了。老媳婦正沒處尋，宅上這位小娘子，正中其選。只是異鄉之人，怕大娘不捨得與他。」賈婆想道：「我正要尋個遠方的主顧，來得正好！況且知縣相公要了人去，丈夫回來，料也不敢則聲。」便道：「做官府家的陪嫁，勝似在我家十倍，我有什麼不捨得！只是不要虧了我的原價便好。」張婆道：「原價許多？」賈婆道：「下來歲時，就是五十兩討的；如今飯錢又弄一主※56在身上了。」張婆道：「喫的飯是算不得帳，這五十兩銀子，在老媳婦身上。」賈婆道：「那一個老丫頭，也替我覓個人家便好。他兩個是一夥兒來的，去了一個，那一個也養不住了。況且年紀一二十之外，又是要老公的時候，留他甚麼！」張婆道：「那個要多少身價？」賈婆道：「原是三十兩銀子討的。」牙婆道：「粗貨兒直※57不得這許多！若是減

註

※52出尖：出人頭地；爲首。
※53大尹：府縣長吏的尊稱。
※54壽春：古代縣名，今安徽壽縣。
※55德安縣：古代縣名，今江西省境內。
※56一主：一筆開銷。
※57直：通「値」，價値。

得一半，老媳婦到有個外甥在身邊，三十歲了。老媳婦原許下與他娶一房妻小的，因手頭不寬展，捱下去，這到是雌雄一對兒。」賈婆道：「既是你外甥，便讓你五兩銀子。」張婆道：「連這小娘子的媒禮在內，讓我十兩罷。」賈婆道：「也不為大事，你且說合起來。」張婆道：「老媳婦如今先去回復知縣相公，若講得成時，一手交錢，一手就要交貨的。」賈婆道：「你今晚還來不？」張婆道：「今晚還要與外甥商量，來不及了；明日早來回話。多分兩個都要成的。」說罷別去，不在話下。

卻說大尹鍾離義到任有一年零三個月了。前任馬公是頂那石大尹的缺，馬公陞任去後，鍾離義又是頂馬公的缺。鍾離大尹與德安高大尹，原是個同鄉。高大尹生下二子，長曰高登，年十八歲，次曰高升，年十六歲。這高登便是鍾離公的女婿。原來鍾離公未曾有子，止生此女，小字瑞枝，年方一十七歲，選定本年十月望日※58出嫁。此時九月下旬，吉期將近。鍾離公分付張婆，急切要尋個陪嫁。張婆得了賈家這頭門路，就去回復大尹。大尹道：「若是人物好時，就是五十兩也不多。明日庫上來領價，晚上就要過門的。」張婆道：「領相公鈞旨。」當晚回

✦唐代婢女裝束。（圖為敦煌莫高窟《盛唐都督夫人太原王氏供養像》局部。）

家，與外甥趙二商議，有這相應的親事，要與他完婚。趙二先歡喜了一夜。次早，趙二便去整理衣褶[※59]，準備做新郎。張婆在家中，先湊足了二十兩身價，隨即到縣取知縣相公鈞帖，到庫上兌了五十兩銀子，來到賈家，把這兩項銀子，交付與賈婆，分疏得明明白白。賈婆都收下了。少頃，縣中差兩名皂隸[※60]、兩個轎夫，抬著一頂小轎，到賈家門首停下。賈婆初時都不通月香曉得，臨期竟打發他上轎。月香正不知教他那裡去，和養娘兩個叫天叫地，放聲大哭。賈婆不管三七二十一，和張婆兩個，你一推，我一攛[※61]，攛他出了大門。張婆方纔說明：「小娘子不要啼哭了！你家主母將你賣與本縣知縣相公處，做小姐的陪嫁。此去好不富貴！官府衙門不是耍處，事到其間，哭也無益。」月香只得收淚上轎而去。轎夫抬進後堂。月香見了鍾離義，還只萬福。張婆在傍道：「這就是老爺了，須下個大禮！」月香只得磕頭。立起身來，不覺淚珠滿面。張婆教他拭乾了淚眼，引入私衙，見了夫人和瑞枝小姐。問其小名，告以「月香」。夫人道：「好個『月香』二字，不必更改。」就發他伏侍小姐。鍾離公厚賞張婆，不在話下。

註

※58望日：陰曆每月十五日。
※59衣褶：此指成親用的服裝。褶，讀作「蝶」。即夾衣。中間無綿絮的雙層衣服。
※60皂隸：古代衙役多穿黑色衣服，是官府衙役的代稱。
※61攛：讀作「聳」。推。

可憐宦室嬌香女，權作閨中使令人。

張婆出衙，已是酉牌※62時分。再到賈家，只見那養娘正思想小姐，在廚下痛哭。賈婆對他說道：「我今把你嫁與張媽媽的外甥，一夫一婦，比月香倒勝幾分，莫要悲傷了。」張婆也勸慰他一番。趙二在混堂※63內洗了一個淨浴，打扮得帽兒光光，衣衫簇簇※64。自家提了一碗燈籠，前來接親。張婆就叫養娘拜別賈婆。那養娘原是個大腳，張婆扶著，步行到家，與外甥成親。

話休絮煩。再說月香小姐，自那日進了鍾離相公衙內，次日夫人分付新來婢子將中堂打掃。月香領命，攜帚而去。鍾離義梳洗已畢，打點早衙理事，步出中堂。只見新來婢子，呆呆的把著一把掃帚，立於庭中。鍾離公暗暗稱怪，悄地上前看時，原來庭中有一個土穴，月香對了那穴汪汪流淚。鍾離公

只見新來婢子，呆呆的把著一把掃帚，立於庭中。鍾離公暗暗稱怪，悄地上前看時，原來庭中有一個土穴，月香對了那穴汪汪流淚。（古版畫，選自《今古奇觀》明末吳郡寶翰樓刊本。）

不解其故，走入中堂，喚月香上來，問其緣故。月香愈加哀泣，口稱不敢。鍾離公再三詰※65問，月香方纔收淚而言道：「賤妾幼時，父親曾于此地，教妾蹴毬為戲，誤落毬於此穴。父親問妾道：「你可有計較，使毬自出於穴，不須拾取？」賤妾答云：有計，即遣養娘取水灌之，水滿毬浮，自出穴外。父親謂妾聰明，不勝之喜。今雖年久，尚然記憶。覩※66物傷情，不覺哀泣。願相公俯賜矜憐，勿加罪責。」鍾離公大驚道：「汝父姓甚名誰？你幼時如何得到此地？須細細說與我知。」月香道：「妾父姓石名壁，六年前在此作縣尹。只為天火燒倉，朝廷將父革職，勒令賠償。父親病鬱而死。有司將妾和養娘官賣到本縣賈公家。賈公向被冤繫，感我父活命之恩，故將賤妾甚相看待，撫養至今。因賈公出外為商，其妻不能相容，將妾轉賣於此。只此實情，並無欺隱。」

今朝訴出衷腸事，鐵石人知也淚垂！

註

※62酉牌：時辰名。約當下午的五時至七時。
※63混堂：澡堂、浴池。
※64簇簇：讀作「促促」。此指衣衫鮮明整潔貌。
※65詰：讀作「傑」，問。
※66覩：看見。同今睹字，是睹的異體字。

鍾離公聽罷，正是兔死狐悲，物傷其類：「我與石壁，一般是個縣尹。他只為遭時不幸，遇了天災，親生女兒就淪於下賤。我若不聞不見，倒也罷了。天教他到我衙裡。我若不扶持他，同官※67體面何存？石公在九泉之下，以我為何如人！」當下請夫人上堂，就把月香的來歷，細細敘明。夫人道：「似這等說，他也是個縣令之女，豈可賤婢相看。◎7目今女孩兒嫁期又逼，相公何以處之？」鍾離公道：「今後不要月香服役，可與女孩兒姊妹相稱，下官自有處置。」即時修書一封，差人送到親家高大尹處。高大尹拆書觀看，原來是求寬嫁娶之期。書上寫道：

婚男嫁女，雖父母之心；舍※68已成人，乃高明之事。近因小女出閣，預置媵婢※69月香，見其顏色端麗，舉止安詳，心竊異之。細訪來歷，乃知即兩任前石縣令之女。石公廉吏◎8，因倉火失官喪軀，女亦官賣，轉展售於寒家。同官之女，猶吾女也。此女年已及笄※70，不惟不可屈爲媵婢，且不可使吾女先此女而嫁。僕今急爲此女擇婿，將以小女薄奩嫁之。令郎姻期，少待改卜。

選自本篇故事的頤和園長廊彩繪：義婚孤女。（圖片來源、攝影：Shizhao。）

特此拜懇，伏惟情諒。鍾離義頓首。

高大尹看了道：「原來如此。此長者之事，吾奈何使鍾離公獨擅其美！」即時回書云：

鸞鳳之配，雖有佳期；狐兔之悲，豈無同志？在親翁既以同官之女爲女，在不佞寧不以親翁之心爲心？三復示言，令人悲惻。此女廉吏血胤※71，無慚閥閱※72。願親家即賜爲兒婦，以踐始期。令愛別選高門，庶幾兩便。昔蘧伯玉※73恥獨爲君子，僕今者願分親翁之誼。高原頓首。

註

※67同官：某一官職的前後任。
※68舍：放棄、放下。通「捨」。
※69媵婢：陪嫁的侍女。媵，讀作「硬」。古代之陪嫁女。
※70及笄：滿十五歲。
※71血胤：後代。胤，讀作「印」。
※72閥閱：借指貴族世家。古代豪門府邸，大門左柱稱爲「閥」，右柱稱爲「閱」。
※73蘧伯玉：蘧瑗，字伯玉。生卒年不詳，春秋時衛國人，相傳他「年五十而知四十九年之非」。力求上進並且善於改過自己過失的賢大夫。蘧，讀作「渠」。

評點

◎7：夫人亦賢德。（可一居士）
◎8：若非廉吏，人情未必憐惜至此。（可一居士）

使者將回書呈與鍾離公看了。鍾離公道：「高親家願娶孤女，雖然義舉；但吾女他兒久已聘定，豈可更改？還是從容待我嫁了石家小姐，然後另備粧奩以完吾女之事。」當下又寫書一封差人再達高親家。高公開書讀道：

娶無依之女，雖屬高情；更已定之婚，終乖※74正道。小女與令郎久諧鳳卜，准擬鸞鳴。在令郎停妻而娶妻，已違古禮；使小女舍婿而求婿，難免人非。請君三思，必從前議。義惶恐再拜。

高公讀畢，歎道：「我一時思之不熟，今聞鍾離公之言，慚愧無地。我如今有個兩盡之道，使鍾離公得行其志，而吾亦同享其名。萬世而下，以為美談。」即時復書云：

以女易女，僕之慕誼雖殷；停妻娶妻，君之引禮甚正。僕之次男高升，年方十七，尚未締姻。令愛歸我長兒，石女屬我次子。佳兒佳婦，兩對良姻；一死一生，千秋高誼。粧奩不須求備，時日且

✦到了縣中，恰好湊著吉日良時。兩對小夫妻，如花如錦，拜堂合巹。（古版畫，選自《今古奇觀》明末吳郡寶翰樓刊本。）

喜和同。◎9伏冀俯從，不須改卜。原惶恐再拜。

鍾離公得書，大喜道：「如此處分，方為雙美！高公義氣，真不愧古人，吾當拜其下風矣！」當下即與夫人說知，將一副粧奩，剖為兩分，衣服首飾，稍稍增添。二女一般，並無厚薄。到十月望前兩日，高公安排兩乘花細轎，笙簫鼓吹，迎接兩位新人。鍾離公先發了嫁粧去後，隨喚出瑞枝、月香兩個女兒，教夫人分付他為婦之道。二女拜別而行。月香感念鍾離公夫婦恩德，十分難捨，號哭上轎。一路趲行※75，自不必說。到了縣中，恰好湊著吉日良時。兩對小夫妻，如花如錦，拜堂合巹※76。高公夫婦歡喜無限。正是：

百年好事從今定，一對姻緣天上來。

再說鍾離公嫁女三日之後，夜間忽得一夢：夢見一位官人，幞頭象簡※77立於

註

※74乖：違背、不合。
※75趲行：趕路，走得很快。趲，讀作「攢」。依據《中華民國教育部重編國語辭典修訂本》解釋
※76合巹：古時成親夫婦要對飲合巹酒，指成婚。巹，讀作「錦」。
※77幞頭：幞，讀作「蒲」。頭巾。象簡：象牙笏版，上朝啓奏的備忘錄，可供書寫記事的用途。

評點

◎9：一字一詠。(可一居士)

面前，說道：「吾乃月香之父石璧是也。生前為此縣大尹，因倉糧失火，賠償無措，鬱鬱而亡。上帝察其清廉，憫其無罪，敕※78封吾為本縣城隍※79之神。◎10月香吾之愛女，蒙君高誼拔之泥中，成其美眷，此乃陰德之事。吾已奏聞上帝，君命中本無子嗣，上帝以公行善，賜公一子，昌大其門。君當致身高位，安享遐齡※80。鄰縣高公，與君同心，願娶孤女，上帝嘉悅，亦賜二子高官厚祿以酬其德。君當傳與世人，廣行方便，切不可淩弱暴寡，利己損人。天道昭昭，纖毫洞察。」說罷再拜。鍾離公答拜起身，忽然踏了衣服前幅，跌上一交，猛然驚醒，乃是一夢。即時說與夫人知道。夫人亦嗟訝不已。待等天明，鍾離公打轎到城隍廟中，焚香作禮，捐出俸資百兩，命道士重新廟宇，將此事勒碑，廣諭眾人。又將此夢備細寫書，報與高公知道。高公把書與兩個兒子看了，各各驚訝。鍾離夫人年過四十，忽然得孕生子，取名天賜。後來鍾離義歸宋，仕至龍圖閣大學士※81，壽享九旬。子天賜，為大宋狀元。高登、高升，俱仕宋朝，官至卿宰。此是後話。

✦民間信仰中城隍爺是由死去的名人或者對民眾有功勞者擔任的，多是公正無私的清官廉吏，圖為明代官員楊繼盛像，因彈劾嚴嵩而死，被奉為北京城的城隍。

且說賈昌在客中，不久回來，不見了月香小姐和那養娘。詢知其故，與婆娘大鬧幾場。後來知得鍾離相公將月香為女，一同小姐嫁與高門，賈昌無處用情，把銀二十兩，要贖養娘送還石小姐。那趙二恩愛夫妻，不忍分拆，情願做一對投靠。張婆也禁他不住。賈昌領了趙二夫妻，直到德安縣，稟知大尹高公。高公問了備細，進衙又問媳婦月香，所言相同。遂將趙二夫妻收留，以金帛厚酬賈昌。賈昌不受而歸。從此賈昌惱恨老婆無義，立誓不與他相處，另招一婢，生下兩男。此亦作善之報也。後人有詩歎云：

人家嫁娶擇高門，誰肯周全孤女婚？
試看兩公陰德報，皇天不負好心人。

註

※78敕：讀作「斥」。皇帝頒佈的詔書，此指君王詔命。
※79城隍：指城池的守護神。
※80遐齡：高壽。遐，讀作「霞」。長久。
※81龍圖閣大學士：可能是龍圖閣直學士之誤。宋代設置，這是皇帝近臣的一種榮譽職位。范仲淹、包拯等，都被授予龍圖閣直學士。

評點

◎10：廉吏何曾受虧。（可一居士）

# 第三卷　滕大尹鬼斷家私

玉樹庭前諸謝※1，紫荊花下三田※2。塤篪※3和好弟兄賢，父母心中歡忭※4。
多少爭財競產，同根苦自相煎※5。相持鷸蚌枉垂涎，落得漁人取便。

這首詞名為〈西江月〉，是勸人家弟兄和睦的。且說如今三教經典，都是教人為善的。儒教有「十三經」、「六經」、「五經」※6，釋教有諸品《大藏金經》※7，道教有《南華沖虛經》※8及諸品藏經，盈箱滿案，千言萬語，看來都是贅瘤。依我說，要做好人，只消個兩字經，是「孝弟」兩個字。那兩字經中，又只消理會一個字，是個「孝」字。假如孝順父母的，見父母所愛者亦愛之，父母所敬者亦敬之。何況兄弟行中，同氣連枝。想到父母身上去，那有不和不睦之理？就是家私田產，總

◆儒教以孔子為先師，自漢代以來被奉為官學，其後各主要朝代或歷史時期，都是官方指導思想。（圖為孔子像。）

是父母掙來的，分什麼爾我？什麼肥瘠？假如你生於窮漢之家，分文沒得承受，少不得自家挽起眉毛，掙扎過活。見成有田有地，兀自爭多嫌寡，動不動推說爹娘偏愛，分受不均。那爹娘在九泉之下，他心上必然不樂。此豈是孝子所為？◎1所以古人說得好，道是「難得者兄弟，易得者田地」。怎麼是難得者兄弟？且說人生在世，至親的莫如爹娘。爹娘養下我來時節，極早已是壯年了。況且爹娘怎守得我同

註

※1諸謝：原指晉代望族謝家子弟：謝安、謝石、謝玄等人。後來引申比喻優秀的後代。

※2三田：漢代有田氏兄弟三人手足情深，不願分家。詳見本書〈第一卷·三孝廉讓產立高名〉。

※3塤篪：讀作「勳持」。兩者皆古樂器名，用以吹奏，以合奏和諧見長。塤，土製，有六孔，以口吹奏。

※4歡忭：歡喜快樂。忭，讀作「變」。

※5同根苦自相煎：指曹植七步成詩的故事。三國魏文帝曹丕令其弟曹植七步中作詩，若無法完成，將處以重刑。曹植出口成章，在七步之內吟成詩篇「煮豆燃豆萁，豆在釜中泣，本是同根生，相煎何太急。」典故見南朝宋·劉義慶《世說新語》。

※6「十三經」、「六經」、「五經」：是不同時期，儒家經典的合稱。「十三經」，宋代列《孟子》於經部，與《易經》、《書經》、《詩經》、《周禮》、《儀禮》、《禮記》、《左傳》、《公羊傳》、《穀梁傳》、《論語》、《孝經》、《爾雅》。「六經」，《詩》、《書》、《禮》、《樂》、《易》、《春秋》。「五經」，《易》、《書》、《詩》、《禮》、《春秋》五部經典，漢時訂爲五經。爲儒家講學的重要典籍。

※7大藏金經：是《大藏經》的別稱。指包含三藏等之諸藏聖典。亦即以經、律、論三藏爲中心之佛教典籍的總集。

※8《南華沖虛經》：道教典籍中莊子與列子著作的合稱。唐玄宗時，尊莊子爲南華眞君，列子爲沖虛眞人。

評點

◎1：說得痛切。（綠天館主人）

去？也只好半世相處。再說至愛的莫如夫婦，白頭相守，極是長久的了。然未做親以前，你張我李，各門各戶，也空著幼年一段。只有兄弟們生於一家，比幼相隨到老，有事共商，有難共救，真像手足一般，何等情誼。譬如良田美產，今日棄了，明日又可掙得來的；若失了個弟兄，分明割了一手，折了一足，乃終身缺陷。說到此地，豈不是難得者兄弟，易得者田地？若是為田地上壞了手足親情，到不如窮漢赤光光沒得承受，反為乾淨，省了許多是非口舌。

如今在下說一節國朝※9的故事，乃是〈滕縣尹鬼斷家私〉。這節故事，是勸人重義輕財，休忘了「孝弟」兩字經。看官們或是有弟兄、沒兄弟，都不關在下之事，各人自去摸著心頭，學好做人便了。正是：

善人聽說心中刺，惡人聽說耳邊風。

話說國朝永樂年間，北直※10順天府香河縣，

◆中國相當重視孝道，《孝經》為儒家十三經之一。（圖為相傳宋代馬和之繪《孝經圖》）

有個倪太守，雙名守謙，字益之。家累千金，肥田美宅。夫人陳氏，單生一子，名曰善繼。長大婚娶之後，陳夫人身故。倪太守罷官鰥※11居，雖然年老，只落得精神健旺。凡收租、放債之事，件件關心，不肯安閒享用。其年七十九歲，倪善繼對老子說道：「人生七十古來稀。父親今年七十九，明年八十齊頭了，何不把家事交卸與孩兒掌管，喫※12些見成茶飯，豈不為美？」老子搖著頭，說出幾句道：「在一日，管一日。替你心，替你力，掙些利錢穿共喫。直待兩腳壁立直，那時不關我事得。」每年十月間，倪太守親往莊上收租，整月的住下。莊戶人家，肥雞美酒，儘他受用。那一年，又去住了幾日。偶然一日，午後無事，繞莊閒步，觀看野景。忽然見一個女子，同著一個白髮婆婆，向溪邊石上擣衣。那女子雖然村粧打扮，頗有幾分姿色：

髮同漆黑，眼若波明。纖纖十指似栽蔥，曲曲雙眉如抹黛。隨常布帛，俏身軀

註

※9國朝：說書人對本朝的敬稱，此指明朝。

※10北直：北直隸的簡稱。明朝稱直屬京師管轄的地區爲「直隸」，至明成祖遷都北京後，稱直屬北京的地區爲「北直隸」，轄區當今河北省長城以南的地區。

※11鰥：讀作「關」。妻子過世或年老無妻之人。

※12喫：同「吃」。

賽著綾羅；點景野花，美丰儀不須釵鈿。五短身材偏有趣，二八年紀正當時。

倪太守老興勃發，看得呆了。那女子擣衣已畢，隨著老婆婆而走。那老兒留心觀看，只見他走過數家，進一個小小白籬笆門內去了。倪太守連忙轉身，喚管莊的來，對他說如此如此，教他訪那女子跟腳※13，曾否許人？「若是沒有人家時，我要娶他為妾，未知他肯否？」管莊的巴不得奉承家主，領命便走。原來那女子姓梅，父親也是個府學秀才。因幼年父母雙亡，在外婆身邊居住。年一十七歲，尚未許人。管莊的訪得的實了，就與那老婆婆說：「我家老爺見你女孫兒生得齊整，意欲聘為偏房。雖說是做小，老奶奶去世已久，上面並無人拘管。嫁得成時，豐衣足食，自不須說，連你老人家年常衣服茶米，都是我家照顧。臨終還得個好斷送※14，只怕你老人家沒福。」老婆婆聽得花錦似一片說話，即時依允。也是姻緣前定，一說便成。管莊的回覆了倪太守。太守大喜，講定財禮，討皇曆看個吉日，又恐兒子阻攔※15，就在

✦倪太守見一個女子，同著一個白髮婆婆，向溪邊石上擣衣。（古版畫，選自《今古奇觀》明末吳郡寶翰樓刊本。）

莊上行聘，莊上做親。成親之夜，一老一少，端的好看。有《西江月》為證：

一個烏紗白髮，一個綠鬢紅粧。枯藤纏樹嫩花香，好似奶公相傍。一個心中悽楚，一個暗地驚慌。只愁那話忒郎當，雙手扶持不上。

當夜倪太守抖擻精神，勾消了姻緣簿上。真個是：

恩愛莫忘今夜好，風光不減少年時。

過了三朝※16，喚了轎子抬那梅氏回宅，與兒子、媳婦相見。闔宅男婦，都來磕頭，稱為小奶奶。倪太守把些布帛賞與眾人，各各歡喜；只有那倪善繼，心中不美※17，面前雖不言語，背後夫妻兩口兒議說道：「這老人忒※18沒正經！一把年

註

※13跟腳：身世來歷。
※14斷送：此指養老送終的一切事務。
※15阻攩：阻攔。攩，同「擋」。
※16三朝：俗稱新婚、產後第三天。
※17不美：不以爲然。
※18忒：過分、過甚。通「太」。

紀，風燈之燭，做事也須料個前後，知道五年十年在世？卻去幹這樣不了不當※19的事！討這花枝般的女兒，自家也得精神對付他，終不然擔誤他在那裡，有名無實？還有一件：多少人家老漢身邊，有了少婦，支持不過。那少婦熬不得，走了野路※20出乖露醜，為家門之玷。還有一件：那少婦跟隨老漢，分明似出外度荒年一般，等得年時成熟，他便去了。平時偷短偷長，做下私房，東三西四的寄開。又撒嬌撒癡，要漢子製辦衣飾與他；到得樹倒鳥飛時節，他便顛作嫁人，一包兒收拾去受用。這是木中之蠹、米中之蟲！人家有了這般人，最損元氣的。」又說道：「這女子嬌模嬌樣，好像個妓女！全沒有良家體段※21，看來是個做聲分※22的頭兒，擒老公的太歲！在喒※23爹身邊，只該半妾半婢，叫聲姨姐，後日還有個退步。可笑喒爹不明，就叫眾人喚他做小奶奶，難道要喒們叫他娘不成？喒們只不作准※24他，莫要奉承透了，討他做大※25起來，明日喒們顛到受他嘔氣。」夫妻二人唧唧噥噥說個不了。早有多嘴的傳話出來，倪太守知道了，雖然不樂，卻也藏在肚裡。幸得那梅氏秉性溫良，事上接下，一團和氣。眾人也都相安。

過了兩個月，梅氏得了身孕，瞞著眾人，只有老公知道。一日三，三日九，

老夫少妻的搭配常為人議論，蘇軾也曾作詩句「一樹梨花壓海棠。」諷刺好友王先以八十歲高齡娶了十八歲的小妾。（圖為元趙孟頫繪《蘇軾像》）

捱到十月滿足，生下一個小孩兒出來，舉家大驚。這日正是九月九日，乳名取做重陽兒。到十一日，就是倪太守生日，這年恰好八十歲了，賀客盈門。倪太守開筵管待，一來為壽誕，二來小孩子三朝，就當個湯餅之會※26。眾賓客道：「老先生高年，又新添個小令郎，足見血氣不衰，乃上壽之徵也。」倪太守大喜。倪善繼背後又說道：「男子六十而精絕，況是八十歲了！那見枯樹上生出花來？這孩子不知那裡來的雜種，決不是喒爹嫡血，我斷然不認他做兄弟！」老子又曉得了，也藏在肚裡。

光陰似箭，不覺又是一年。重陽兒週歲，整備做晬盤※27故事。裡親外眷，又來作賀。倪善繼倒走了出門，不來陪客。老子已知其意，也不去尋他回來，自己陪

註

※19不了不當：沒有好結果。
※20走了野路：隱指去外面勾搭男人，與人通姦。
※21良家體段：正經人家有教養的言行氣質。
※22做聲分：裝腔作勢。聲分，同「身份」。
※23喒：我。同「咱」
※24不作准：不承認。
※25做大：擺架子。
※26湯餅之會：爲慶賀得子而舉行的湯餅宴會。湯餅，即湯麵。
※27晬盤：俗稱抓週。小孩週歲時以盤盛裝紙、筆、針線等物，觀小孩發意所取，以測驗其前途。晬，讀作「最」。小孩週歲。

著諸親喫了一日酒。雖然口中不語，心內未免有些不足之意。自古道：「子孝父心寬。」那倪善繼平日做人，又貪又狠，一心只怕小孩子長大起來，分了他一股家私，所以不肯認做兄弟，預先把惡話謠言，日後好擺佈他母子。那倪太守是讀書做官的人，這個關竅怎不明白！只恨自家老了，等不及重陽兒成人長大，日後少不得要在大兒子手裡討針線※28。今日與他結不得冤家，只索忍耐。看了這點小孩子，好生痛他；又看了梅氏小小年紀，好生憐他。常時想一會，悶一會，惱一會，又懊悔一會。

再過四年，小孩子長成五歲。老子見他伶俐，又忒會頑耍，要送他館中上學。取個學名，哥哥叫善繼，他就叫善述。揀個好日，備了果酒，領他去拜師父。那師父就是倪太守請在家裡教孫兒的。小叔侄兩個同館上學，兩得其便。誰知倪善繼與做爹的不是一條心腸，他見那孩子取名善述，與己排行，先自不像意※29了。又與他兒子同學讀書，倒要兒子叫他叔叔，從小叫慣了，後來就被他欺壓，不如喚了兒子出來，另從個師父罷。當日將兒子喚出，只推有病，連日不到館中。倪太守初時只道是真病，過了幾日，只聽得

抓週的物品包括書本、算盤、筆墨、元寶等。

師父說：「大令郎另聘了個先生，分做兩個學堂，不知何意？」倪太守不聽猶可，聽了此言，不覺大怒！就要尋大兒子問其緣故。又想到：「天生恁般※30逆種，與他說也沒幹，繇※31他罷了。」含了一口悶氣，回到房中，偶然腳慢，絆著門檻一跌。梅氏慌忙扶起，攙到醉翁床上坐下，已自不省人事。急請醫生來看，醫生說是中風。忙取姜湯灌醒，扶他上床。雖然心下清爽，卻滿身痳木，動彈不得。梅氏坐在床頭，煎湯煎藥，殷勤伏待。連進幾服，全無功效。醫生切脈道：「只好延捱日子，不能全愈了。」倪善繼聞知，也來看覷了幾遍。見老子病勢沉重，料是不能，便呼么喝六，打童罵僕，預先裝出家主公的架子來。老子聽得，愈加煩惱。梅氏只是啼哭，連小學生也不去上學，留在房中相伴老子。倪太守自知病篤，喚大兒子到面前，取出簿子一一。家中田地屋宅及人頭帳目※32總數，都在上面。分付道：「善述年方五歲，衣服尚要人照顧。梅氏又年少，也未必能管家。若分家私與他，也是枉然。如今盡數交付與你，倘或善述日後長大成人，你可看做爹的面上，替他娶房

註

※28討針線：看人臉色、受人擺佈過活。
※29不像意：不滿意。
※30恁般：這樣。恁，讀作「任」。
※31繇：讀作「游」。通「由」。
※32人頭帳目：與別人交易往來的帳目。

媳婦，分他小屋一所、良田五六十畝，勿令饑寒足矣。這段話，我都寫絕在家私簿上，就當分家，把與你做個執照※33。梅氏若願嫁人，只從其便。倘肯守著兒子度日，也莫強他。我死之後，你一一依我言語，這便是孝子。我在九泉亦得瞑目。」倪善繼把簿子揭開一看，果然開得細，寫得明，滿臉堆下笑來，連聲應道：「爹休憂慮，恁兒一一依爹分付便了。」抱了家私簿子，欣然而去。

梅氏見他走得遠了，兩眼垂淚，指著那孩子道：「這個小冤家難道不是你嫡血？你卻和盤托出，都把與大兒子了，叫我母子兩口異日把什麼過活？」倪太守道：「你有所不知。我看善繼，不是個良善之人。若將家私平分了，連這小孩子的性命也難保。不如都把與他，像了他意，再無妒忌。」◎2梅氏又哭道：「雖然如此，自古道子無嫡庶，忒殺厚薄不均，被人笑話。」倪太守道：「我也顧他不得了。你年紀正小，趁我未死，將兒子囑付善繼。待我去世後，多則一年，少則半載，儘你心中揀擇個好頭腦※34，自去圖下半世受用，莫要在他們身邊討氣喫。」

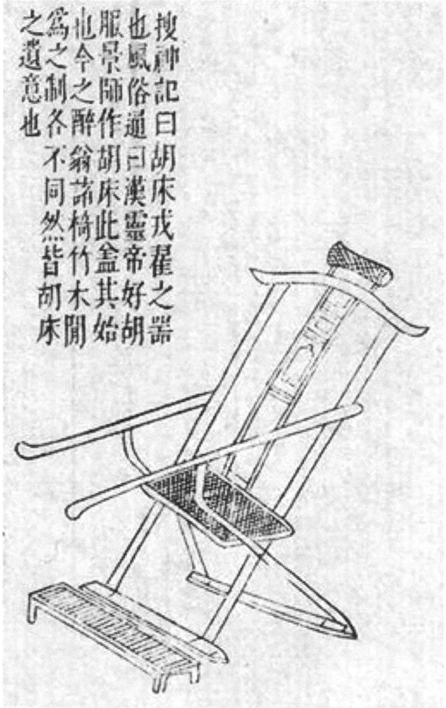


◆醉翁床又名醉翁椅、醉床等，是一種可以倚靠、可以小睡的坐具。（圖為《三才圖會》中所繪之醉翁椅）

梅氏道：「說那裡話！奴家也是儒門之女。婦人從一而終，況又有了這小孩兒，怎割捨得抛他？好歹要守在這孩子身邊的。」倪太守道：「你果然肯有志終身麼？莫非日久生悔？」梅氏就發起大誓來。倪太守道：「你若立志果堅，莫愁母子沒得過活。」便向枕邊摸出一件東西來，交與梅氏。梅氏初時只道又是一個家私簿子，卻原來是一尺闊三尺長的一個小軸子。梅氏道：「要這小軸兒何用？」倪太守道：「這是我的行樂圖※35，其中自有奧妙。你可悄地收藏，休露人目，直待孩子年長，善繼不肯看顧他，也只合藏於心。等得個賢明有司※36官來，你卻將此軸去訴理，述我遺命，求他細細推詳，他自然有個處分，儘夠你母子二人受用。」梅氏收了軸子。話休絮煩。倪太守又延了數日，一夜痰厥※37，叫喚不醒，嗚呼哀哉死了。享年八十四歲。正是：

三寸氣在千般用，一日無常萬事休。

註

※33執照：憑證、憑據。

※34頭腦：人物；對象。

※35行樂圖：個人畫像。

※36有司：官員。職有專司，故稱為「有司」。

※37痰厥：因痰多致使呼吸道受阻而引起的昏厥。

評點

◎2：知子莫若父，此老大有見識。（綠天館主人）

早知九泉將※38不去，作家辛苦著何繇？

且說倪善繼得了家私簿，又討了各倉各庫鑰匙，每日只去查點家財什物，那有功夫走到父親房裡問安？直等嗚呼之後，梅氏差丫鬟去報知凶信，夫妻兩口方纔跑來，也哭了幾聲「老爹爹」，沒一個時辰，就轉身去了，倒委著梅氏守屍。幸得衣衾棺槨※39諸事，都是預辦下的，不要倪善繼費心。殯殮成服後，梅氏和小孩子兩口守著孝堂，早暮啼哭，寸步不離。善繼只是點名應客，全無哀痛之意。七中便擇日安葬。回喪之夜，就把梅氏房中傾箱倒篋※39，只怕父親存下些私房銀兩在內。梅氏乖巧，恐怕收去了他的行樂圖，把自己原嫁來的兩隻箱籠，倒先開了，提出幾件穿舊衣裳，叫他夫妻兩口檢看。◎3善繼見他大意，倒不來看了。夫妻兩口兒亂了一回自去了。梅氏思量苦切，放聲大哭。那小孩子見親娘如此，也哀哀哭個不住。恁般光景：

✦行樂圖是一種個人畫像，有些相當於現在以人物為中心的風景照。（圖為《雍正妃行樂圖》）

任是泥人應墮淚，從教鐵漢也酸心！

次早，倪善繼又喚個做屋匠來看這房子，要行重新改造，與自家兒子做親。將梅氏母子搬到後園三間雜屋內棲身，只與他四腳小床一張，和幾件粗檯粗櫈※40，連好傢伙※41都沒一件。原在房中伏侍有兩個丫鬟，只揀大些的又喚去了，止留下十一二歲的小使女。每日是他廚下取飯，有菜沒菜都不照管。梅氏見不方便，索性討些飯米，堆個土竈※42，自炊來喫。早晚做些針指，買些小菜，將就度日。小學生到附在鄰家上學，束修※43都是梅氏自出。善繼又屢次叫妻子勸梅氏出嫁，又尋媒嫗與他說親。見梅氏誓死不從，只得罷了。因梅氏十分忍耐，凡事不言不語，所以善繼雖然兇狠，也不將他母子放在心上。

註

※38將：帶，拿。
※39衣衾棺槨：此處泛指喪葬用品。衣衾，死人入棺時所用的衣服與大被。棺槨，棺材和套在棺外的外棺。
※40篋：讀作「竊」。置物箱。
※40櫈：無靠背的坐具。同今凳字，是凳的異體字。
※41傢伙：此指家具。
※42竈：以磚土或石塊砌成，用來生火烹飪的設備。同今灶字，是灶的異體字。
※43束修：付給教書先生的酬金。

評點

◎3：梅氏賢而有智，非此婦不能保孤。（綠天館主人）

光陰似箭，善述不覺長成一十四歲。原來梅氏平生謹慎，從前之事，在兒子面前一字也不題，只怕娃子家口滑，引出是非，無益有損。守得一十四歲時，他胸中漸漸涇渭分明，瞞他不得了。一日，向母親討件新絹衣穿。梅氏回他沒錢買得。善述道：「我爹做過太守，止生我弟兄兩人。見今哥哥恁般富貴，我要一件衣服，就不能夠了，是怎地？既娘沒錢時，我自與哥哥要去。」說罷就走。梅氏一把扯住道：「我兒，一件絹衣直甚大事！也去開口求人。常言道：惜福積福，小來穿線，大來穿絹。若小時穿了絹，到大來線也沒得穿了。再過兩年，等你讀書進步，做娘的情願賣身來做衣服與你穿著。你那哥哥不是好惹的！纏他什麼？」善述道：「娘說得是。」口雖答應，心下不以為然。想著：「我父親萬貫家私，少不得兄弟兩個大家分受。我又不是隨娘晚嫁拖來的油瓶，怎麼我哥哥全不看顧，娘又是恁般說？終不然一疋※44絹兒沒有我分，直待娘賣身來做與我穿著，這話好生奇怪！哥哥又不是喫人的虎，怕他怎的？」心生一計，瞞了母親，到大宅裡去，尋見了哥哥，叫聲作個揖。善繼倒喫了一驚，問他：來做什麼？善述

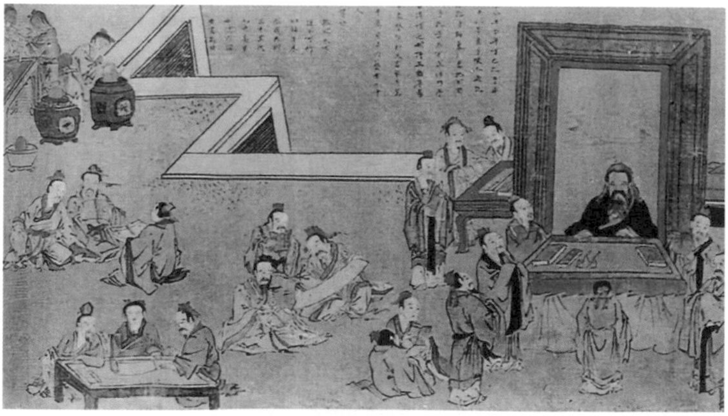

束修最早出自於孔子收學生時收取的見面禮，出自於《論語．述而》：「自行束修以上，吾未嘗無誨焉。」（圖為《孔子講學圖》）

道：「我是個縉紳子弟，身上藍縷，被人恥笑。特來尋哥哥討疋絹去做衣服穿。」善繼道：「你要衣服穿，自與娘討。」善述道：「老爹爹家私是哥哥管，不是娘管。」善繼聽說「家私」二字，題目來得大了！便紅著臉問道：「這句話是那個叫你說的？你今日來討衣服穿，還是來爭家私？」善述道：「家私少不得有日分析。今日先要件衣服，裝裝體面。」善繼道：「你這般野種！要什麼體面？老爹爹縱有萬貫家私，自有嫡子嫡孫，與你野種屁事！你今日是聽了甚人攛掇，到此討野火喫？莫要惹著我性子，叫你母子二人無安身之處！」善述道：「一般是老爹爹所生，怎麼我是野種？惹著你性子便怎地？難道謀害了我娘兒兩個，你就獨佔了家私不成？」善繼大怒罵道：「小畜生！敢挺撞我！」牽住他衣袖兒，捻起拳頭，一連七八個栗暴※45，打得頭皮都青腫了。善述掙脫了，一道煙走出，哀哀的哭到母親面前來，一五一十，備細述與母親知道。梅氏抱怨道：「我叫你莫去惹事！你不聽教訓，打得你好。」口裡雖如此說，扯著青布衫替他摩那頭上腫處，不覺兩淚交流。

有詩為證：

註

※44疋：讀作「匹」。量詞。布帛類紡織品的計算單位。同「匹」。依據《中華民國教育部重編國語辭典修訂本》解釋。

※45栗暴：用拳頭擊打對方的頭，導致傷處隆起如栗子。

少年嫠婦※46擁遺孤，食薄衣單百事無。
只爲家庭缺孝友，同枝一樹判榮枯。

梅氏左思右量，恐怕善繼藏怒，倒遣使女進去致意，說小學生不曉世事，沖撞長兄，招個不是。善繼兀自怒氣不息，次日侵早，邀幾個族人在家，取出父親親筆分關※47，請梅氏母子到來，公同看了。便道：「尊親長在上，不是善繼不肯養他母子，要捻他出去；只因善述昨日與我爭取家私，發許多說話，誠恐日後長大說話一發多了，今日分析他母子出外居住。東莊住房一所、田五十八畝，都是遵依老爹爹遺命，毫不敢自專。伏乞尊親長作證。」這夥親族，平昔曉得善繼做人利害，又且父親親筆遺囑，那個還肯多嘴做閒冤家？都將好看的話兒來說。那奉承善繼的說道：「千金難買亡人筆。照依分關，再沒話了。」就是那可憐善述母子的，也只說道：「男兒不喫分時飯，女子不著嫁時衣。多少白手成家的。如今有屋住，有田種，不算沒根基了。只要自去掙持。得粥莫嫌薄，各人自有個命在。」

梅氏料道在園屋居住，不是了日，只得聽憑分析，同孩兒謝了眾親長，拜別了祠堂，辭了善繼夫婦，教人搬了幾件舊傢伙，和那原嫁來的兩隻箱籠，僱了牲口騎坐，來到東莊屋內。只見荒草滿地，屋瓦稀疏，是多年不修整的。上漏下濕，怎生住得？將就打掃一兩間，安頓床鋪。喚莊戶來問時，連這五十八畝田，都是最下不堪的。大熟之年，一半收成還不能夠；若荒年只好賠糧。梅氏只叫得苦。到是小學生有智，對母親道：「我弟兄兩個，都是老爹爹親生，為何分關上如此偏向？其中必有緣故！莫非不是老爹爹親筆？自古道：家私不論尊卑。母親何不告官申理？厚薄憑官府判斷，倒無怨心。」

梅氏被孩兒題起線索，便將十來年隱下衷情，都說出來道：「我兒，休疑分關之語，這正是你父親之筆。他道你年小，恐怕被做哥的暗算，所以把家私都判與他，以安其心。臨終之日，只與我行樂圖一軸，再三囑付：『其中含藏啞謎，直待賢明有司在任，送他詳審，包你母子兩口，有得過活，不致貧苦。』」善述道：「既有此事，何不早說！行樂圖在那裡？快取來與孩兒一看。」梅氏開了箱兒，取出一個布包來。解開包袱，裡面又有一重油紙封裹著。拆了封，展開那一尺闊、三尺長的小軸兒，掛在椅上，母子一齊下拜。梅氏通陳道：「村莊香燭不便，乞恕褻慢。」善述拜罷起來仔細看時，乃是一個坐像：烏紗白髮，畫得丰采如生。懷中抱著嬰兒，一隻手指著地下。揣摩了半晌，全然不解。只得依舊收卷包藏，心下好生

註

※46嫠婦：寡婦。嫠，讀作「離」。
※47分關：分家時所立的字據。

煩悶。

過了數日，善述到前村要訪個師父講解，偶從關王廟前經過，只見一夥村人抬著豬羊大禮，祭賽關聖※48。善述立住腳頭看時，又見一個過路的老者，拄了一根竹杖，也來閒看，問著眾人道：「你們今日為甚賽神？」眾人道：「我們遭了屈官司，幸賴官府明白斷明了這公事。向日許下神道願心，今日特來拜償。」老者道：「什麼屈官司？怎生斷的？」內中一人道：「本縣向奉上司明文，十家為甲。小人是甲首，叫做成大。同甲中，有個趙裁，是第一手針線。常在人家做夜作※49，整幾日不歸家的。忽一日出去了，月餘不歸。老婆劉氏央人四下尋覓，並無蹤跡。又過了數日，河內浮※50出一個屍首，頭都打破的。地方報與官府，有人認出衣服正是那趙裁。趙裁出門前一日，曾與小人酒後爭句閒話，一時發怒，打到他家，毀了他幾件傢伙，這是有的。誰知他老婆把這樁人命告了小人。前任漆知縣聽信一面之詞，

由於關羽忠義勇武的形象，多被民眾尊稱為關公、關二爺、關老爺，也俗稱為關帝君、關聖帝君、關帝、關帝爺。（圖為清佚名《監門關聖帝君圖》軸）

將小人問成死罪。同甲不行舉首※51，連累他們都有了罪名。小人無處伸冤，在獄三載。幸遇新任滕爺，他雖鄉科出身，甚是明白。小人因他熱審※52時節，哭訴其冤。他也疑惑道：「酒後爭嚷，不是深仇，怎的就謀他一命？」准了小人狀詞，出牌拘人覆審。滕爺一眼看著趙裁的老婆，千不說萬不說，開口便問他曾否再醮※53？劉氏道：「家貧難守，已嫁人了。」又問：「嫁的甚人？」劉氏道：「是班輩※54的裁縫，叫沈八漢。」滕爺當時飛拿沈八漢來問道：「你幾時娶這婦人？」八漢道：「他丈夫死了一個多月，小人方纔娶回。」滕爺道：「何人為媒？用何聘禮？」八漢道：「趙裁存日，曾借用過小人七八兩銀子，小人聞得趙裁死信，走到他家探問，就便取討這銀子。那劉氏沒得抵償，情願將身許嫁小人，准折這銀兩，其實不曾央媒。」滕爺又問道：「你做手藝的人，那裡來這七八兩銀子？」八漢道：「是陸續湊與他的。」滕爺把紙筆叫他細開逐次借銀數目，那八漢開了出來，或米或

**註**

※48賽關聖：酬謝關聖帝君的廟會活動。關聖，指關羽，民間信仰的神祇「關聖帝君」。

※49夜作：夜間操作。

※50氽：讀作「ㄊㄨㄣˇ」。東西漂浮在水面上，也作「氽」。

※51舉首：檢舉、告發。

※52熱審：明清時代，從小滿到立秋前，因為天氣炎熱，凡流徙、笞杖，例從減等處理。

※53醮：讀作「叫」。女子結婚，後來改嫁。

※54班輩：同輩。

銀，共十三次，湊成七兩八錢之數。滕爺看罷大喝道：「趙裁是你打死的！如何妄陷平人※55？」便用夾棍夾起，八漢還不肯認。滕爺道：「我說出情弊，教你心服。既然放本盤利，難道再沒有第二人託得，恰好都借與趙裁？必是平昔間與他妻子有姦。趙裁貪你東西，知情故縱。以後想做長久夫妻，便謀死了趙裁，卻又教導那婦人告狀，撚在成大身上。今日你開帳的字，與舊時狀紙筆跡相同，這人命不是你是誰？」再叫把婦人拶※56起，要他承招。劉氏聽見滕爺言語，句句合拍，分明鬼谷先師※57一般，魂都驚散了，怎敢抵賴。拶子套上，便承認了。八漢只得也招了。

原來八漢起初與劉氏密地相好，人都不知。後來往來勤了，趙裁怕人眼目，漸有隔絕之意。八漢私與劉氏商量，要謀死趙裁，與他做夫妻。劉氏不肯。八漢乘趙裁在人家做生活回來，哄他店上喫得爛醉；行到河邊，將他推倒，用石塊打破腦門，沉屍河底。只等事冷，便娶那婦人回去。後因屍骸浮起，被人認出。八漢聞得小人有爭嚷之隙，卻去唆那婦人告狀。那婦人直待嫁後，方知丈夫是八漢謀死的。既做了夫妻，便不言語。卻被

✦明洪應明《仙佛奇蹤》描繪的鬼谷子。

爺審出真情，將他夫妻抵罪，釋放小人寧家※58。多承列位親鄰，鬥出公分，替小人賽神。老翁，你道有這般冤事麼？」老者道：「恁般賢明官府，真個難遇，本縣百姓有幸了！」倪善述聽在肚裡，便回家學與母親知道，如此如此，這般這般：「有恁地好官府，不將行樂圖去告訴，更待何時？」

母子商議已定，打聽了放告※59日期，梅氏起個黑早，領著十四歲的兒子，帶了軸兒，來到縣中叫喊。大尹見沒有狀詞，只有一個小小軸兒，甚是奇怪，問其緣故。梅氏將倪善繼平昔所為，及老子臨終遺囑備細說了。滕知縣收了軸子，叫他且去，待我進衙細看。正是：

一幅畫圖藏啞謎，千金家事仗搜尋。

只因嫠婦孤兒苦，費盡神明大尹心。

註

※55平人：此指平白善良的人。
※56拶：讀作「攢」。古代的一種刑罰。以木條用力夾指。
※57鬼谷先師：鬼谷子。戰國楚人，爲縱橫家的始祖，蘇秦、張儀之師，隱居於鬼谷，故稱爲「鬼谷先生」。
※58寧家：回家。
※59放告：地方官府放出布告受理訴訟的日期，其日期常有一定。

不題梅氏母子回家。且說滕大尹放告已畢；退歸私衙，取那一尺闊三尺長的小軸看，是倪太守行樂圖。一手抱個嬰孩，一手指著地下。推詳了半日，想道：「這個嬰孩就是倪善述不消說了。那一手指地，莫非要有司官念他地下之情，替他出力麼？」又想道：「他既有親筆分關，官府也難做主了。他說軸中含藏啞謎，必然還有個道理。若我斷不出此事，枉自聰明一世！」每日退堂，便將畫圖展玩，千思萬想。如此數日，只是不解。也是這事合當明白，自然生出機會來。一日午飯後，又去看那軸子時，丫鬟送茶來喫。將一手去接茶甌※60，偶然失挫，潑了些茶，把軸子沾濕了。滕大尹放了茶甌，走向階前，雙手扯開軸子，就日色晒乾。忽然日光中照見軸子裡面有些字影。滕知縣心中疑，揭開看時，乃是一幅字紙，托在畫上，正是倪太守遺筆。上面寫道：

✦滕大尹取那一尺闊三尺長的小軸看，是倪太守行樂圖。一手抱個嬰孩，一手指著地下。（古版畫，選自《今古奇觀》明末吳郡寶翰樓刊本。）

老夫官居五馬※61，壽踰八旬，死在旦夕，亦無所恨。但孽子善述，年方週歲，急未成立。嫡善繼，素缺孝友，日後恐爲所戕※62。新置大宅二所及一切田產，悉以授繼。惟左偏舊小屋，可分與述。此屋雖小，室中左壁埋銀五千，作五罈；右壁埋銀五千、金一千，作六罈，可以準田園之額。後有賢明有司主斷者，述兒奉酬白金三百兩。八十一翁倪守謙親筆。

年月日　押

原來這行樂圖是倪太守八十一歲上與小孩子做週歲時預先做下的。古人云：「知子莫若父。」信不虛也。滕大尹最有機變的人，看見開著許多金銀，未免垂涎之意。眉頭一皺，計上心來，差人密拿倪善繼來見我，自有話說。

卻說倪善繼獨佔家私，心滿意足，日日在家中快樂。忽見縣差奉著手批拘喚，時刻不容停留。善繼推阻不得，只得相隨到縣。正直大尹升堂理事。差人稟道：「倪善繼已拿到了。」大尹喚到案前問道：「你就是倪太守的長子麼？」善繼應

註

※60甌：讀作「歐」。此指茶杯。
※61五馬：太守的代稱。漢代以四馬載車爲常禮，惟太守則增一馬，故稱爲「五馬」。
※62戕：讀作「強」。殺害、傷害。

道：「小人正是。」大尹道：「你庶母梅氏有狀告你，說你逐母逐弟，占產占房。此事真麼？」倪善繼道：「庶弟善述在小人身邊，從幼撫養大的。近日他母子自要分居，小人並不曾逐他。其家財一節，都是父親臨終親筆分析定的，小人並不敢有違。」大尹道：「你父親親筆在那裡？」善繼道：「見在家中，容小人取來呈覽。」大尹道：「他狀詞內，告有家財萬貫，非同小可！遺筆真偽，也未可知。念你是縉紳※63之後，且不難為你。明日可喚齊梅氏母子，我親到你家，查閱家私。若厚薄果然不均，自有公道，難以私情而論。」喝教皂快※64押出善繼，就去拘集梅氏母子，明日一同聽審。公差得了善繼的東道※65，放他回家去訖，自往東莊拘人去了。

再說善繼聽見官府口氣利害，好生驚恐。論起家私，其實全未分析，單單持著父親分關執照，千鈞之力，須要親族見證方好。連夜將銀兩分送三黨※66親長，囑託他次早都到家來。若官府問及遺筆一事，求他同聲相助。這夥三黨之親，自從倪太守亡後，從不曾見善繼一盤一盒，歲時也不曾酒杯相及。今日大塊銀子送來，正是「閒時不燒香，急來抱佛腳」，各各暗笑，落得受了買東西喫。明日見官，旁觀動靜，再作區處。時人有詩云：

休嫌庶母妄興詞※67，自是爲兄意太私。

今日將銀買三黨，何如疋絹贈孤兒？

且說梅氏見縣差拘喚，已知縣主與他做主。過了一夜，次日侵早，母子二人先到縣中去見滕大尹。大尹道：「憐你孤兒寡婦，自然該替你說法。但聞得善繼執得有亡父親筆分關，這怎麼處？」梅氏道：「分關雖寫得有，卻是保全兒子之計，非出亡夫本心。恩官只看家私簿上數目，便知明白。」大尹道：「常言道，清官難斷家事。我如今管你母子一生衣食充足，你也休做十分大望。」◎4梅氏謝道：「若得免於飢寒足矣！豈望與善繼同作富家郎乎？」

滕大尹分付梅氏母子先到善繼家伺候。倪善繼早已打掃廳堂，堂上設一把虎皮交椅，焚起一爐好香。一面催請親族早來守候。梅氏和善述到來，見十親九眷

註

※63縉紳：讀作「進深」，指仕宦。古代官員將笏插入綁於腰間一端下垂的腰帶上。搢，插。紳，束在腰間的大帶。

※64皂快：衙門差役。古代衙役多穿黑色衣服。

※65東道：即東道主。作爲主人招待或宴請客人。典故出自《左傳．僖公三十年》：「若舍鄭以爲東道主，行李之往來，共其乏困，君亦無所害。」春秋時鄭大夫燭之武見秦穆公，說：「如果捨去鄭國不予攻打，那麼今後秦國的使者到鄭國出使，就由鄭國作爲東道（鄭國在秦國的東邊）的主人，款待秦國的使者。國君您也沒甚麼損失。」

※66三黨：父族、母族、妻族。

※67興詞：挑起訴訟，告狀。

評點

◎4：不作大望，望乃易塞，是藤公預作地步處。（綠天館主人）

都在眼前，一一相見了，也不免說幾句求情的話兒。善繼雖然一肚子惱怒，此時也不好發洩，各各暗自打點見官的說話。等不多時，只聽得遠遠喝道※68之聲，料是縣主來了。善繼整頓衣帽迎接。親族中年長知事的，準備上前見官。其幼輩怕事的，都站在照壁※69背後張望，打探消耗。只見一對對執事※70兩邊排立，後面青羅傘※71下，蓋著有才有智的滕大尹。到得倪家門首，執事跪下，么喝一聲，梅氏和倪家兄弟都一齊跪下來迎接。門子喝聲「起去！」轎夫停了五山屏風轎子。滕大尹不慌不忙踱下轎來，將欲進門，忽然對著空中連連打恭，口裡應對，恰像有主人相迎的一般。眾人都喫驚，看他做甚模樣。只見滕大尹一路揖讓，直到堂中，連作數揖，口中敘許多寒溫的言語。先向朝南的虎皮交椅上打個恭，恰像有人看坐的一般。連忙轉身，就拖一把交椅，朝北主位排下，又向空再三謙讓，方才上坐。眾人看他見神見鬼的模樣，不敢上前，都兩傍※72站立呆看。只見滕大尹在上坐拱揖開談道：「令夫人將家產事告到晚生手裡，此事端的如何？」說罷，便作顧聽之狀。良久，

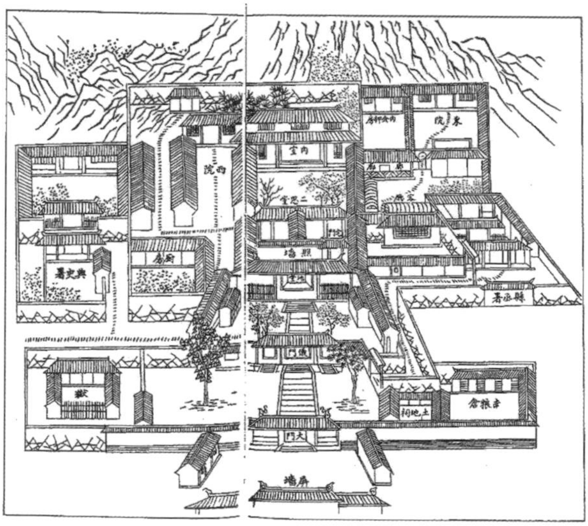

衙門又稱官衙，為地方官署稱呼，內有地方官員負責審理案件，衙門中的衙門差役就是協助地方官員搜查證據及逮捕犯人。（浙江省紹興1803年的衙門版畫平面圖）

乃搖首吐舌道：「長公子太不良了！」靜聽一會，又自說道：「教次公子何以存活？」停一會又說道：「右偏小屋，有何活計？」又連聲道：「領教領教。」又停一時說道：「這項也交付次公子，晚生都領命了。」少停又拱揖道：「晚生怎敢當此厚惠！」推遜了多時，又道：「既承尊命懇切，晚生勉領。便給批照※73與次公子收執。」◎5乃起身又連作數揖，口稱：「晚生便去。」眾人都看得呆了。

只見滕大尹立起身來，東看西看，問道：「倪爺那裡去了？」門子稟道：「沒見什麼倪爺。」滕大尹道：「有此怪事！」喚善繼問道：「方纔令尊老先生親在門外相迎，與我對坐了，講這半日說話，你們諒必都聽見的。」善繼道：「小人不曾聽見。」滕大尹道：「方纔長長的身兒，瘦瘦的臉兒，高顴骨，細眼睛，長眉大耳，朗朗的三牙須※74，銀也似白的，紗帽皂靴，紅袍金帶，可是倪老先生模樣麼？」諕※75得眾人一身冷汗，都跪下道：「正是他生前模樣。」大尹道：「如何

註

※68喝道：古代官吏出行，前導的儀衛大聲吆喝，叫行人讓路。
※69照壁：廳堂前與正門相對的短牆，作爲遮蔽、裝飾用途。
※70執事：此指地方官手下的隨從。
※71青羅傘：明代五品官員出行時的涼傘。傘面是青羅，故稱青羅傘。
※72傍：側、邊。通「旁」。
※73批照：由官府批放的憑據。
※74須：生在下巴的鬍子。後泛指鬍鬚。通「鬚」。
※75諕：讀作「下」。欺瞞、欺騙。

評點

◎5：滕大尹好副面皮，還取他不損陰德，勝似接人黑錢也。（綠天館主人）

忽然不見了？他說家中有兩處大廳堂，又東邊舊存下一所小屋，可是有的？」善繼也不敢隱瞞，只得承認道：「有的。」大尹道：「且到東邊小屋去一看，自有話說。」眾人見大尹半日自言自語，說得活龍活現，分明是倪太守模樣，都信道倪太守真個出現了。人人吐舌，個個驚心。誰知都是滕大尹的巧計。他是看了行樂圖，照依小像說來，何曾有半句是真話！◎6有詩為證：

聖賢自是空題目，惟有鬼神不敢觸。
若非大尹假裝詞，逆子如何肯心服？

倪善繼引路，眾人隨著大尹，來到東偏舊屋內。這舊屋是倪太守未得第時所居，自從造了大廳大堂，把舊屋空著，只做個倉廳，堆積些零碎米麥在內，留下一房家人看守。大尹前後走了一遍，到正屋中坐下，向善繼道：「你父親果是有靈！家中事體，備細與我說了，叫我主張，這所舊宅子與善述，你意下如何？」善繼叩頭道：「但

✦古代官員多乘轎子出行。（本圖題為「大轎圖」，出自《古今圖書集成·經濟彙編·考工典·第一百七十四卷》）

憑恩臺明斷。」大尹討家私簿子，細細看了，連聲道：「也好個大家事！」看到後面遺筆分關，大笑道：「你家老先生自家寫定的，方纔卻又在我面前說善繼許多不是，這個老先生也是沒主意的。」喚倪善繼過來：「既然分關寫定，這些田園帳目，一一給與善繼，不許妄爭！」梅氏暗暗叫苦，方欲上前哀求，只見大尹又道：「這舊屋判與善述，此屋中之所有，善繼也不許妄爭。」善繼想道：「這屋內破傢破伙不直※76甚事，便堆下些米麥，一月前都糶※77得七八了，存不多兒，我也夠便宜了。」便連連答應道：「恩臺所斷極明。」大尹道：「你兩人一言為定，各無翻悔。眾人既是親族，都來做個證見。方才倪老先生當面囑付，說此屋左壁下埋銀五千兩，作五罈，當與次兒。」善繼不信，稟道：「若果然有此，即使萬金，亦是兄弟的。小人並不敢爭執。」大尹道：「你就爭執時，我也不准！」便教手下討鋤頭鐵鍬等器，梅氏母子作眼※78，率領民壯，往東壁下掘開牆基，果然埋下五個大罈。發起來時，罈中滿滿的都是光銀子。把一罈銀子上秤稱時，算來該是六十二斤半，剛剛一千兩足數。眾人看見，無不驚訝。善繼益發信真了：「若非父親陰靈出

註

※76直：通「值」，價值。
※77糶：作「跳」。販賣穀物。
※78作眼：做嚮導。

評點

◎6：巧哉！（綠天館主人）

現，面訴縣主，這個藏銀我們尚且不知，縣主那裡知道？」只見滕大尹教把五罈銀子，一字兒擺在自家面前，又分付梅氏道：「右壁還有五罈，亦是五千之數。更有一罈金子，方纔倪老先生有命，送我作酬謝之意。我不敢當，他再三相強。我只得領了。」梅氏同善述叩頭說道：「左壁五千，已出望外；若右壁更有，敢不依先人之命。」大尹道：「我何以知之？據你家老先生是恁般說，想不是虛話。」再教人發掘西壁，果然六個大罈，五罈是銀，一罈是金。善繼看著許多黃白之物，眼裡都放出火來，恨不得他一錠。只是有言在前，一字也不敢開口。滕大尹寫個照帖，給與善繼為照，就將這房家人判與善述母子。梅氏同善述不勝之喜，一同叩頭拜謝。善繼滿肚不樂，也只得磕幾個頭，勉強說句：「多謝恩臺主張。」大尹判幾條封皮，將一罈金子封了，放在自己轎前，抬回衙內，落得受用。眾人都認道真個倪太守許下酬謝他的，反以為理之當然，那個敢道個不字！◎7這正叫做「鷸蚌相持，漁人得利。」※79若是倪善繼存心忠厚，兄弟和睦，肯將家私平等分析，這千兩黃金，弟兄大家該五百兩，怎到得滕大尹之手？白白裡作成了別人，自己還討得氣悶，又加個不孝不弟之名，千算萬計，何曾算計得他人？只算計得

明朝永樂年間的大金錠。（圖片來源、攝影：風之清揚）

自家而已！

閒話休題。再說梅氏母子次日，又到縣拜謝滕大尹。大尹已將行樂圖取去遺筆，重新裱過，給還梅氏收領。梅氏母子方悟行樂圖上，一手指地，乃指地下所藏之金銀也。此時有了這十罈銀子，一般置買田園，遂成富室。後來善述娶妻，連生三子，讀書成名。倪氏門中，只有這一枝極盛。善繼兩個兒子，都好遊蕩，家業耗廢。善繼死後，兩所大宅子都賣與叔叔善述管業。里中凡曉得倪家之事本末的，無不以為天報云。詩曰：

從來天道有何私，堪笑倪郎心太癡！
忍以嫡兄欺庶母，卻教死父算生兒。
軸中藏字非無意，壁下埋金屬有司；
何似存些公道好，不生爭競不興詞。

註

※79鷸蚌相持，漁人得利：典故出自《戰國策．燕策第二》。蚌張開殼，被鷸所啄，蚌閉起殼夾住鷸的喙，最後漁翁看見了，把牠們都一起捕捉了回去。後用以比喻雙方爭持不下，而使第三者獲利。也作「鷸蚌相爭，漁人獲利」。戰國時期，趙國要去攻打燕國，蘇代以「鷸蚌相持，漁人得利」的故事遊說趙王，勿要讓秦國坐收漁利。

評點

◎7：喜殺善述，妒殺善繼，謊殺眾人，笑殺大尹。（綠天館主人）

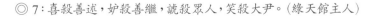

# 第四卷　裴晉公義還原配

官居極品富千金，享用無多白髮侵。
惟有存仁並積善，千秋不朽在人心。

當初，漢文帝朝中有個寵臣，叫做鄧通。出則隨輦※1，寢則同榻，恩幸無比。其時有神相許負，相那鄧通之面，有縱理紋入口※2，必當窮餓而死。文帝聞之怒曰：「富貴繇※3我，誰人窮得鄧通！」遂將蜀道銅山賜之，使得自鑄錢。當時鄧氏之錢，布滿天下，其富敵國。一日，文帝偶然生下個癰疽※4，膿血迸流，疼痛難忍。鄧通跪而吮之。文帝覺得爽快，便問道：「天下至愛者，何人？」鄧通答道：「莫如父子。」恰好皇太子入宮問疾，文帝

✦《宋人卻坐圖》，畫中中坐者是漢文帝。

也教他吮那癰疽。太子推辭道：「臣方食鮮膾，恐不宜近聖恙。」太子出宮去了，文帝歎道：「至愛莫如父子，尚且不肯為我吮疽；鄧通愛我，勝如吾子。」繇是恩寵轉加。皇太子聞知此語，深恨鄧通吮疽之事。後來文帝駕崩，太子即位，是為景帝。遂治鄧通之罪，說他吮疽獻媚，壞亂錢法，籍※5其家產，閉於空室之中，絕其飲食。鄧通果然餓死。又漢景帝時，丞相周亞夫※6也有縱理紋在口。景帝忌他威名，尋他罪過，下之於廷尉※7獄中。亞夫怨恨，不食而死。

這兩個極富極貴，犯了餓死之相，果然不得善終。然雖如此，又有一說，道是：「面相不如心相。」假如上等貴相之人，也有做下虧心事，損了陰德，反不得好結果；又有犯著惡相的，卻因心地端正，肯積陰功，反禍為福。此是人定勝天，

註

※1輦：讀作「輾」。古代皇帝乘坐的車。

※2縱理紋入口：相學中嘴角兩邊法令紋彎曲如蛇，纏繞入嘴角，爲騰蛇入口。形容兩條蛇纏著咬住嘴角的形狀，帶這種相之人是餓死，貧夭的特徵。

※3繇：讀作「遊」。通「由」。

※4癰疽：讀作「傭居」。常見的毒瘡。多由於血液運行不良，毒質淤積而生。大而淺的爲癰，深的爲疽，多長在脖子、背部或臀部等地方。

※5籍：由官府沒收充公。

※6周亞夫：西漢沛縣（今江蘇沛縣）人。文帝時爲將軍，治軍嚴整受文帝器重。景帝時討平吳楚七國有功，官拜丞相，後因其子獲罪下獄，憤而絕食身亡。

※7廷尉：古代官名。秦朝始置，九卿之一，掌管刑獄。

非相法之不靈也。

如今說唐朝有個裴度※8，少年時，貧落未遇。有人相他縱理入口，法當餓死。後游香山寺中，於井亭欄杆上拾得三條寶帶。裴度自思：「此乃他人遺失之物，我豈可損人利己，壞了心術※9！」乃坐而守之。少頃間只見有個婦人啼哭而來，說道：「老父陷獄，借得三條寶帶，要去贖罪，偶到寺中盥手※10燒香，遺失在此。如有人拾取，可憐見還，全了老父之命。」裴度將三條寶帶即時交還婦人。婦人拜謝而去。他日又遇了那相士。相士大驚道：「足下骨法全改，非復向日餓莩※11之相，得非有陰德乎？」裴度辭以沒有。相士云：「足下試自思之，必有拯溺救焚之事。」裴度乃言還帶一節。相士云：「此乃大陰功，他日富貴兩全，可預賀也！」後來裴度果然進身及第，位至宰相，壽登耄耋※12。正是：

面相不如心相準，為人須是積陰功。
假饒方寸難移相，餓莩焉能享萬鍾※13？

說話的，你只道裴晉公是陰德上積來的富貴，誰知他富貴以後陰德更多。則今聽我說「義還原配」這

◆裴度少年時，有人相他縱理入口，法當餓死。《裴度香山還帶記．上卷》，明末繡谷唐氏世德堂刊本。）

節故事，卻也十分難得。

話說唐憲宗皇帝元和十三年，裴度領兵削平了淮西※14反賊吳元濟※15，還朝拜為首相，進爵晉國公。又有兩處積久負固※16的藩鎮※17，都懼怕裴度威名，上表獻地贖罪。恆冀節度使王承宗，願獻德、棣二州；淄青節度使李師道，願獻沂、密、海三州。憲宗皇帝看見外寇漸平，天下無事，乃修龍德殿，浚※18龍

◆裴度將三條寶帶即時交還婦人。（古版畫，選自明沈采撰《裴度香山還帶記．上卷》，明末繡谷唐氏世德堂刊本。）

註

※8裴度：字中立，唐代名臣，河東聞喜（今山西省聞喜東北）人。憲宗時爲宰相，封晉國公。

※9壞了心術：居心不良，心存歹念。

※10盥手：洗手。

※11餓莩：餓死的人。莩，讀作「縹」。

※12耄耋：讀作「茂蝶」。指年紀很大的老人。此指享有高壽。耄，年紀約八、九十歲。耋，年紀約七、八十歲。

※13萬鍾：俸祿優渥。

※14淮西：泛指淮河上游一帶，位於今安徽省北部、河南省東部。

※15吳元濟：吳元濟父親死後，他向朝廷請求承襲官位，朝廷不准，於是他遣兵焚舞陽（今河南省舞陽西北）、葉縣（今河南省葉縣南），攻佔魯山（今屬河南省）、襄城（今屬河南省）、陽翟（今河南省禹縣）。又割據蔡州，自領軍務。

※16積久負固：長期倚仗所處的地勢險要。

※17藩鎮：唐代在邊陲各地設置節度使，鎮守土地，以抵禦外侮。

※18浚：讀作「俊」。疏通或挖深水道。通「濬」。

首池，起承暉殿，大興土木；又聽山人※19柳泌合長生之藥。裴度屢次切諫都不聽。佞臣皇甫鎛判度支※20，程异掌鹽鐵，專一刻剝百姓財物，名為羨餘※21，以供無事之費。鎛※22是投了憲宗皇帝之意。兩個佞臣並同平章事※23。裴度羞與同列，上表求退。憲宗皇帝不許，反說裴度好立朋黨※24，漸有疑忌之心。裴度自念功名太盛，惟恐得罪，乃口不談朝事，終日縱情酒色，以樂餘年。◎1四方郡牧，往往訪覓歌兒舞女，獻於相府，不一而足。論起裴晉公，那裡要人來獻！只是這班阿諛諂媚的，要博相國歡喜，自然重價購求，也有用強逼取的。鮮衣美飾，或假作家妓，或偽稱侍兒，遣人慇慇懃懃※25的送來。裴晉公來者不拒，也只得納了。

再說晉州萬泉縣※26，有一人姓唐名璧，字國寶，曾舉孝廉科※27。初任括州※28龍宗縣尉，再任越州※29會稽丞。先在鄉時，聘定同鄉黃太學※30之女小娥為妻。因小娥尚在稚齡，待年未嫁。比及長成，唐璧兩任遊宦，都在南方，以此兩下蹉跎，不曾婚配。那小娥年方二九，生得臉似堆花，體如琢玉；又且通於音律，凡蕭管、琵琶之類，無所不工。晉州刺史※31只奉承裴晉公，要在所屬地方，選取美貌歌姬一隊進奉，已有了五人，還少一個出色掌班的。聞得

✦琵琶是中國傳統彈撥樂器，唐時相當推崇西域琵琶樂。圖為《熾盛光佛並五星圖》局部，彈琵琶的女子。

黃小娥之名，又道太學之女不可輕得，乃捐錢三十萬，囑託萬泉縣令求之。那縣令又奉承刺史◎2，遣人到黃太學家致意。黃太學回道：「已經受聘，不敢從命。」縣令再三強求。黃太學只是不允。時值清明，黃太學舉家掃墓，獨留小娥在家。縣令打聽的實，乃親到黃家，搜出小娥，用肩輿※32抬去，著兩個穩婆※33相伴，立刻送到晉州刺史處交割。硬將三十萬錢撇在他家，以為身價。比及黃太學回來，曉得

註

※19山人：此指以煉丹、占卜等方術行騙的道士。
※20度支：掌管國家租賦收支的官員。
※21羨餘：在正常賦稅以外，另立名目榨取所得的收入。
※22繇：讀作「遊」。通「由」。
※23同平章事：官名。唐宋以同平章事為宰相之職，意指合中書、門下為一，共議國事。
※24朋黨：同類的人相互集結成黨派，排除異己。
※25慇慇懃懃：情意懇切、周到。依據《中華民國教育部重編國語辭典修訂本》解釋
※26萬泉縣：今山西省新絳縣西南一一五里。
※27孝廉科：漢代選舉官吏的科目。由各郡推舉的人才。
※28括州：隋朝時設置的州，今浙江省境內。唐朝，括州改處州。
※29越州：今浙江省紹興市。
※30太學：原指國家設立的學校，用以培養人才、傳授儒家經典的最高學府，此指曾在國家太學中學習的文人。
※31刺史：古代掌管地方糾察的官員，後沿稱地方長官，是清代知州的別稱。
※32肩輿：轎子。
※33穩婆：古代以幫助產婦分娩和驗身為業的婦女。

評點

◎1：口口可憐。(綠天館主人)
◎2：輾轉奉承，便做出虧心事來了。(綠天館主人)

女兒被縣令劫去，急往縣中，已知送去州裡。再到晉州，將情哀求刺史。刺史道：「你女兒才色過人，一入相府，必然擅寵，豈不勝作他人箕箒※34乎？況已受我聘財六十萬錢，何不贈與汝婿，別圖配偶？」黃太學道：「縣主乘某掃墓，將錢委置；某未嘗面受。況止三十萬，今悉持在此。某只願領女，不願領錢也。」刺史拍案大怒道：「你得財賣女，卻又瞞過三十萬，強來絮聒，是何道理！汝女已送至晉國公府中矣！汝自往相府取索，在此無益。」黃太守看見刺史發怒，出言圖賴，再不敢開口，兩眼含淚而出。在晉州守了數日，欲得女兒一見，寂然無信，歎了口氣，只得回縣去了。

卻說刺史將千金置買異樣服飾，寶珠瓔珞※35，粧扮那六個女子如天仙相似。全副樂器，整日在衙中操演，直待晉國公生日將近，遣人送去，以作賀禮。那刺史費了許多心機，破了許多錢鈔，要博相國一個大歡喜。誰知相國府中，歌舞成行。各鎮所獻美女，也不計其數。這六個人只湊得鬧熱，相國那裡便看在眼裡，留在心裡◎3。從來奉承儘有折本的◎4，都似此類。有

◆唐代的宴會音樂藝術發展也是中國歷史上的高峰期。圖為《唐人宮樂圖》。

詩為證：

割肉剜※36膚買上懽※37，千金不吝備吹彈。

相公見慣渾閒事，羞殺州官與縣官。

話分兩頭。再說唐璧在會稽※38任滿，該得升遷。想：「黃小娥今已長成，且回家畢姻，然後赴京未遲。」當下收拾宦囊※39，望萬泉縣進發。到家次日，就去謁見岳丈黃太學。黃太學已知為著姻事，不等開口，便將女兒被奪情節，一五一十，備細的告訴了。唐璧聽罷，呆了半晌，咬牙切齒恨道：「大丈夫浮沉薄宦，至一妻之不能保，何以生為！」黃太學勸道：「賢婿英年才望，自有好姻緣相湊。吾女兒自沒福相從，遭此強暴。休得過傷懷抱，有誤前程。」唐璧怒氣不息，要到州官、縣官處與

✦彈撥琵琶的彩繪陶樂女俑。

註

※34箕箒：古代婦女主持家中灑掃事務。此爲妻子的代稱。
※35瓔珞：以珠玉綴成的頸飾。
※36剜：讀作「灣」。用刀挖取。
※37懽：同今歡字，是歡的異體字。
※38會稽：浙江省古代縣名，今與山陰縣合併爲紹興縣。
※39宦囊：當官時所積攢的錢財。

評點

◎3：可憐如花女，卻作遼東豕。（綠天館主人）
◎4：小人情願折本。（綠天館主人）

他爭論。黃太學又勸道：「人已去矣，爭論何益？況干礙裴相國，方今一人之下，萬人之上。倘失其歡心，恐於賢婿前程不便。」乃將縣令所留三十萬錢抬出，交付唐璧道：「以此為圖婚之費。當初宅上有碧玉玲瓏為聘，在小女身邊，不得奉還矣。賢婿須念前程為重，休為小挫，以誤大事。」唐璧兩淚交流，答道：「某年近三旬，又失此佳偶，琴瑟之事，終身已矣！蝸名微利，誤人之本，從此亦不復思進取也！」言訖，不覺大慟。黃太學也還痛起來，大家哭了一場方罷。唐璧那裡肯收這錢去，逕自空身回了。

次日，黃太學親到唐璧家，再三解勸，攛掇他早往京師聽調。得了官職，然後徐議良姻。唐璧初時不肯，被丈人一連數日強逼不過。思量：「在家氣悶，且到長安走遭，也好排遣。」勉強擇日，買舟起程。丈人將三十萬錢暗地放在舟中，私下囑付從人道：「開船兩日後，方可稟知主人。拿去京中好做使用，討個美缺。」唐璧見了這錢，又感傷了一場。分付蒼頭※40：「此是黃家賣女之物，一文不可動用！」◎5在路不一日，來到長安。僱人挑了行李，就裴相國府中左近處，下個店房，早晚府前行走，好打探小娥信息。◎6過了一夜，次早到吏部報名，送歷任文簿，查驗過了，回寓喫※41了飯，就到相

✦唐三彩文官俑

府門前守候，一日最少也趄※42過十來遍。住了月餘，那裡通得半個字！這些官吏們一出一入，如螞蟻相似，誰敢上前把這沒頭腦的事問他一聲。正是：

侯門一入深如海，從此蕭郎是路人。※43

一日，吏部掛榜，唐壁授湖州錄事參軍※44。這湖州又在南方，是熟遊之地，唐壁倒也歡喜。等有了告敕※45，收拾行李，僱喚船隻出京。行到潼津地方，遇了一夥強人。自古道：「慢藏誨盜※46。」只為這三十萬錢，帶來帶去，露了小人眼目，惹起貪心，就結夥做出這事來。這夥強人，從京城外直跟至潼津※47，背地通同了船

註

※40蒼頭：以青色頭巾作頭飾的僕役，此指僕人。
※41喫：同「吃」。
※42趄：讀作「學」。盤旋，徘徊。
※43侯門一入深如海，從此蕭郎是路人：詩句出唐·崔郊〈贈去婢〉詩，蕭郎指少女的戀人。
※44湖州：位於浙江省北部、太湖南岸。錄事參軍：古代官名。晉代創置，本爲京城總諸官署文簿、舉善彈惡的官員，至隋、唐時，以地方事務繁冗改爲州郡官職，在京城者稱司錄參軍。
※45告敕：稟告整飭已畢。
※46慢藏誨盜：收藏財物不謹慎，錢財露白，導致引起盜賊偷竊。語出《易經·繫辭上》：「慢藏誨盜，冶容誨淫。」意指錢財露白，被盜賊盯上，也指女子衣著暴露，容易引起登徒子的覬覦。
※47潼津：古代縣名，治所在今華縣。華縣，遺址在山東費縣城東北二十公里方城鎮境內。

評點

◎5：可憐。（綠天館主人）
◎6：有心人。（綠天館主人）

家，等待夜靜，一齊下手。也是唐璧命不該絕，正在船頭上登東※48，看見聲勢不好，急忙跳水上岸逃命。只聽得這夥強人亂了一回，連船都撐去。蒼頭的性命也不知死活。舟中一應行李，盡被劫去，光光剩個身子。正是：

屋漏更遭連夜雨，船遲又被打頭風。

那三十萬錢和行囊還是小事，卻有歷任文簿和那誥敕，是赴任的執照，也失去了，連官也做不成。唐璧那一時，真個是控天無路，訴地無門。思量：「我直恁時乖運蹇※49，一事無成！欲待回鄉，有何面目？欲待再往京師向吏部衙門投拆，奈身畔並無分文盤費，怎生是好？這裡又無相識借貸，難道求乞不成？」欲待投河而死，又想：「堂堂一軀，終不然如此結果。」坐在路傍※50，想了又哭，哭了又想，左算右算，無計可施。從半夜直哭到天明。喜得絕處逢生，遇著一個老者攜杖而來，問道：「官人為何哀泣？」

✦從半夜直哭到天明。喜得絕處逢生，遇著一個老者攜杖而來。（古版畫，選自《今古奇觀》明末吳郡寶翰樓刊本。）

唐璧將赴任被劫之事，告訴了一遍。老者道：「原來是一位大人，失敬了！舍下不遠，請那步則個。」老者引唐璧約行一里，到於家中，重複敘禮。老者道：「老漢姓蘇，兒子喚做蘇鳳華，見做湖州武源縣尉※51，正是大人屬下。◎7大人往京，老漢願少助資斧※52。」即忙備酒飯管待，取出新衣一套，與唐璧換了。捧出白金二十兩，權充路費。唐璧再三稱謝，別了蘇老，獨自一個上路，再往京師舊店中安下。店主人聽說路上喫虧，好生淒慘。

唐璧到吏部※53門下，將情由哀稟。那吏部官道：「是誥敕文簿盡空，毫無巴鼻※54，難辨真偽。」一連求了五日，並不作准。身邊銀兩，都在衙門使費去了。回到店中，只叫得苦，兩淚汪汪的坐著納悶。

只見外面一人，約莫半老年紀，頭帶軟翅紗帽，身穿紫袴※55衫，挺帶皂靴，

註

※48登東：上廁所。

※49我直恁時乖運蹇：我怎麼這麼時運不濟，運氣不好。恁，讀作「任」。如此、這樣。蹇，讀作「簡」。困苦、艱難、不順利。

※50傍：側、邊。通「旁」。

※51武源：古代縣名，臨武縣管轄。臨武縣，隸屬今湖南省郴州市。縣尉：負責一縣治安的武官。

※52資斧：盤纏、旅費。

※53吏部：古代官署名。掌管官吏的任免、考課、升降等事。相當於現今台灣的考試院及行政院人事行政總處之結合。

※54巴鼻：證據、根據。

※55袴：同今「褲」字，是褲的異體字。

評點

◎7：好機會。（綠天館主人）

好是押衙[※56]官模樣，踱進店來。見了唐璧，作了揖，對面而坐。問道：「足下何方人氏？到此貴幹？」唐璧道：「官人不問猶可，問我時，教我一時訴不盡心中苦情。」說未絕聲，撲簌簌掉下淚來。紫衫人道：「尊意有何不美[※57]，可細話之，或者可共商量也。」唐璧道：「某姓唐，名璧，晉州萬泉縣人氏，近除[※58]湖州錄事參軍。不期行至潼津，忽遇盜劫，資斧一空，歷任文簿和誥敕都失了，難以之任。」紫衫人道：「中途被劫，非關足下之事，何不以此情訴知吏部，重給告身[※59]，有何妨礙？」唐璧道：「幾次哀求，不蒙憐准，教我去住兩難，無門懇告。」紫衫人道：「當朝裴晉公，每懷惻隱，極肯周旋落難之人；足下何不去求見他？」唐璧聽說，愈加悲泣道：「官人休題起裴晉公三字，使某心腸如割。」紫衫人大驚道：「足下何故而出此言？」唐璧道：「某幼年定下一房親事，因屢任南方，未成婚配，卻被知州和縣尹用強奪去，湊成一班女樂，獻與晉公，使某壯年無室。此事雖不由晉公，然晉公受人諂媚，以致府縣爭先獻納，分明是他拆散我夫妻一般。我今日何忍復往見之？」紫衫人問道：「足下所定之室，何姓何名？當初有何為聘？」唐璧道：「姓黃，名小娥。聘物碧玉玲瓏，見[※60]在彼處。」紫衫人道：「某即晉公親校，得出入內室，

裴度歷任唐憲宗、穆宗、敬宗、文宗四朝重臣，也留下許多著名的事蹟。圖為唐裴晉國文忠公度像。

當為足下訪之。」唐璧道：「侯門一入，無復相見之期；但願官人為我傳一信息，使他知我心事，死亦瞑目！」紫衫人道：「明日此時，定有好音奉報。」說罷，拱一拱手，踱出門去了。

唐璧轉展思想，懊悔起來：「那紫衫押衙，必是晉公親信之人，遣他出外探事的。我方纔不合議論了他幾句，頗有怨望之詞。倘或泝與晉公知道，激怒了他，降禍不小！」心下好生不安，一夜不曾合眼。巴到天明，梳洗罷，便到裴府窺望，只聽說令公※61給假在府，不出外堂。雖然如此，仍有許多文書來往，內外奔走不絕，只不見昨日這紫衫人。等了許久，回店去喫了些午飯，又來守候，絕無動靜。看看天晚，眼見得紫衫人已是謬言失信了，嗟歎了數聲，淒淒涼涼的回到店中。方欲點燈，忽見外面兩個人，似令史※62粧扮，慌慌忙忙的走入店來，問道：「那一位

註

※56押衙：古代官名。唐宋時管理儀仗侍衛的小武官。也稱爲「押牙」。
※57不美：不稱心、不如意。
※58除：免掉舊官職，任命新官職。
※59告身：唐代朝廷任命官員的憑證。即現代的委任狀或文憑。
※60見：現在。同「現」。
※61令公：唐朝對中書令的尊稱，即宰相的別稱。
※62令史：古代官名。漢代蘭臺尚書屬官，掌文書事務。後泛指官府中的低級事務吏員，此處屬於後者。

是唐璧參軍？」唬得唐璧躲在一邊，不敢答應。◎8店主人走來問道：「二位何人？」那兩個人答道：「我等乃裴府中堂吏，奉令公之命，來請唐參軍到府講話。」店主人指道：「這位就是。」唐璧只得出來相見，說道：「某與令公素未通謁，何緣見召？且身穿褻服※63，豈敢唐突。」堂吏道：「令公立等，參軍休得推阻！」兩個左右腋扶著，飛也似跑進府來。到了堂上，教：「參軍少坐，容某等稟過令公，卻來相請。」兩個堂吏進去了。不多時，只聽得飛奔出來，復道：「令公給假在內，請進去相見。」一路轉彎抹角，都點得燈燭輝煌，照耀如白日一般。兩個堂吏，前後引路，到一個小小廳事中。只見兩行紗燈排列，令公角巾※64便服，拱立而待。唐璧慌忙拜伏在地，流汗浹背，不敢仰視。令公傳命扶起道：「私室相延，何勞過禮。」便教看坐。唐璧謙讓了一回，坐於側傍。偷眼看著令公，正是昨日店中所遇紫衫之人，愈加惶懼，捏著兩把汗，低了眉頭，鼻息也不敢出來。

原來裴令公閒時常在外面私行，體訪民情。昨日偶到店中，遇了唐璧，回府去，就查黃小娥名字，喚來相見，果然十分顏色。令公問其來歷，與唐璧說話相同。又討他碧玉玲瓏看時，只見他緊緊

✦唐代彩繪陶樂女俑。

的帶在臂上。令公甚是憐憫，問道：「你丈夫在此，願一見乎？」小娥流淚道：「紅顏薄命，自分永絕，見與不見，權在令公。賤妾安敢自專？」◎9令公點頭，教他且去。密地吩咐堂候官※65備下資裝千貫，又將空頭告敕一道，填寫唐璧名字，差人到吏部去查他前任履歷，及新授湖州參軍文憑，要得重新補給。件件完備，纔請唐璧到府。◎10

唐璧滿肚慌張，那知令公一團美意？當日令公開談道：「昨見所話，誠心惻然。老夫不能杜絕饋遺，以致足下久曠琴瑟※66之樂，老夫之罪也！」唐璧離席下拜，道：「鄙人身遭顛沛，心神顛倒。昨日語言冒犯，自知死罪，伏惟相公海涵。」令公請起道：「今日頗吉，老夫權為主婚，便與足下完婚。薄有行資千貫奉助，聊表贖罪之意。成親之後，便可于飛※67赴任。」唐璧只是拜謝，也不敢再問赴任之事。只聽得宅內一派樂聲嘹喨，紅燈數對，女樂一隊前導，幾個押班老嬤和養

註

※63褻服：家居便服。

※64角巾：有稜角的頭巾。

※65堂候官：古代供高級官員差遣的小吏。

※66琴瑟：此指夫妻。

※67于飛：本指鳥類比翼雙飛。語出《詩經．大雅．卷阿》：「鳳凰于飛，翽翽其羽。」後比喻夫婦琴瑟和鳴。

評點

◎8：絕妙好傳奇。（綠天館主人）

◎9：回得好。（綠天館主人）

◎10：爲人須爲徹，我安得遇此等人也！（綠天館主人）

娘輩，簇擁出如花如玉的黃小娥來。唐璧慌欲躲避。老嬤道：「請二位新人，就此見禮。」養娘鋪下紅氈。黃小娥和唐璧做一對兒立了，朝上拜了四拜。令公在傍答揖。早有肩輿在廳事外伺候。小娥登輿，一逕抬到店房中去了。令公分付唐璧速歸逆旅[※68]，勿誤良期。唐璧跑回店中，只聽得人言鼎沸。舉眼看時，擺列得絹帛盈箱，金錢滿篋[※69]，就是起初那兩個堂吏看守著，專等唐璧到來，親自交割。又有個小小篋兒，令公親判封的。拆開看時，乃官誥在內，復除湖州司戶參軍。唐璧喜不自勝，當夜與黃小娥就在店中，權作洞房花燭。這一夜歡情，比著尋常婚姻的，更自得意。正是：

運去雷轟薦福碑[※70]，時來風送滕王閣[※71]。
今朝婚宦兩稱心，不似從前情緒惡。

唐璧此時有婚有宦，又有了千貴資裝，分明是十八層地獄的苦鬼，直升到三十三天[※72]去了！若非裴令公仁心慷慨，

◆幾個押班老嬤和養娘輩，簇擁出如花如玉的黃小娥來。（古版畫，選自《今古奇觀》明末吳郡寶翰樓刊本。）

怎肯周旋得人十分滿足？次日，唐壁又到裴府謁謝。令公預先分付門吏辭回，不勞再見。唐壁回寓，重理冠帶，再整行裝，在京中買了幾個僮僕跟隨，兩口兒即回到家鄉，見了岳丈黃太學，好似枯木逢春，斷絃再續，歡喜無限。過了幾日，夫婦雙雙往湖州赴任，感激裴令公之恩，將沉香雕成小像，朝夕拜禱，願其福壽綿延。後來裴令公壽過八旬，子孫蕃衍。人皆以為陰德所致。詩云：

無室無官苦莫論，周旋好事賴洪恩。
人能步步存陰德，福祿綿綿及子孫。

註

※68逆旅：旅館。逆，迎接。

※69篋：讀作「竊」。置物箱。

※70雷轟薦福碑：典故出自宋代惠洪《冷齋夜話》，范仲淹鎮守鄱陽時，有書生窮途潦倒，當時盛行歐陽詢字，其所寫薦福碑墨本值千錢。范公準備爲之拓印一千本售出資助。不料，夜晚被雷擊打碎其碑未能如願。後人以此比喻命運坎坷。

※71風送滕王閣：典故出自宋代曾慥《類説》。初唐詩人王勃要前往滕王閣赴宴，乘舟行至馬當。馬當離南昌七百里，王勃幸得風神相助，竟然在第二天及時趕到，並在在會上作滕王閣序享譽文壇。後人以此來比喻時來運轉。

※72三十三天：佛家語。六欲天之一。又作忉利天。比喻到了極高之處，飛黃騰達之意。

# 第五卷　杜十娘怒沉百寶箱

掃蕩殘胡立帝畿，龍翔鳳舞勢崔嵬※1。
左環滄海天一帶，右擁太行山萬圍。
戈戟九邊雄絕塞，衣冠萬國仰垂衣※2。
太平人樂華胥世，永永金甌共日輝※3。

這首詩，單誇我朝燕京※4建都之盛。說起燕都的形勢，北倚雄關，南壓區夏※5，真乃金城天府※6，萬年不拔之基。當先洪武爺※7掃蕩胡塵，定鼎金陵※8，是為南京。到永樂爺※9從北平起兵靖難※10，遷於燕都，是為北京。只因這一遷，把個苦寒地面，變作花錦世界！自永樂爺九傳至於萬曆爺※11，此乃我朝第十一代的天子。這位天子，聰明神武，德福兼全，十歲登基，在位四十八年，削平了三處寇亂。那三處？

◆北京城永定門及永定門南廣場。（圖片來源、攝影：馮成）

西夏哱承恩※12　日本關白平秀吉※13播州楊應龍※14

平秀吉侵犯朝鮮，哱承恩、楊應龍是土官謀叛，先後削平。遠夷莫不畏服，爭

**註**

※1殘胡：此指衰落的元朝蒙古人政權；崔嵬：高峻、高聳的樣子。

※2戈戟：原指武器名稱，此處借代指軍隊。九邊：又稱九鎮。明朝弘治年間在北部邊境沿長城防線陸續設立的九個軍事重鎮；垂衣：語出《易經・繫辭傳》：「黃帝、堯、舜垂衣裳而天下治。」這句話是說，上古的明君如黃帝、堯、舜，皆是無爲而治，意即無須征戰殺伐，也沒有嚴刑峻法，百姓自然能安居樂業。此乃對帝王的歌頌。

※3華胥世：泛指太平盛世。金甌：金製的小盆，比喻國土完整鞏固。

※4燕京：今北京，因古燕國曾在此建首都，所以稱爲「燕京」。

※5區夏：指華夏、中國。語出《書經・康誥》：「用肇造我區夏，越我一二邦以修。」

※6金城：比喻城池堅固，牢不可破。天府：形勢險固，物產富饒的地方。

※7洪武爺：即明太祖朱元璋。

※8定鼎：相傳夏禹鑄九鼎象徵九州，作爲傳國重器，放置在王都，故後人稱創立新王朝及建都爲「定鼎」。金陵：現今南京市及江寧縣。

※9永樂爺：指明成祖朱棣。明朝第三代皇帝，在位二十二年，年號永樂。

※10靖難：指建文元年（西元一三九九年）燕王朱棣發動靖難之役，篡位自封爲帝。

※11萬曆爺：指明神宗朱翊鈞，年號萬曆，是明代在位時間最長的皇帝。

※12西夏哱承恩：西夏是宋代的西北民族政權。其部屬哱拜與首領不合，歸降明朝後受封副總兵。其子哱承恩於萬曆二十年叛亂，被俘後處死。哱，讀作「博」。

※13日本關白平秀吉：關白是古代日本的宰相。平秀吉，即豐臣秀吉，他於萬曆二十年率兵侵犯朝鮮（即現在的韓國），在戰敗後被明軍俘虜。

※14播州：今貴州省遵義縣。楊應龍：四川播州楊氏第二十九代世襲土司。播州之役被明軍攻擊，敗死。

來朝貢。真個是：

一人有慶民安樂，四海無虞國太平。

話中單表萬曆二十年間，日本國關白作亂，侵犯朝鮮。朝鮮國王上表告急，天朝發兵泛海往救。有戶部※15官奏准：目今兵興之際，糧餉未充，暫開納粟入監※16之例。原來納粟入監的，有幾般便宜：好讀書，好科舉，好中，結末來，又有個小小前程結果。以此宦家公子、富室子弟，倒不願做秀才，都去援例做太學生。自開了這例，兩京太學生，各添至千人之外。內中有一人，姓李名甲，字干先，浙江紹興府※17人氏。父親李布政※18，所生三兒，惟甲居長。自幼讀書在庠※19，未得登科※20，援例入於北雍※21。因在京坐監，與同鄉柳遇春監生同遊教坊司※22院內，與一個名姬相遇。那名姬姓杜名媺，排行第十，院中都稱為「杜十娘」。生得：

渾身雅艷，遍體嬌香。兩彎眉畫遠山青，一對眼明秋水潤。臉如蓮萼，分明卓

豐臣秀吉曾於明萬曆年間派兵侵入朝鮮，圖為豐臣秀吉畫像，

氏文君※23；唇似櫻桃，何減白家樊素※24！可憐一片無瑕玉，誤落風塵花柳中。

那杜十娘，自十三歲破瓜※25，今一十九歲，七年之內，不知歷過了多少公子王孫，一個個情迷意蕩、破家蕩產而不惜。院中傳出四句口號來，正是：

◆卓文君與司馬相如的一段愛情佳話至今被人津津樂道，圖為清赫達《資畫麗珠萃秀冊．漢卓文君像》，

註

※15戶部：古代六部之一。掌管全國土地、戶籍、賦稅等事務。

※16納粟入監：明清設國子監於京城，國子監生員稱監生，繳納財物給官府，即可不參加歲試直接參加鄉試，稱納粟。

※17紹興府：清代府名。位於今浙江省杭縣隔江的東南。

※18布政：即布政使。相當於現今中國一「省」的最高行政長官。

※19庠：讀作「翔」，古代學校的名稱。

※20登科：登上科舉考試之榜。

※21北雍：指北京的國子監。

※22教坊司：此指妓院。

※23卓氏文君：即漢代卓文君，爲富商卓王孫之女，有文才，文君正值新寡，與司馬相如私奔。

※24白家樊素：中唐詩人白居易的歌姬。

※25破瓜：女子初次與人性交。

坐中若有杜十娘，斗筲之量※26飲千觴※27；

院中若識杜老媺，千家粉面都如鬼！

卻說李公子風流年少，未逢美色。自遇了杜十娘，喜出望外！把花柳情懷，一擔兒挑在他身上。那公子俊俏的龐兒，溫存的性兒，又是撒漫的手兒，幫襯的勤兒。與十娘一雙※28兩好，情投意合。十娘因見鴇兒※29貪財無義，久有從良之志。又見李公子忠厚志誠，甚有心向他。奈李公子懼怕父親，不敢應承。雖則如此，兩下情好愈密，朝歡暮樂，終日相守，如夫婦一般。海誓山盟，各無他志。真個：

恩深似海恩無底，義重如山義更高。

再說杜媽媽，女兒被李公子占住，別的富家巨室聞名上門求一見而不可得。初時李公子撒漫，用錢大差大使。媽媽脅肩諂笑，奉承不暇。日往月來，不覺一年有餘，李公子囊篋※30漸漸空虛，手不應心。媽媽也就怠慢了。老布政在家，聞知兒子闞院，幾遍寫

明朝時有許多關於風塵女子的畫作，唐寅也擅畫風塵女子，圖為《陶穀贈詞圖》，講述宮伎蒻蘭與翰林學士陶穀的一段姻緣。

字來喚他回去。他迷戀十娘顏色，終日延捱。後來聞知老爺在家發怒，越不敢回。古人云：「以利相交者，利盡而疏。」那杜十娘與李公子，真情相好，見他手頭愈短，心頭愈熱。媽媽也幾遍教女兒打發李甲出院，見女兒不統口，又幾遍將言語觸突李公子，要激怒他起身。公子性本溫克，詞氣愈和◎1。媽媽沒奈何，日逐只將十娘叱罵道：「我們行戶※31人家，喫客穿客。前門送舊，後門迎新，門庭鬧如火，錢帛堆如垜※32。自從那李甲在此，混帳一年有餘，莫說新客，連舊主顧都斷了。分明接了個鍾馗※33老，連小鬼也沒得上門，弄得老娘一家人家有氣無煙，成什麼模樣！」杜十娘被罵，耐性不住，便回答道：「那李公子不是空手上門的，也曾費過大錢來。」媽媽道：「彼一時，此一時。你只教他今日費些小錢兒，把與老娘辦起柴米，養你兩口也好。別人家養的女兒便是搖錢樹，千生萬活；偏我家晦

註

※26斗筲之量：比喻酒量很差。斗、筲都是容量很小的容器。斗，量器，容十升。筲，讀作「燒」。竹器，容一斗二升。

※27觴：酒杯、裝酒的容器。

※28雙：成雙、成對之意。同今雙字，是雙的異體字。

※29鴇兒：此指鴇母。開設妓院的女人，也是妓女的養母。

※30囊篋：袋子和置物箱，借代錢財。囊，袋子。篋，讀作「竊」。置物箱。

※31行戶：此指妓院。行，讀作「行」。行業。

※32錢帛堆如垜：錢財堆得像城牆一樣高。垜，讀作「朵」。建築物突出的部分。

※33鍾馗：民間傳說中能驅妖逐邪的神。馗，讀作「葵」。

評點

◎1：就是沒有志氣的朽東西。（無礙居士）

氣，養了個退財白虎※34。開了大門七件事，般般都在老身心上，倒替你這小賤人白白養著窮漢，教我衣食從何處來？你對那窮漢說：有本事出幾兩銀子與我，到得你跟了他去，我別討個丫頭過活，卻不好？」十娘道：「媽媽，這話是真是假？」媽媽曉得李甲囊無一錢，衣衫都典盡了，料他沒處設法。便應道：「老娘從不說謊，當真哩！」十娘道：「娘，你要他許多銀子？」媽媽道：「若是別人，千把銀子也討了；可憐那窮漢出不起，只要他三百兩。我自去討一個粉頭※35代替。只一件：須是三日內交付與我，左手交銀，右手交人。若三日沒有銀時，老身也不管三七二十一，公子不公子，一頓孤拐※36打那光棍出去！那時莫怪老身。」十娘道：「公子雖在客邊乏鈔，諒三百金還措辦得來。只是三日忒近，限他十日便好。」媽媽想道：「這窮漢一雙赤手，便限他一百日，他那裡來銀子？沒有銀子，便鐵皮包臉，料也無顏上門，那時重整家風，孅兒也沒得話講。」答應道：「看你面，便寬到十日。第十日沒有銀子，不干老娘之事。」十娘道：「若十日內無銀，料他也無顏再見了；只怕有了三百兩銀子，媽媽又翻悔起來。」媽媽道：「老身年五十一

《李端端圖》是唐寅另一幅關於風塵女子的畫作，描繪名妓李端端與詩人崔涯之間的逸聞趣事。

歲了，又奉十齋※37，怎敢說謊？不信時，與你拍掌為定。若翻悔時，做豬做狗！」

從來海水斗難量，可笑虔婆※38意不良。
料定窮儒囊底竭，故將財禮難嬌娘。

是夜，十娘與公子在枕邊議及終身之事。公子道：「我非無此心，但教坊落籍※39，其費甚多，非千金不可。我囊空如洗，如之奈何？」十娘道：「妾已與媽媽議定，只要三百金，但須十日內措辦。郎君遊資雖罄，然都※40中豈無親友可以借貸？倘得如數，妾身遂為君之所有，省受虔婆之氣。」公子道：「親友中為我留戀行院，都不相顧。明日只做束裝起身，各家告辭，就開口假貸路費，湊聚將來，或可滿得此數。」◎2起身梳洗，別了十娘出門。十娘道：「用心作速，專聽佳音。」

註

※34退財白虎：破財的凶神。
※35粉頭：此指妓女。
※36孤拐：腳踝。
※37十齋：每月齋戒十天，素食禮佛。此處應指信奉佛教。
※38虔婆：妓院的鴇母。
※39落籍：古代妓女列名樂籍，若要從良，必須商得主管官吏的允許，將樂籍中名字除去。
※40都：此指京城。

評點

◎ 2：果然僥倖成事，後來活計如何，亦是不終日之計。李甲蠢物，不知十娘何以眷之？（無礙居士）

公子道：「不須分付。」

公子出了院門，來到三親四友處，假說起身告別，眾人倒也歡喜。後來敘到路費欠缺，意欲借貸。常言道：「說著錢，便無緣。」親友們就不招架※41。他們也見得是，道李公子是風流浪子，迷戀煙花，年許不歸。父親都為他氣壞在家。他今日抖然要回，未知真假。倘或說騙盤纏到手又去還脂粉錢，父親知道，將好意翻成惡意，始終只是一怪，不如辭了乾淨。便回道：「目今正值空乏，不能相濟，慚愧慚愧！」人人如此，個個皆然，並沒有個慷慨丈夫，肯統口許他一十、二十兩，李公子一連奔走了三日，分毫無獲，又不敢回決十娘，權且含糊答應。到第四日，又沒想頭，就羞回院中。平日間有了杜家，連下處也沒有了。今日就無處投宿，只得往同鄉柳監生寓所借歇。柳遇春見公子愁容可掬※42，問其來歷。公子將杜十娘願嫁之情，備細說了。遇春搖首道：「未必，未必！那杜媺院中第一名姬，要從良時，怕沒有十斛※43明珠，千金聘禮。那鴇兒如何只要三百兩？想鴇兒怪你無錢使用，白白占住他的女兒，設

✦杜十娘與杜媽媽以十日為期，拍掌為定。（古版畫，選自《今古奇觀》明末吳郡寶翰樓刊本。）

計打發你出門。那婦人與你相處已久，又礙卻面皮，不好明言。明知你手內空虛，故意將三百兩賣個人情，限你十日。若十日沒有，你也不好上門。便上門時，他會說你笑你，落得一場褻瀆，自然安身不牢。此乃煙花逐客之計，足下三思，休被其惑。據弟愚意，不如早早開交※44為上。」公子聽說，半晌無言，心中疑惑不定。遇春又道：「足下莫要錯了主意！你若真個還鄉，不多幾兩盤費，還有人搭救；若是要三百兩時，莫說十日，就是十個月也難。如今的世情，那肯顧緩急二字的。那煙花也算定你沒處告債，故意設法難你。」公子道：「仁兄所見良是。」口裡雖如此說，心中割捨不下，依舊又往外邊東央西告，只是夜裡不進院門了。

公子在柳監生寓中，一連住了三日，共是六日了。杜十娘連日不見公子進院，十分著緊，就教小廝四兒街上去尋。四兒尋到大街，恰好遇見公子。四兒叫道：「李姐夫，娘在家裡望你。」公子自覺無顏，回復道：「今日不得功夫，明日來罷。」四兒奉了十娘之命，一把扯住，死也不放，道：「娘叫喒※45尋你，是必同去

註

※41不招架：不招呼款待，此指不借錢給他。
※42愁容可掬：即愁容滿面之意。掬，讀作「菊」。以雙手捧取東西。
※43斛：讀作「湖」。量詞。古代計算容量的單位。十斗為一斛，宋朝時改作五斗為一斛。
※44開交：此指分手。
※45喒：我。同「咱」。

走一遭。」李公子心上也牽掛著十娘，沒奈何，只得隨四兒進院。見了十娘，嘿嘿無言。十娘問道：「所謀之事如何？」公子眼中流下淚來。十娘道：「莫非人情淡薄，不能足三百之數麼？」公子含淚而言，道出二句：

不信上山擒虎易，果然開口告人難！

一連奔走六日，並無銖兩※46，一雙空手，羞見芳卿，故此這幾日不敢進院。今日承命呼喚，忍恥而來。非某不用心，實是世情如此。」十娘道：「此言休使虔婆知道。郎君今夜且住，妾別有商議。」十娘自備酒肴，與公子歡飲。睡至半夜，十娘對公子道：「郎君果不能辦一錢耶？妾終身之事，當如何也？」公子只是流涕，不能答一語。漸漸五更天曉，十娘道：「妾所臥絮褥內，藏有碎銀一百五十兩。此妾私蓄，郎君可持去。三百金，妾任其半；郎君亦謀其半，庶易為力。限只四日，萬勿遲誤。」十娘起身，將褥付公子。公子驚喜過望，喚童兒持褥而去，逕到柳遇春寓中，又把夜來之情，與遇春說了。將褥拆開看時，絮中都裹著零碎銀子。取出兌時，果是一百五十兩。遇春大驚道：「此婦真有心人也！既係真情，不可相負！吾當代為足下謀之。」公子道：「倘得玉成，決不有負。」當下，柳遇春留李公子在寓，

◆明萬曆年間使用的錢幣，萬曆通寶。（圖片來源、攝影：Scott Semans World Coins（CoinCoin.com））

自出頭各處去借貸。兩日之內，湊足一百五十兩，交付公子道：「吾代為足下告債，非為足下，實憐杜十娘之情也。」李甲拿了三百兩銀子，喜從天降，笑顏逐開，欣欣然來見十娘，剛是第九日，還不足十日。十娘問道：「前日分毫難借，今日如何就有一百五十兩？」公子將柳監生事情，又述了一遍。十娘以手加額道：「使吾二人得遂其願者，柳君之力也！」兩個歡天喜地，又在院中過了一晚。

次日，十娘早起，對李甲道：「此銀一交，便當隨郎君去矣！舟車之類，合當預備。妾昨日於姊妹中，借得白銀二十兩，郎君可收下，為行資也。」公子正愁路費無出，但不敢開口，得銀甚喜。說猶未了，鴇兒恰來敲門，叫道：「媺兒，今日是第十日了！」公子聞叫，啟戶相延※47道：「承媽媽厚意，正欲相請。」便將銀三百兩放在桌上。鴇兒不料公子有銀，嘿然變色，似有悔意。十娘道：「兒在媽媽家中八年，所致金帛，不下數千金矣！今日從良美事，又媽媽親口所訂，三百金不欠分毫，又不曾過期。倘若媽媽失信不許，郎君持銀去，兒即刻自盡。恐那時人財兩失，悔之無及也。」鴇兒無詞以對，腹內籌畫了半晌，只得取天平兌准了銀子說

註

※46銖兩：極少的錢。銖，古代計算重量的單位，二十四銖爲一兩。

※47延：引導進入。

✦銖是中國古代質量單位，漢至隋均鑄有五銖錢，圖為漢代五株錢。（圖片來源、攝影：Scott Semans World Coins（CoinCoin.com））

道：「事已至此，料留你不住了。只是你要去時，即今就去。平時穿戴衣飾之類，毫釐休想！」說罷，將公子和十娘推出房門，討鎖來就落了鎖。此時九月天氣，十娘下床，尚未梳洗，隨身舊衣，就拜了媽媽兩拜。李公子也作了一揖。一夫一婦，離了虔婆大門。

鯉魚脱卻金鈎去，擺尾搖頭再不來！

公子教十娘且住片時：「我去喚個小轎擡你，權往柳榮卿寓所去，再作道理。」十娘道：「院中諸姊妹平昔相厚，理宜話別；況前日又承他借貸路費，不可不一謝也。」乃同公子到各姊妹處謝別。姊妹中惟謝月朗、徐素素與杜家相近，尤與十娘親厚。十娘先到謝月朗家。月朗見十娘禿髻※48舊衫，驚問其故。十娘備述來因，又引李甲相見。十娘指月朗道：「前日路資，是此位姐姐所貸，郎君可致謝。」李甲連連作揖。月朗便教十娘梳洗，一面去請徐素素來家相會。十娘梳洗已畢，謝、徐二美人各出所有翠鈿金釧※49、瑤簪寶珥※50、錦袖花裙、鸞帶繡履，把杜十娘裝扮得煥然一新，備酒作慶賀筵席。月

明畫家唐寅筆下的仕女，髮上、手腕均戴有飾品。（圖為明唐寅《秋風紈扇圖》）

朗讓臥房與李甲、杜媺二人過宿。次日，又大排筵席，遍請院中姊妹。凡十娘相厚者，無不畢集，都與他夫婦把盞稱喜。吹彈歌舞，各逞其長，務要盡歡，直飲至夜分。十娘向眾姊妹一一稱謝。眾姊妹道：「十姊為風流領袖，今從郎君去，我等相見無日。何日長行？姊妹們尚當奉送。」月朗道：「候有定期，小妹當來相報。但阿姊千里間關※51同郎君遠去，囊篋蕭條，曾無約束？此乃吾等之事，當相與共謀之，勿令姊有窮途之慮也。」眾姊妹各唯唯而散。

是日晚，公子和十娘仍宿謝家。至五鼓，十娘對公子道：「吾等此去，何處安身，郎君亦曾計議有定著否？」◎3公子道：「老父盛怒之下，若知娶妓而歸，必然加以不堪，反致相累。輾轉尋思，尚未有萬全之策。」十娘道：「父子天性，豈能終絕？既然倉卒難犯※52，不若與郎君於蘇杭※53勝地，權作浮居※54。郎君先回，

註

※48禿髻：髮結上未插戴首飾。

※49翠鈿金釧：首飾名稱。翠鈿，用翠玉製作或鑲嵌的婦女頭飾。金釧，金子打造戴在臂上或手腕上的環形飾物。俗稱爲「手鐲」。

※50瑤簪寶珥：玉製的髮簪和耳環。瑤，美玉。珥，玉製的耳環。

※51間關：道途崎嶇艱險，不易行走。

※52犯：冒犯。

※53蘇杭：蘇州與杭州。

※54浮居：臨時的居所。

評點

◎3：此等計議，在院中該早定，何待今日？（無礙居士）

求親友於尊大人面前勸解和順，然後攜妾于歸，彼此安妥。」公子道：「此言甚當。」

次日，二人起身，辭了謝月朗，暫往柳監生寓中，整頓行裝。杜十娘見了柳遇春，倒身下拜，謝其周全之德：「異日我夫婦必當重報。」遇春慌忙答禮：「十娘鍾情所歡，不以貧窶[※55]易心，此乃女中豪傑！僕因風吹火，諒區區何足掛齒！」三人又飲了一日酒。次早擇了出行吉日，僱倩[※56]轎馬停當。十娘又遣童兒寄信，別謝月朗。臨行之際，只見肩輿[※57]紛紛而至，乃謝月朗與徐素素拉眾姊妹來送行。月朗道：「十姊從郎君千里間關，囊中消索，吾等甚不能忘情。今合具薄贐[※58]，十姊可檢收或長途空乏，亦可少助。」說罷，命從人挈[※59]一描金文具至前，封鎖甚固，正不知什麼東西在裡面。十娘也不開看，也不推辭，但殷勤作謝而已。須臾，輿馬齊集，僕夫催促起身。柳監生三盃別酒，和眾美人送出崇文門外，各各垂淚而別。正是：

他日重逢難預必，此時分手最堪憐。

再說李公子同杜十娘行至潞河[※60]，舍陸從舟。卻好有瓜洲[※61]差使船轉回之便，講定船錢，包了艙口。比及下船時，李公子囊中並無分文餘

◆描金文具就是女性裝梳妝用品的箱匣，圖為明代永樂年間的描金紋箱。

剩。你道杜十娘把二十兩銀子與公子，如何就沒了？公子在院中鬪得衣衫襤褸，銀子到手，未免在解庫中取贖幾件穿著，又製辦了鋪蓋，剩來只勾轎馬之費。公子正當愁悶，十娘道：「郎君勿憂，眾姊妹合贈，必有所濟。」乃取鑰開箱。公子在傍[※62]，自覺慚愧，也不敢窺覷箱中虛實。只見十娘在箱裡取出一個紅絹袋來，擲於桌上道：「郎君可開看之。」公子提在手中，覺得沉重。啟而觀之，皆是白銀，計數整五十兩。十娘仍將箱子下鎖，亦不言箱中更有何物，但對公子道：「承眾姊妹高情，不惟途路不乏，即他日浮寓吳越[※63]間，亦可稍佐吾夫妻山水之費矣。」公子且驚且喜道：「若不遇恩卿，我李甲流落他鄉，死無葬身之地矣。此情此德，白頭不敢忘也。」自此每談及往事，公子必感激流涕；十娘亦曲意撫慰。一路無話。

註

※55貧窶：貧困、艱苦。窶，讀作「劇」。
※56倩：請人幫忙做某事。
※57肩輿：轎子。
※58薄贐：以微薄的錢財相贈送別。贐，讀作「進」，送行時所贈的禮物。
※59挈：讀作「竊」，提或舉。
※60潞河：河名。今白潮河。
※61瓜洲：地名。在今江蘇省江都縣南，長江北岸，當運河口，與鎮江斜對面。
※62傍：側、邊。通「旁」。
※63吳越：吳越建國之地。今浙江全省及江蘇省西南部、福建省東北部之地。

不一日，行至瓜洲，大船停泊岸口。公子別僱了民船，安放行李，約明日侵晨※64，剪江※65而渡。其時仲冬※66中旬，月明如水，公子和十娘坐於舟首。公子道：「自出都門，困守一艙之中，四顧有人，未得暢語。今日獨據一舟，更無避忌。◎4且已離塞北，初近江南，宜開懷暢飲，以舒向來抑鬱之氣，恩卿以為何如？」十娘道：「妾久疎※67談笑，亦有此心。郎君言及，足見同志。」公子乃攜酒具於船首，與十娘鋪氈並坐，傳杯交盞。飲至半酣，公子執卮對十娘道：「恩卿妙音，六院※68推首。某相遇之初，每聞絕調，輒不禁神魂之飛動。心事多違，彼此鬱鬱，鸞鳴鳳奏，久矣不聞。今清江明月，深夜無人，肯為我一歌否？」十娘興亦勃發◎5，遂開喉嚨頓嗓，取扇按拍，嗚嗚咽咽，歌出元人施君美《拜月亭》雜劇※69上「狀元執盞與蟬娟」一曲，名《小桃紅》。真個：

聲飛霄漢雲皆駐，響入深泉魚出遊。

卻說他舟有一少年。姓孫，富，字善賚，徽州新安人氏。家資巨萬，積祖揚州種鹽。年方二十，也是南雍中朋友。生性

《幽閨記》又名《拜月亭記》，與另四劇合稱為「明代五大傳奇」。（古版畫，選自《幽閨記》）

風流，慣向青樓買笑，紅粉追歡。若嘲風弄月，到是個輕薄的頭兒！事有偶然，其夜亦泊舟瓜洲渡口，獨酌無聊。忽聽得歌聲嘹亮，鳳吟鸞吹，不足喻其美。起立船頭，佇聽半晌，方知聲出鄰舟。正欲相訪，音響倏已寂然。乃遣僕者，潛窺蹤跡，訪於舟人。但曉得是李相公僱的船，並不知歌者來歷。孫富想道：「此歌者必非良家，怎生得他一見？」輾轉尋思，通宵不寐。捱至五更，忽聞江風大作。及曉，彤雲密佈，狂雪飛舞。怎見得？有詩為證：

千山雲樹滅，萬徑人蹤絕。
扁舟簑笠翁，獨釣寒江雪。

註

※64侵晨：天色漸亮時。

※65剪江：橫越江面。

※66仲冬：冬季的第二個月，即農曆十一月。

※67疎：稀少，同今「疏」字，是疏的異體字。

※68六院：妓院的統稱。明初南京妓院最著名的有來賓、重譯、輕煙、淡粉、梅妍、柳翠等六院。

※69施君美《拜月亭》雜劇：《拜月亭》原爲元代雜劇，是關漢卿所作，講述蔣世隆及妹瑞蓮、丞相海牙之子興福、王尚書之女瑞蘭，遇金元戰亂，幾經離合，終於互結婚姻的故事。後施惠（字君美）將此雜劇改編爲傳奇《幽閨記》。雜劇與傳奇都是用來演唱的故事劇本，雜劇是北方戲曲，粗獷豪邁；傳奇則爲南方戲文，較爲抒情柔美。

評點

◎ 4：尚非關懷之時，宜其不永。（無礙居士）
◎ 5：都不老成。（無礙居士）

因這風雪阻渡，舟不得開。孫富命艄公※70移船泊於李家舟之傍。孫富貂帽狐裘，推窗假作看雪。值十娘梳洗方畢，纖纖玉手，揭起舟傍短簾，自潑盂中殘水，粉容微露，卻被孫富窺見了，果是國色天香！魂搖心蕩。迎眸注目，等候再見一面，杳不可得。沉思久之，乃倚窗高吟高學士※71《梅花詩》二句◎6，道：

雪滿山中高士臥，月明林下美人來。

李甲聽得鄰舟吟詩，舒頭出艙，看是何人？只因這一看，正中了孫富之計。孫富吟詩，正要引李公子出頭，他好乘機攀話。當下慌忙舉手就問：「老兄尊姓何諱？」李公子敘了姓名、鄉貫，少不得也問那孫富。孫富也敘過了。又敘了些太學中的閒話，漸漸親熟。孫富便道：「風雪阻舟，乃天遣與尊兄相會，實小弟之幸也。舟次無聊，欲同尊兄上岸，就酒肆中一酌，少領清誨※72，萬望不拒。」公子道：「萍水相逢，何當厚擾？」孫富道：「說那裡話！四海之內，皆兄弟也。」即教艄公打跳，童兒張傘，迎接公子過船，就於船頭作揖。然後讓公子先行，自己隨

✦明素三彩瓷舟。（圖片來源、攝影：三獵）

後，各各登跳上涯。行不數步，就有個酒樓。二人上樓，揀一副潔淨坐頭，靠窗而坐。酒保列上酒肴，孫富舉杯相勸。二人賞雪飲酒，先說些斯文中套話，漸漸引入花柳之事。二人都是過來之人，志同道合，說得入港※73，一發成相知了。

孫富屏去左右，低低問道：「昨夜尊舟清歌者何人也？」李甲正要賣弄在行，◎7遂實說道：「此乃北京名姬杜十娘也。」孫富道：「既係曲中※74姊妹，何以歸兄？」公子遂將初遇杜十娘如何相好，後來如何要嫁。如何借銀討他始末根由，備細述了一遍。孫富道：「兄攜麗人而歸，固是快事；但不知尊府中能相容否？」公子道：「賤室不足慮；所慮者老父性嚴，尚費躊躇耳。」孫富將機就機便問道：「既是尊大人未必相容，兄所攜麗人，何處安頓？亦曾通知麗人共作計較否？」公子攢眉而答道：「此事曾與小妾議之。」孫富欣然問道：「尊寵必有妙策。」公子道：「他意欲僑居蘇杭，流連山水。使小弟先回，求親友宛轉於家君之前，俟家君

註

※70艄公：船夫。艄，讀作「燒」。

※71高學士：即明初詩人高啟（西元一三三六年至一三七三年），字季迪，號青丘子，因文字得罪明太祖朱元璋，處腰斬。

※72清誨：敬請他人指教。

※73入港：談話投機。

※74曲中：此指妓院。

評點

◎6：施君美一支曲，高學士兩句詩，斷送了杜十娘一生，可恨，可恨。（無礙居士）

◎7：機事不密，總由不老成之故。（無礙居士）

回嗔作喜，然後圖歸。高明以為何如？」孫富沉吟半晌，故作愀然※75之色道：「小弟乍會之間，交淺言深，誠恐見怪。」公子道：「正賴高明指教，何必謙遜。」孫富道：「尊大人位居方面※76，必嚴帷薄之嫌※77。平時既怪兄游非禮之地，今日豈容兄娶不節之人！況且賢親貴友，誰不迎合尊大人之意者。兄枉去求他，必然相拒。就有個不識時務的，進言於尊大人之前，見尊大人意思不允，他就轉口了。兄進不能和睦家庭，退無詞以回復尊寵。即使留連山水，亦非長久之計。萬一資斧※78困竭，豈不進退兩難？」◎8公子自知手中只有五十金，此時費去大半，說到資斧困竭、進退兩難，不覺點頭道是。孫富又道：「小弟還有句心腹之談，兄肯俯聽否？」公子道：「承兄過愛，更求盡言。」孫富道：「疎不間親，還是莫說罷。」公子道：「但說何妨。」孫富道：「自古道，婦人水性無常，況煙花之輩，少真多假。他既係六院名姝，相識定滿天下。或者南邊原有舊約，借兄之力，挈帶而來，以為他適※79之地。」公子道：「這個恐未必然！」孫富道：「即不然，江南子弟最工輕薄。兄留麗人獨居，難保無逾牆鑽穴※80之事。若挈之同歸，愈增尊大人之怒。為兄之計，未有善策。況父子天倫，必不可絕，若為妾而觸父，因妓而棄家，海內必以兄為浮浪不經※81之人。異日妻不以為夫，弟不

◆明代酒器，該器出於明神宗棺內明神宗，明十三陵博物館藏。（圖片來源、攝影：Shizhao）

以為兄，同袍不以為友，兄何以立於天地之間？兄今日不可不熟思也！」◎9

公子聞言，茫然自失，移席問計道：「據高明之見，何以教我？」孫富道：「僕有一計，於兄甚便。只恐兄溺枕席之愛，未必能行，使僕空費詞說耳。」公子道：「兄誠有良策，使弟再覩※82家園之樂，乃弟之恩人也，又何憚而不言耶？」孫富道：「兄飄零歲餘，嚴親懷怒，閨閣離心。設身以處兄之地，誠寢食不安之時也。然尊大人所以怒兄者，不過為迷花戀柳，揮金如土，異日必為棄家蕩產之人，不堪承繼家業耳。兄今日空手而歸，正觸其怒。兄倘能割衽席之愛※83，見機而作，僕願以千金相贈。兄得千金以報尊大人，只說在京授館※84，並不曾浪費分毫。尊大人必然相信，從此家庭和睦，當無間言。須臾之間，轉禍為福，兄請三思。僕非貪

註

※75愀然：憂心忡忡的樣子。愀，讀作「巧」。
※76位居方面：地位是一省之尊。
※77帷薄之嫌：指生活放蕩受人議論。
※78資斧：盤纏、旅費。
※79他適：改嫁，另嫁他人。適，女子出嫁。
※80逾牆鑽穴：意指男女偷情。
※81浮浪不經：不務正業，行爲輕浮放蕩。
※82覩：看見。同今睹字，是睹的異體字。
※83衽席之愛：意即床第之歡。衽席，睡覺的地方。
※84館：設帳，開學堂授徒。

評點

◎8：小人說來，偏近道理。（無礙居士）
◎9：若非故意，竟是忠告。（無礙居士）

麗人之色，實為兄效忠于萬一也！」

李甲原是沒主意的人，本心懼怕老子。被孫富一席話，說透胸中之疑，起身作揖道：「聞兄大教，頓開茅塞。但小妾千里相從，義難頓絕，容歸與商之。得其心肯，當奉復耳。」孫富道：「說話之間，宜放婉曲。彼既忠心為兄，必不忍使兄父子分離，定然玉成兄還鄉之事矣！」二人飲了一回酒，風停雪止。天色已晚，孫富教家僮算還了酒錢，與公子攜手下船。正是：

逢人且說三分話，未可全拋一片心。

卻說杜十娘在舟中，擺設酒果，欲與公子小酌，竟日未回，挑燈以待。公子下船，十娘起迎，見公子顏色匆匆，似有不樂之意，乃滿斟熱酒勸之。公子搖首不飲，一言不發，竟自床上睡了。十娘心中不悅，乃收拾杯盤，為公子解衣就枕，問道：「今日有何見聞，而懷抱鬱鬱如此？」公子歎息而已，終不啟口。問了三四次，公子已睡去了。

十娘委決不下，坐於床頭而不能寐。到夜半，公子醒來，又歎一口氣。十娘道：「郎君有何難言之事，頻頻歎息？」公子擁被而起，欲言不語者幾次，撲簌簌掉下淚來。十娘抱持公子於懷間，軟言撫慰道：「妾

明時有許多精緻、有特色的酒杯，包括青花、祭紅、琺瑯彩，圖為明成化景德鎮窯鬥彩雞缸杯，

與郎君情好，已及二載。千辛萬苦，歷盡艱難，得有今日。然相從數千里，未曾哀戚。今將渡江，方圖百年歡笑，如何反起悲傷？必有其故。夫婦之間，死生相共，有事盡可商量，萬勿諱也。」公子再四被逼不過，只得含淚而言道：「僕天涯窮困，蒙恩卿不棄，委曲相從，誠乃莫大之德也。但反覆思之，老父位居方面，拘於禮法。況素性方嚴，恐添嗔怒，必加黜逐。你我流蕩，將何底止？夫婦之歡難保，父子之倫又絕。日間蒙新安孫友邀飲，為我籌及此事，寸心如割！」十娘大驚道：「郎君意將如何？」公子道：「僕事內之人，當局而迷。孫友為我畫一計頗善，但恐恩卿不從耳。」十娘道：「孫友者何人？計如果善，何不可從？」公子道：「孫友名富，新安鹽商，少年風流之士也。夜間聞子清歌，因而問及。僕告以來歷，並談及難歸之故。渠意欲以千金聘汝。我得千金，可藉口以見吾父母，而恩卿亦得所矣！但情不能捨，是以悲泣。」說罷，淚如雨下。十娘放開兩手，冷笑一聲道：「為郎君畫此計者，此人乃大英雄也！郎君千金之資既得恢復；而妾歸他姓，又不致為行李之累。發乎情，止乎禮，誠兩便之策也。那千金在那裡？」公子收淚道：「未得恩卿之諾，金尚留彼處，未曾過手。」十娘道：「明早快快應承了他，不可錯過機會。但千金重事，須得兌足，交付郎君之手，妾始過舟，勿為賈豎子所欺。」

評點

時已四鼓，十娘即起身挑燈梳洗道：「今日之粧，乃迎新送舊，非比尋常。」於是脂粉香澤，用意修飾，花鈿繡襖，極其華豔，香風拂拂，光采照人。裝束方完，天色已曉。孫富差家童到船頭候信。十娘微窺公子，欣欣似有喜色，乃催公子快去回話，及早兌足銀子。◎10公子親到孫富船中，回復依允。孫富道：「兌銀易事，須得麗人粧台為信。」公子又回復了十娘。十娘即指描金文具道：「可使擡去。」孫富喜甚，即將白銀一千兩送到公子船中。十娘親自檢看，足色足數，分毫無爽。乃手把船舷，以手招孫富。孫富一見，魂不附體。十娘啟朱唇開皓齒道：「方纔箱子，可暫發來，內有李郎路引※85一紙，可檢還之也。」孫富視十娘已為甕中之鱉，即命家童送那描金文具，安放船頭之上。十娘取鑰開鎖，內皆抽替小箱。十娘叫公子抽第一層來看，只見翠羽明璫，瑤簪寶珥，充牣※86於中，約值數百金。十娘遽※87投之江中。李甲與孫富及兩船之人，無不驚詫。又命公子再抽一箱，乃玉簫金管；又抽一箱，盡古玉紫金玩器，約起值數千金。十娘盡投之於水！舟中岸上之人，觀者如堵。齊聲道：

◆十娘推開公子在一邊，朝著孫富斥罵。（古版畫，選自《今古奇觀》明末吳郡寶翰樓刊本。）

「可惜！可惜！」正不知什麼緣故。最後又抽一箱，箱中復有一匣。開匣視之，夜明之珠，約有盈把。其他祖母綠、貓兒眼諸般異寶，目所未睹，莫能定其價之多少。眾人齊聲喝采，喧聲如雷！十娘又欲投之於江。李甲不覺大悔，抱持十娘慟哭。那孫富也來勸解。十娘推開公子在一邊，向孫富罵道：「我與李郎，備嘗艱苦，不是容易到此。汝以奸淫之意，巧為讒說。一旦破人姻緣，斷人恩愛，乃我之仇人！我死而有知，必當訴之神明，尚妄想枕席之歡乎？」又對李甲道：「妾風塵數年，私有所積，本為終身之計。自遇郎君，山盟海誓，白首不渝。前出都之際，假託眾姊妹相贈，箱中韞※88藏百寶，不下萬金，將潤色郎君之裝。歸見父母，或憐妾有心，收佐中饋※89，得終委託，生死無憾。誰知郎君相信不深，惑於浮議，中道見棄，負妾一片真心。今日當眾目之前，開箱出視，使郎君知區區千金，未為難事。妾櫝※90中有玉，恨郎眼內無珠！命之不辰，風塵困瘁。甫得脫離，又遭棄捐！今眾人各有耳目，共作證明：妾不負郎君，郎君自負妾耳。」

註

※85路引：道路通行的憑證。

※86充牣：充滿。牣，讀作「任」。

※87遽：就、遂。

※88韞：讀作「運」。包藏、蘊含。

※89中饋：婦女在家中職司飲食的事。此指侍奉飲食起居。

※90櫝：讀作「獨」，木盒子。

評點

◎10：若眞心不捨十娘，必更有說。(無礙居士)

於是眾人聚觀者，無不流涕，都唾罵李公子負心薄倖。公子又羞又苦，且悔且泣，方欲向十娘謝罪；十娘抱持寶匣向江心一跳。眾人急呼撈救，但見雲暗江心，波濤滾滾，杳無蹤影。可惜一個如花似玉的名姬，一旦葬于江魚之腹。

三魂渺渺歸水府，七魄悠悠入冥途。

當時旁觀之人，皆咬牙切齒，爭欲拳毆李甲和那孫富。慌得李、孫二人，手足無措，急叫開船，分途遁去。李甲在舟中，看了千金，轉憶十娘，終日愧悔，鬱成狂疾，終身不痊。孫富自那日受驚得病，臥床月餘，終日見杜十娘在傍詬罵，奄奄而逝，人以為江中之報也。

卻說柳遇春在京坐監完滿，束裝回鄉，停舟瓜步[※91]，偶臨江淨臉，失墜銅盆於水，覓漁人打撈。及至撈起，乃是個小匣兒。遇春啟匣觀看，內皆明

◆李甲與柳遇春都是國子監的監生，圖為北京國子監辟雍殿。（圖片來源、攝影：高晶）

珠異寶，無價之珍。遇春厚賞漁人，留於床頭把玩。是夜，夢見江中一女子，淩波而來，視之，乃杜十娘也。近前萬福※92，訴以李郎薄幸之事。又道：「向承君家慷慨，以一百五十金相助，本意息肩※93之後，徐圖報答；不意事無終始。然每懷盛情，悒悒未忘。早間曾以小匣，托漁人奉致，聊表寸心，從此不復相見矣！」言訖，猛然驚醒，方知十娘已死，歎息累日。

後人評論此事，以為孫富謀奪美色，輕擲千金，固非良士；李甲不識杜十娘一片苦心，碌碌蠢才！無足道者。獨謂十娘千古女俠，豈不能覓一佳侶，共跨秦樓之鳳※94，乃錯認李公子！明珠美玉，投於盲人，以致恩變為仇。萬種恩情，化為流水，深可惜也！有詩歎云：

不會風流莫妄談，單單情字費人參。
若將情字能參透，喚作風流也不慚。

註

※91瓜步：古代鎮名。今江蘇六合東南。
※92萬福：古代婦女行拜手禮時，多口稱萬福，後因沿稱行拜手禮爲萬福。
※93息肩：生活安頓好後。
※94秦樓之鳳：指秦穆公女弄玉乘鳳的故事，弄玉嫁善吹簫之蕭史，日就蕭史學簫作鳳鳴，穆公爲作鳳台以居之。後夫妻乘鳳飛天仙去。事見漢劉向《列仙傳》。

# 第六卷　李謫仙醉草嚇蠻書

堪羨當年李謫仙※1，吟詩斗酒有連篇。
蟠胸錦繡欺時彥※2，落筆風雲邁※3古賢。
書草和番威遠塞，詞歌傾國媚新弦。
莫言才子風流盡，明月長懸采石※4邊。

話說唐玄宗※5皇帝朝，有個才子，姓李名白，字太白。乃西梁※6武昭興聖皇帝李暠九世孫，西川錦州人也。其母夢長庚入懷而生，那長庚星又名「太白星」，所以名字俱用之。那李白生得姿容美秀，骨格清奇，有飄然出世之表。十歲時，便精通書史，出口成章，人都誇他錦心繡口，又說他是神仙降生，以此又呼為「李謫仙」。有杜工部贈詩為證：

安徽馬鞍山李白紀念館。（圖片來源、攝影：陳宏宇）

昔年有狂客，號爾謫仙人。
筆落驚風雨，詩成泣鬼神！
聲名從此大，汩沒※7一朝伸。
文彩承殊渥※8，流傳必絕倫。

李白又自稱「青蓮居士」，一生好酒，不求仕進，志欲遨遊四海，看盡天下名山，嘗遍天下美酒。先登峨眉※9，次居雲夢※10，復隱於徂徠山※11竹溪，與孔巢父等六人，日夕酣飲，號為「竹溪六逸」。有人說湖州烏程酒甚佳，白不遠千里而

註

※1謫仙：被貶至凡間的仙人，此處用以形容李白的才學超凡。
※2蟠胸錦繡欺時彥：滿腹的錦繡文章，勝過當時的才俊、名士。
※3邁：勝過。
※4采石：即采石磯。古代地名。今安徽省當塗縣西北牛渚山下。
※5唐玄宗：即李隆基，也稱「唐明皇」。開創「開元之治」的盛世。
※6西梁：即「西涼」。朝代名。由漢人李暠建國，後爲北涼所滅。
※7汩沒：埋沒。汩，讀作「股」。
※8殊渥：此指上天所賜與的特殊才能、天賦。
※9峨眉：即峨眉山。位於今四川省峨眉山市境內。
※10雲夢：即雲夢大澤。位於今湖北省東南，長江、漢水一帶。
※11徂徠山：今山東泰安縣東南。徂，讀作「ㄘㄨˊ」。

往，到酒肆中，開懷暢飲，旁若無人。時有迦葉司馬經過，聞白狂歌之聲，遣從者問其何人，白隨口答詩四句：

青蓮居士謫仙人，酒肆逃名三十春。
湖州司馬※12何須問，金粟如來※13是後身。

迦葉司馬大驚，問道：「莫非蜀※14中李謫仙麼？聞名久矣！」遂請相見。留飲十日，厚有所贈。臨別問道：「以青蓮高才，取青紫如拾芥※15，何不遊長安應舉？」李白道：「目今朝政紊亂，公道全無，請托者登高第，納賄者獲科名；非此二者，雖有孔、孟之賢，晁、董※16之才，無由自達。◎1白所以流連詩酒，免受盲試官之氣耳。」迦葉司馬道：「雖則如此，足下誰人不知？一到長安，必有人薦拔。」李白從其言，乃遊長安。一日，到紫極宮遊玩，遇了翰林學士賀知章※17，通姓道名，彼此相慕。知章遂邀李白於酒肆※18中，解下金貂※19，當酒同飲，至夜不捨。

◆李白紀念館，位於今四川省江油市李白故里。（圖片來源、攝影：WhisperToMe）

遂留李白於家中下榻，結為兄弟。◎2次日，李白將行李搬至賀內翰宅，每日談詩飲酒，賓主甚是相得。

時光荏苒※20，不覺試期已迫。賀內翰道：「今春南省※21試官，正是楊貴妃※22兄楊國忠※23太師，監視官乃太尉高力士※24，二人都是愛財之人。賢弟卻無金銀買

註

※12司馬：古代官名。是州府的輔佐官吏，負責出謀劃策。
※13金粟如來：過去佛之名，維摩居士的前身。
※14蜀：四川省。秦代隸屬巴、蜀二郡，所以簡稱爲「蜀」。
※15取青紫如拾芥：此句意謂謀取高官厚祿，猶如探囊取物。青紫，綁、繫在官印上的青色絲帶、紫色絲帶。借指位階高等的官職。拾芥，拔取地上的小草。比喻容易獲得。
※16晁、董：晁錯、董仲舒，晁錯，西漢景帝擔任御史大夫一職，鑽研法家學說，提出《削藩策》。董仲舒，西漢名儒，著有《春秋繁露》。
※17賀知章：唐朝著名的書法家，亦擅長文章辭賦，和李白、張旭等人來往密切。
※18肆：市集的店舖。
※19金貂：古代侍從貴臣的帽飾。此指晉代阮孚，以代表身分地位的金貂來換酒喝的故事，用以突顯賀知章爲人不拘小節。
※20荏苒：指時光快速流逝。語出《文選．潘岳．悼亡詩三首之一》：「荏苒冬春謝，寒暑忽流易。」
※21南省：唐代對尚書省的稱呼。
※22楊貴妃：楊玉環，最初嫁給壽王瑁爲妃，後來出家爲女道士，號太眞。入宮後，成爲唐玄宗寵愛的妃子。
※23楊國忠：一名釗，唐代閿鄉人，是楊貴妃的堂兄。
※24高力士：唐代的宦官。深受唐玄宗寵信，官至驃騎大將軍、進開府儀同三司。

評點

◎1：此風久矣，可嘆！可嘆！（無礙居士）
◎2：舊小説謂李白爲賀家婢出，得此正之。（無礙居士）

囑他，便有沖天學問，見不得聖天子。此二人與下官皆有相識，下官寫一封箚子※[25]去，預先囑托，或者看薄面一二。」李白雖則才大氣高，遇了這等時勢，況且內翰高情，不好違阻。賀內翰寫了柬帖，投與楊太師、高力士二人，接開看了，冷笑道：「賀內翰受了李白金銀，卻寫封空書在我這裏討白人情，到那日專記：如有李白名字卷子，不問好歹，即時批落。」時值三月三日，大開南省，會天下才人，盡呈卷子。李白才思有餘，一筆揮就，第一個交卷。楊國忠見卷子上有李白名字，也不看文字，亂筆塗抹道：「這樣書生，只好與我磨墨。」高力士道：「磨墨也不中，只好與我著襪脫靴。」喝令將李白推搶出去。正是：

　　不願文章中天下，只願文章中試官。

李白被試官屈批卷子，怨氣沖天！回至內翰宅中，立誓：「久後吾若得志，定教楊國忠磨墨，高力士與我脫靴，方纔滿願！」賀內翰勸白：「且休煩惱，權在舍下安歇，待三年，再開試

李白作有〈春夜宴桃李園序〉一文，記述李白與堂弟們相聚在桃李園中的情景。圖為清代冷枚根據李白一文所繪之《春夜宴桃李園序》。

場，別換試官，必然登第。」終日共李白飲酒賦詩。日往月來，不覺一載。

忽一日，有番使齎※26國書到。朝廷差使命急宣賀內翰陪接番使，在館驛※27安下。次日，閤門舍人※28接得番使國書一道。玄宗敕宣翰林學士，拆開番書，全然不識一字！拜伏金階啟奏：「此書皆是鳥獸之跡。臣等學識淺短，不識一字。」天子聞奏，將與南省試官楊國忠開讀。楊國忠開看，雙目如盲，亦不曉得。天子宣問滿朝文武，並無一人曉得，不知書上有何吉凶言語。龍顏大怒，喝罵朝臣：「枉有許多文武，並無一個飽學之士與朕分憂！此書識不得，將何回答發落番使？卻被番邦笑恥，欺侮南朝，必動干戈，來侵邊界，如之奈何？敕限三日，若無人識此番書，一概停俸；六日無人，一概停職；九日無人，一概問罪。別選賢良，共扶社稷。」聖旨一出，諸官默默無言，再無一人敢奏。天子轉添煩惱。

賀內翰朝散回家，將此事述於李白。白微微冷笑：「可惜我李某去年不曾及第為官，不得與天子分憂。」◎3賀內翰大驚道：「想必賢弟博學多能，辨識番書。下官當於駕前保奏。」

註

※25箚子：官府中往來書信、公文，也稱作「札子」。箚，讀作「札」。

※26齎：讀作「機」。遞送、帶著、持拿。

※27館驛：設置在道路旁邊，用以傳遞文書或提供行人旅客休息喫飯住宿、換馬之處。

※28閤門舍人：古代官名。執掌替皇帝傳宣詔命，呈獻奏章等職務。

評點

◎3：落第中埋沒了多少忠義有用之才。（無礙居士）

次日，賀知章入朝越班奏道：「臣啟陛下：臣家有一秀才，姓李名白，博學多能，要辨番書，非此人不可。」天子准奏，即遣使命齎詔前去內翰宅中，宣取李白。李白告天使道：「臣乃遠方布衣，無才無識。今朝中有許多官僚，都是飽學之儒，何必問及草莽※29？臣不敢奉詔，恐得罪於朝貴。」說這句「恐得罪於朝貴」，隱隱刺著楊、高二人。使命回奏。天子初問賀知章：「李白不肯奉詔，其意云何？」知章奏道：「臣知李白文章蓋世，學問驚人。只為去年試場中，被試官屈批了卷子，羞搶出門，今日教他白衣入朝，有愧於心。乞陛下賜以恩典，遣一位大臣再往，必然奉詔。」玄宗道：「依卿所奏，欽賜李白進士及第，著紫袍金帶，紗帽象簡※30見駕。就煩卿自在迎取，卿不可辭！」

賀知章領旨回家，請李白開讀，備述天子惓惓※31求賢之意。李白穿了御賜袍服，望闕拜謝，遂騎馬隨賀內翰入朝。玄宗於御座專待李白，李白至金階拜舞山呼謝恩，躬身而立。天子一見李白，如貧得寶，如暗得燈，如饑得食，如旱得雲。開金口，動玉音道：「今有番國齎書，無人能曉，特宣卿至，為朕分憂。」白躬身奏道：「臣因學淺，被太師批卷不中，高太尉將臣推搶出門。今有番書，何不令試官回答，卻乃久滯番官在此。臣是批黜秀才，不能稱試官之意，怎能稱

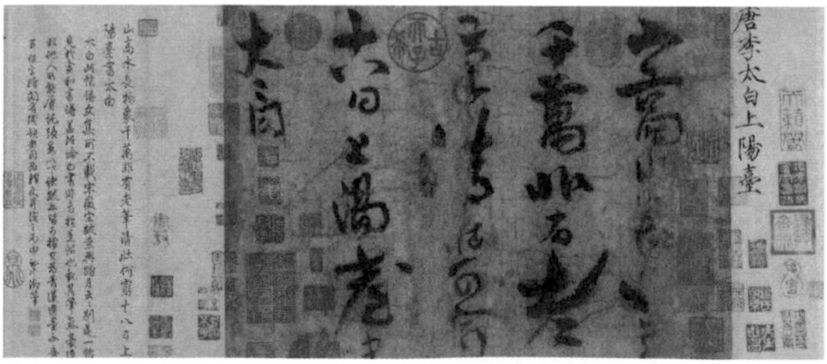


◆李白精通書史，出口成章，擅長草詩。圖為李白《上陽台帖》。

皇上之意？」天子道：「朕自知卿，卿其勿辭。」遂命侍臣捧番書賜李白觀看。李白看了一遍，微微冷笑，對御座前將唐音譯出，宣讀如流。番書云：

渤海國大可毒※32書達唐朝官家：自你占了高麗※33，與俺國逼近，邊兵屢屢侵犯吾界，想出自官家※34之意。俺如今不可耐者，差官來講，可將高麗一百七十六城讓與俺國，俺有好物事相送：太白山之菟※35，南海之昆布，柵城之鼓，扶餘之鹿，鄚頡※36之豕，率賓之馬，沃州之綿，湄沱河之鯽，九都之李，樂遊之梨，你官家都有分。若還不肯，俺起兵來廝殺，且看那家勝敗？

註

※29草莽：此指沒有入朝爲官的平民百姓。

※30象簡：象牙笏板，上朝啓奏的備忘錄，可供書寫記事的用途。

※31惓惓：態度眞摯、誠懇。惓，讀作「全」。

※32可毒：渤海國對國王的稱呼，全名爲可毒夫，簡稱可毒。渤海國是中國唐代粟末靺鞨族所建立統治東北方的民族政權。

※33高麗：即現在的韓國。漢、唐以來，久爲中國藩屬。

※34官家：此處是對唐朝君主的稱呼。

※35太白山之菟：即於菟，春秋時時代楚國人對老虎的稱呼。菟，讀作「圖」。有學者認爲，太白山之菟指的是東北虎或茯苓。

※36鄚頡：地名。今黑龍江省哈爾濱市阿城區。

眾官聽得讀罷番書，不覺失驚，面面廝覷，盡稱「難得」。天子聽了番書，龍情不悅，沉吟良久，方問兩班文武：「今被番家要興兵搶占高麗，有何策可以應敵？」兩班文武，如泥塑木雕，無人敢應。賀知章啟奏道：「自太宗皇帝三征高麗，不知殺了多少生靈，不能取勝，府庫為之虛耗。天幸蓋蘇文死了，其子男生兄弟爭權，為我鄉導。◎4高宗皇帝※37遣老將李勣※38、薛仁貴※39統百萬雄兵，大小百戰，方纔殄滅。今承平日久，無將無兵。倘干戈復動，難保必勝，兵連禍結，不知何時而止。願吾皇聖鑒。」天子道：「似此，如何回答他？」知章道：「陛下試問李白，必然善於辭命。」天子乃召白問之。李白奏道：「臣啟陛下，此事不勞聖慮。來日宣番使入朝，臣當面回答番書，與他一般字跡，書中言語，羞辱番家，須要番國可毒拱手來降。」天子問：「可毒何人也？」李白奏道：「渤海風俗，稱其王曰『可毒』，猶回紇※40稱『可汗』，吐番※41稱『贊普』，六詔※42稱『詔』，訶陵※43稱『悉莫威』，各從其俗。」天子見其應對不窮，聖心大悅，即日拜為翰林學士。遂設宴於金鑾殿。宮商迭奏，琴瑟喧闐※44，嬪妃進酒，彩女傳杯。御音傳示：「李卿可開懷暢飲，休拘禮法。」李白盡量而飲，不覺酒濃身軟。天子令內官扶於殿側安寢。次日五鼓，天子升殿：

唐張萱繪《明皇納涼圖》，上題有「在天願做比翼鳥，在地願為連理枝」。

淨鞭※45三下響，文武兩班齊。

李白宿酲※46猶未醒。內官催促進朝。百官朝見已畢，天子召李白上殿，見其面尚帶酒容，兩眼兀自有朦朧之意。天子分付內侍：「教御廚中造三分醒酒酸魚羹來。」須臾，內侍將金盤捧到魚羹一碗。天子見羹氣太熱，御手取牙筯※47調之良

註

※37高宗皇帝：李治，唐朝第三任皇帝，唐太宗李世民的第九個兒子。

※38李勣：唐初名將，曾攻破東突厥、高句麗。曾侍奉唐高祖、唐太宗、唐高宗三朝，深得朝廷倚重。

※39薛仁貴：唐絳州龍門人。貞觀年間跟隨唐太宗征遼東，戰無不勝。唐高宗時屢次攻破高麗、契丹、突厥，立下汗馬功勞，官拜本衛大將軍，封平陽郡公。

※40回紇：中國少數民族之一。現今定名爲維吾爾族。紇，讀作「河」。

※41吐番：位於青藏高原的民族政權，多說藏語，也融合了羌人與鮮卑人的後代。

※42六詔：唐代西南夷六個部落的統稱，即蒙嶲、越析、浪容、邆睒、施浪、蒙舍（蒙舍處最南，也稱爲「南詔」）六個部落。詔，蠻夷的國王或領袖。

※43訶陵：古代南海國的稱呼，唐代稱訶陵，現今的爪哇島。

※44琴瑟喧闐：此指琴瑟等樂器演奏的聲響充盈金鑾殿中。闐，讀作「田」。

※45淨鞭：古代皇帝上朝前所用的儀仗，侍衛警戒群臣保持肅穆安靜，用絲綢纏繞編成的軟鞭，鞭梢塗蠟，擊打地面時發出響聲。

※46宿酲：宿醉，前夜飲酒到隔日尚未清醒。酲，讀作「城」。喝醉酒導致神智不清或身體不適。

※47筯：筷子。同今箸字，是箸的異體字。

評點

◎4：高麗事詳見此。（無礙居士）

久，賜與李學士。◎5李白跪而食之，頓覺爽快。是時，百官見天子恩幸李白，且驚且喜。驚者怪其破格；喜者喜其得人。惟楊國忠、高力士愀然※48有不樂之色。聖旨宣番使入朝，番使山呼見聖已畢。李白紫衣紗帽，飄飄然有神仙凌雲之態，手捧番書立於左側柱下，朗聲而讀，一字無差。番使大駭。李白道：「小邦失禮，聖上洪度如天，置而不較，有詔批答，汝宜靜聽！」番官戰戰兢兢，跪於階下。天子命設七寶牀於御座之傍，取于闐※49白玉硯、象管兔毫筆、獨草龍香墨、五色金花箋，排列停當，賜李白近御榻前，坐錦墩※50草詔。◎6李白奏道：「臣靴不淨，有污前席，望皇上寬恩，賜臣脫靴結襪而登。」天子准奏，命一小內侍與李學士脫靴。李白又奏道：「臣有一言，乞陛下赦臣狂妄，臣方敢奏。」天子道：「任卿失言，朕亦不罪。」李白奏道：「臣前入試春闈※51，被楊太師批落，高太尉趕逐。今日見二人押班※52，臣之神氣不旺。乞玉音分付楊國忠與臣捧硯磨墨，高力士與臣脫靴結襪，臣意氣始得自豪，舉筆草詔，口代天言，方可不辱君命。」天子用人之際，恐拂其意，只得傳旨：教楊國忠捧硯、高力士脫靴。二人心裡暗暗自揣：「前日科場中輕

◆李白讓楊國忠捧硯、高力士脫靴，因此得罪了兩人。（古版畫，選自《今古奇觀》明末吳郡寶翰樓刊本。）

薄了他，這樣書生只好與我磨墨脫靴，今日恃了天子一時寵幸，就來還話，報復前仇。」一出於無奈，不敢違背聖旨，正是敢怒而不敢言。常言道：

冤家不可結，結了無休歇。
侮人還自侮，說人還自說。

李白此時昂昂得意，躧※53襪登褥，坐於錦墩。楊國忠磨得墨濃，捧硯侍立。論來爵位不同，怎麼李學士坐了，楊太師到侍立？因李白口代天言，天子寵以殊禮。楊太師奉旨磨墨，不曾賜坐，只得侍立。李白左手將鬚一拂，右手舉起中山兔穎※54，向五花箋上，手不停揮，須臾，草就嚇蠻書。字畫齊整，並無差落，獻於龍案之上。天子看了大驚！都是照樣番書，一字不識。傳與百官看了，各各駭然。天

註

※48愀然：憂心忡忡的樣子。
※49于闐：地名。位於新疆南部，今新疆和田。
※50墩：讀作「敦」，古代的一種傢俱名，是一種圓形的矮椅。
※51春闈：春季舉行的科舉會試。闈，科舉考試的考場。
※52押班：群臣朝見天子時，帶領群臣的爲首者，意即地位是群臣中最高者。
※53躧：讀作「喜」。踩、踏。引用《中華民國教育部重編國語辭典修訂本》解釋。
※54中山地方兔毛製成的毛筆。

評點

◎5：亦個愛才皇帝。（無礙居士）
◎6：口罷極矣，唯其人足當之。（無礙居士）

子命李白誦之。李白就御座前朗誦一遍：

大唐開元皇帝詔諭渤海可毒：自昔石卵不敵，蛇龍不鬥。本朝應運開天，撫有四海，將勇卒精，甲堅兵銳。頡利※55背盟而被擒，弄贊※56鑄鵝而納誓；新羅※57奏織錦之頌，天竺※58致能言之鳥；波斯※59獻捕鼠之蛇，拂菻※60進曳馬之狗。白鸚鵡來自訶陵，夜光珠貢于林邑※61；骨利幹※62有名馬之納，泥婆羅※63有良酢之獻。無非畏威懷德，買靜求安。◎7高麗拒命，天討再加，傳世九百，一朝殄滅，豈非逆天之咎徵、衡大之明鑒與？況爾海外小邦，高麗附國，比之中國，不過一郡，士馬芻糧，萬分不及。若螳怒是逞，鵝驕不遜，天兵一下，千里流血，君同頡利之俘，國爲高麗之續。方今聖度汪洋，恕爾狂悖，急宜悔禍，勤修歲事※64，毋取誅僇※65爲四夷笑。爾其三思哉！故諭。

天子聞之大喜，再命李白對番官面宣一通，然後用寶※66。李白仍叫高太尉著靴，方纔下殿，喚番官

◆唐明皇坐在大屏幕前的露台上，觀看李白寫詩，高力士正在幫李白脱靴。圖為十七世紀清朝水墨畫。

聽詔。李白重讀一遍，讀得聲韻鏗鏘。番使不敢則聲，面如土色，不免山呼拜舞辭朝。賀內翰送出都門，番官私問道：「適纔讀詔者何人？」內翰道：「姓李名白，官拜翰林學士。」番使道：「多大的官，使太師捧硯，太尉脫靴？」內翰道：「太師大臣，太尉親臣，不過人間之極貴；那李學士乃天上神仙下降，贊助天朝，更有何人可及？」番使點頭而別，歸至本國，與國王述之。國王看了國書大驚，與國人商議：「天朝有神仙贊助，如何敵得？」寫了降表，願年年進貢，歲歲來朝。此是

註

※55頡利：頡利可汗，是突厥的君主，是東突厥汗國最後一任可汗。唐初時，率兵侵犯中國邊境，後兵敗被俘虜。

※56弄贊：唐代吐蕃有名的國王。爲人慷慨有雄才偉略，在宗教、文化上對該族貢獻很大。他曾向唐太宗進貢黃金打造的鵝形酒杯，用來慶祝唐朝征服高麗。

※57新羅：唐代時期朝鮮的三個王國之一。定都慶州，與朝鮮半島上另外兩個國家百濟、高句麗鼎足而立。於唐高宗時，向中國進貢織錦。

※58天竺：古代印度的名稱。

※59波斯：古代對伊朗的稱呼，位於亞洲西部。

※60拂菻：古代對東羅馬帝國的稱呼。菻，讀作「凜」。

※61林邑：古代對越南的稱呼。

※62骨利幹：鐵勒部落之一，位於安加拉河至貝加爾湖以南地區，曾向唐太宗進貢馬匹。

※63泥婆羅：古代對尼泊爾的稱呼。

※64歲事：每年秋季以藩屬國的朝覲禮節，拜見唐朝天子。

※65僇：讀作「路」。侮辱。此處意謂自取其辱。

※66用寶：蓋上皇帝御用的印章。

評點

◎7：善鋪張。（無礙居士）

後話。

話分兩頭，卻說天子深敬李白，欲重加官職。李白啟奏：「臣不願受職，願得逍遙散誕，供奉御前，如漢東方朔※67事。」天子道：「卿既不受職，朕所有黃金白璧、奇珍異寶，惟卿所好。」李白奏道：「臣亦不願受金玉，願得從陛下遊幸，日飲美酒三千觴足矣！」天子知李白清高，不忍相強。從此時時賜宴留宿於金鑾殿中，訪以政事，恩幸日隆。

一日，李白乘馬遊長安街，忽聽得鑼鼓齊鳴。見一簇刀斧手，擁著一輛囚車行來。白停驂※68問之，乃是并州※69解到失機將官，今押赴東市處斬。那囚車中，囚著個美丈夫，生得甚是英偉。叩其姓名，聲如洪鐘，答道：「姓郭，名子儀※70。」李白相他容貌非凡，他日必為國家柱石，遂喝住刀斧手：「待我親往駕前保奏。」眾人知是李謫仙學士，御手調羹的，誰敢不依。李白當時回馬，直叩宮門，求見天子，討了一道赦敕，親往東市開讀，打開囚車，放出子儀，許他帶罪立功。子儀拜謝李白活命之恩，異日銜環結草※71，不敢忘報。此事擱過不題。

是時，宮中最重木芍藥，是揚州貢來的。如今叫做牡丹

✦十九世紀日本畫家細田榮之所繪楊貴妃畫像。

花，唐時謂之木芍藥。宮中種得四本，開出四樣顏色，那四樣：

大紅　深紫　淺紅　通白

玄宗天子移植於沉香亭前，與楊貴妃娘娘賞玩，詔梨園子弟※72奏樂。天子道：「對妃子賞名花，新花安用舊曲？」遽命梨園長李龜年召李學士入宮。有內侍說道：「李學士往長安市上酒肆中去了。」龜年不往九街，不走三市，一逕尋到長安市去。只聽得一個大酒樓上，有人歌云：

註

※67東方朔：西漢辭賦家。個性幽默，足智多謀，常說笑話取悅漢武帝，沒有得到重用。李白也想效仿東方朔一樣，得一個閒散官職，侍奉在皇帝左右。

※68停驂：勒住馬的韁繩，讓馬停下來。驂，此指馬，音「餐」。

※69并州：今山西省，古代的太原府。

※70子儀：郭子儀，唐朝名將。平定安史之亂有功。官拜太尉、中書令。

※71銜環結草：比喻受人恩惠，必當知恩圖報。銜環，即啣環。漢代楊寶曾從鴟梟喙下救了一隻黃雀，黃雀傷勢痊癒後就飛走。某天晚上，有一名黃衣童子前來，送四枚白環給楊寶。結草，喻死後報恩，典故出自《左傳・宣公十五年》，春秋時代晉國的魏顆救父親的侍妾，而獲得老人把草打結助其禦敵，後來老人自稱是魏顆父親侍妾的已故父親，爲報魏顆恩德而出手相助。

※72梨園子弟：又名梨園弟子。唐玄宗時對在宮廷中表演歌曲舞蹈藝人的稱呼。

三杯通大道，一斗合自然。
但得酒中趣，勿爲醒者傳。

李龜年道：「這歌的不是李學士是誰？」大踏步上樓梯來。只見李白獨佔一個小小座頭，桌上花瓶內供一枝碧桃花，獨自對花而酌，已喫得酩酊大醉。手執巨觥※73，兀自不放。龜年上前道：「聖上在沉香亭宣召，學士快去！」眾酒客聞得有聖旨，一時驚駭，都站起來閒看。李白全然不理，張開醉眼向龜年念一句陶淵明的詩。道是：

我醉欲眠君且去。

念了這句詩就瞑然欲睡。李龜年也有三分主意，向樓窗在下一招，七八個從者，一齊上樓，不由分說，手忙腳亂，擡李學士到於門前，上了玉花驄※74。眾人左扶右持，龜年策馬在後相隨，直跑到五鳳樓前。天子又遣內侍來催促了，敕賜走馬入宮。龜年遂

◆楊貴妃木板畫，左上題為「楊貴妃遊花園」，右者為唐玄宗。

不扶李白下馬，同內侍幫扶，直至後宮，過了興慶池，來到沉香亭。天子見李白在馬上雙眸緊閉，兀自未醒，命內侍鋪紫氍毹※75于亭側，扶白下馬少臥。親往省視。見白口流涎沫，天子親以龍袖拭之。◎8貴妃奏道：「妾聞冷水沃※76面，可以解酲。」乃命內侍汲興慶池水，使宮女含而噴之。白夢中驚醒，見御駕大驚！俯伏道：「臣該萬死！臣乃酒中之仙，幸陛下恕臣。」天子御手攙起道：「今日同妃子賞名花，不可無新詞，所以召卿。可作《清平調》三章。」李龜年取金花牋※77授白。白帶醉一揮，立成三首。

其一曰：

雲想衣裳花想容，春風拂檻露華濃。

若非群玉山※78頭見，會向瑤臺※79月下逢。

註

※73觥：讀作「工」，用兕（讀作「四」）牛角做成的酒器。

※74玉花驄：馬的名稱。指混雜白色與青色毛皮的駿馬。

※75氍毹：讀作「渠書」。用毛編織的地毯。

※76沃：潑、澆。

※77牋：同今箋字，是箋的異體字。用作寫信或題字的紙。

※78群玉山：中國古代神話中西王母所居住的仙山。

※79瑤臺：指仙境中的亭台樓閣。

評點

◎8：眞知遇。（無礙居士）

其二曰：

一枝紅豔露凝香，雲雨巫山※80枉斷腸。
借問漢宮誰得似？可憐飛燕※81倚新粧。

其三曰：

名花傾國兩相歡，長得君王帶笑看。
解釋春風無限恨，沉香亭北倚欄杆。

天子覽詞稱美不已：「似此天才，豈不壓倒翰林院許多學士。」即命龜年按調而歌，梨園眾子弟絲竹並進。天子自吹玉笛以和之。歌畢，貴妃斂※82繡巾，再拜稱謝。天子道：「莫謝朕，可謝學士也。」貴妃持玻瓈※83七寶杯，親酌西涼葡萄酒，命宮女賜李學士飲。天子敕賜李白遍遊內苑，令內侍以美酒隨後，恣其酣飲。自是宮中內宴，李白每每被召，連貴妃亦愛而重之。高力士深恨脫靴之事，無可奈何。一日，貴妃重吟前所製《清平調》三首，倚欄歎羨。高力士見四下無人，乘間奏道：「奴婢初意娘娘聞李白此詞，怨入骨髓；何反拳拳※84如是？」貴妃道：「有何可怨？」力士奏道：「可憐飛燕倚新粧。那飛燕姓趙，乃西漢成帝之后。則今畫

趙飛燕畫像，西漢漢成帝第二任皇后，以絕世美貌著稱，所謂「環肥燕瘦」講的便是他和楊貴妃。

圖中，畫著一個武士，手托金盤，盤中有一女子，舉袖而舞，那個便是趙飛燕。生得腰肢細軟，行步輕盈，若人手執花枝顫顫然，成帝寵幸無比。誰知飛燕私與燕赤鳳相通，匿于複壁※85之中。成帝入宮，聞壁衣※86內有人咳嗽聲，搜得赤鳳殺之，欲廢趙后，賴其妹合德※87力救而止，遂終身不入正宮。今日李白以飛燕比娘娘，此乃謗毀之語，娘娘何不熟思？」原來貴妃那時以胡人安祿山※88為養子，出入宮禁，與之私通，滿宮皆知，只瞞得玄宗一人。高力士說飛燕一事，正刺其心。貴妃於是心下懷恨，每於天子前說李白輕狂使酒，無人臣之禮。天子見貴妃不樂李白，遂不召他內宴，亦不留宿殿中。李白情知被高力士中傷，天子存疏遠之意，屢次告辭求去，天子不允，乃益縱酒自廢，與賀知章、李適之、汝陽王璡、崔宗之、蘇晉、張

註

※80雲雨巫山：雲雨，比喻男女性交過程，典故出自《文選．宋玉．高唐賦．序》，即戰國時，楚襄王夢見巫山神女而與之交歡的傳說。後便以「巫山雲雨」形容男女歡愛。

※81飛燕：趙飛燕，漢成帝的皇后。擅舞，身輕如燕，能在掌中跳舞，故名爲「飛燕」。

※82歛：收斂，退縮。同今斂字，是斂的異體字。

※83瓈：同今璃字，是璃的異體字。

※84拳拳：此指仰慕敬佩的樣子。

※85複壁：牆壁中間是空的，意謂牆壁中間有夾層，人或物可以藏在裡面。

※86壁衣：掛在室內，用以裝飾及遮掩牆壁的帷幕。

※87合德：趙合德，趙飛燕的妹妹。同爲漢成帝的寵妃，專寵後宮，賜封昭儀。

※88安祿山：唐代胡人，本姓康，初名阿犖山，又作軋犖山。天寶末年，以平盧、范陽、河東三鎮節度使舉兵謀反，自稱燕帝，不久被他的兒子慶緒所誅。

旭、焦遂為酒友，時人呼為「飲中八仙」。

卻說玄宗天子，心下實是愛重李白，只為宮中不甚相得，所以疏了些兒。見李白屢次乞歸，無心戀悶，乃向李白道：「卿雅志高蹈※89，許卿暫還，不日再來相召。但卿有大功於朕，豈可白手還山？卿有所需，朕當一一給與。」李白奏道：「臣一無所需，但得杖頭有錢※90，日沽一醉足矣！」天子乃賜金牌一面，牌上御書：「敕賜李白為天下無憂學士，逍遙落托秀才，◎9逢坊喫酒，遇庫支錢，府給千貫，縣給五百貫。文武官員軍民人等，有失敬者，以違詔論。」又賜黃金千兩，錦袍玉帶，金鞍龍馬，從者二十人。白叩頭謝恩。天子又賜金花二朵，御酒三杯，於駕前上馬出朝，百官俱給假攜酒送行，自長安街直接到十里長亭，樽罍不絕。只有楊太師、高太尉二人懷恨不送。內中惟賀內翰等酒友七人，直送至百里之外，流連三日而別。李白集中，有〈還山別金門知己詩〉，略云：

恭承丹鳳詔※91，欻※92起煙蘿※93中。
一朝去金馬※94，飄落成飛蓬。
閒來東武吟※95，曲盡情未終。
書此謝知己，扁舟尋釣翁。

李白被稱為「詩仙」、「詩俠」、「酒仙」、「謫仙人」。圖為南宋梁楷《太白行吟圖》。

李白錦衣紗帽，上馬登程，一路只稱錦衣公子。果然逢坊飲酒，遇庫支錢。不一日，回至錦州，與許氏夫人相見。官府聞李學士回家，都來拜賀，無日不醉，日往月來，不覺半載。一日，白對許氏說，要出外遊玩山水。打扮做秀才模樣，身邊藏了御賜金牌，帶一個小僕，騎一健驢※96任意而行。府、縣酒資，照牌供給。忽一日，行到華陰※97界上，聽得人言華陰縣知縣貪財害民，李白生計，要去治他。來到縣前，令小僕退去，獨自倒騎著驢子於縣門首連打三回。那知縣在廳上取問公事，觀見了連聲：「可惡，可惡！怎敢調戲父母官？」速令公吏人等，拿至廳前取問。李白微微詐醉，連問不答。知縣令獄卒押入牢中，待他酒醒，著他好生供狀，

註

※89雅志高蹈：意指志不在朝爲官，只想逍遙山水之間。

※90杖頭有錢：即杖頭錢，指買酒的錢。典故出自晉朝阮修，時常將銅錢掛在手杖頂端，拄著拐杖，行至酒店，以杖頭頂端的錢買酒來喝，故後世以杖頭錢爲買酒的錢。

※91丹鳳詔：皇帝所頒布朱紅色的詔書。

※92欻：讀作「乎」，忽然之意，同今「欻」字，是欻的異體字。

※93煙蘿：隱居的處所。

※94金馬：即金馬門。漢代未央宮的宮門。門旁立有銅馬，故名。後世用來借指官場。

※95東武吟：李白所寫的詩，詩旨在闡述李白原是平民百姓，後來得到君王的賞識得以進入宮闈，也得到特殊的榮寵。後來隱遁山林，爲官時所結交的達官貴人逐漸疏遠，從此只能在山林間尋找能人雅士了。

※96驢：同今驢字，是驢的異體字。

※97華陰：縣名，今陝西省華陰市，位於華山北面，故稱「華陰縣」。

評點

◎9：官銜甚新。（無礙居士）

來日決斷。獄卒將李白領入牢中，見了獄官，掀髯長笑。獄官道：「想此人是瘋癲的。」李白道：「也不瘋，也不癲。」獄官道：「既不瘋癲，好生供狀。你是何人？為何到此騎驢，唐突縣主？」李白道：「要我供狀，取紙筆來。」獄卒將紙筆置於案上，李白扯獄官在一邊說道：「讓開一步，待我寫。」獄官笑道：「且看這瘋漢寫出甚麼來。」李白寫道：

供狀錦州人，姓李單名白。弱冠廣文章，揮毫神鬼泣。長安列八仙，竹溪稱六逸。曾草嚇蠻書，聲名播絕域。玉輦每趨陪，金鑾爲寢室。啜羹御手調，流涎御袍拭。高太尉脫靴，楊太師磨墨。天子殿前尚容乘馬行，華陰縣裏不許我騎驢入。請驗金牌，便知來歷。

寫畢，遞與獄官看了。獄官諕得魂驚魄散，低頭下拜道：「學士老爺，可憐小人蒙官發遣，身不由己，萬望海涵赦罪！」李白道：「不干你事，只要你對知縣說，我奉金牌聖旨而來，所得何罪，拘我在此？」獄官拜謝了，即忙將供

唐玄宗在安史之亂時，決定逃往四川，圖為《明皇幸蜀圖》，描繪唐玄宗到四川避難的場景。

狀呈與知縣，並述有金牌聖旨。知縣此時如小兒初聞霹靂，無孔可鑽，只得同獄官到牢中參見李學士，叩頭哀告道：「小官有眼不識泰山，一時冒犯，乞賜憐憫。」在職諸官，聞知此事，都來拜求，請學士到廳上正面坐下，眾官庭參已畢。李白取出金牌與眾官看，牌上寫道：「學士所到，文武官員軍民人等，有不敬者，以違詔論。」「汝等當得何罪？」眾官看罷聖旨，一齊低頭禮拜：「我等都該萬死！」李白見眾官苦苦哀求，笑道：「你等受國家爵祿，如何又去貪財害民？如若改過前非，方免汝罪。」眾官聽說，人人拱手，個個遵依，不敢再犯，就在廳上大排筵宴，管待學士飲酒，三日方散。自是知縣洗心滌慮，遂為良牧[※98]。此事聞於他郡，都猜道朝廷差李學士出外私行，觀風考政，無不化貪為廉，化殘為善。◎10

李白遍歷趙、魏、燕、晉、齊、梁、吳、楚，無不流連山水，極詩酒之趣。後因安祿山反叛，明皇車駕幸蜀，誅國忠於軍中，縊貴妃於佛寺。白避亂隱於廬山。永王璘[※99]時為東南節度使，陰有乘機自立之志，聞白大才，強逼下山，欲授偽職。李自不從，拘留於幕府。未幾，肅宗即位於靈武，拜郭子儀為天下兵馬大元帥，克復兩京。有人告永王璘謀叛，肅宗即遣子儀移兵討之。永王兵敗，李白方得脫身，

註

※98良牧：此指稱職的地方父母官。

※99永王璘：李璘，唐玄宗第十六子，封號永王。

評點

◎10：遊戲中原又造福，此才人作用之妙。（無礙居士）

逃至潯陽江口，被守江把總※100擒拿，把做叛黨，解到郭元帥軍前。子儀見是李學士，即喝退軍士，親解其縛，置於上位，納頭便拜道：「昔日長安東市，若非恩人相救，焉有今日？」即命治酒壓驚，連夜修本，奏上天子，為李白辨冤，且追敘其嚇蠻書之功，薦其才可以大用。此乃施恩而得報也。正是：

兩葉浮萍歸大海，人生何處不相逢？

時楊國忠已誅，高力士亦遠貶他方，玄宗皇帝自蜀迎歸為太上皇，亦對肅宗稱李白奇才。肅宗乃徵白為左拾遺※101。白歎宦海沉迷，不得逍遙自在，辭而不受。別了郭子儀，遂泛舟遊洞庭岳陽※102，再過金陵，泊舟於采石江邊。

是夜，月明如晝。李白在江頭暢飲，忽聞天際樂聲嘹喨，漸近舟次。舟人都不聞，只有李白聽得。忽然江中風浪大作，有鯨魚數丈，奮鬣※103而起，仙童二人，手持旌節※104到李白面前，口稱：「上帝奉迎星主還位。」舟人都驚倒，須臾蘇醒，只見李學士坐於鯨背，音樂前導，騰空而去。明日將此事，告於當塗縣令李陽冰。陽冰具表奏聞天子，敕建李謫仙祠于采石山上，春秋二祭。到宋太平興國年間，有書生於月夜渡采石江，見錦帆西來，船頭上有白牌一面，寫「詩伯」二字。書生遂朗吟二句道：

誰人江上稱詩伯？錦繡文章借一觀。

舟中有人和云：

夜靜不堪題絕句，恐驚星斗落江寒。

書生大驚！正欲傍舟相訪，那船泊于采石之下，舟中人紫衣紗帽，飄然若仙，逕投李謫仙祠中。書生隨後求之，祠中並無人跡，方知和詩者即李白也。至今人稱「酒仙」、「詩伯」，皆推李白為第一云。

嚇蠻書草見天才，天子調羹親賜來。
一自騎鯨天上去，江流采石有餘哀。

註

※100 把總：唐代無此官職。始設於明代，是武官中最低階的官職，地位比千總還低。

※101 左拾遺：職官名。唐武則天時設置，職掌勸諫君王、舉薦人才等職務，屬門下省。

※102 洞庭岳陽：洞庭湖、岳陽縣。

※103 鬣：讀作「劣」。此指鯨魚頷旁的小鬐。

※104 旌節：古代使臣所持的符節，象徵信守。

◆李白坐於鯨背，音樂前導，騰空而去。（古版畫，選自《今古奇觀》明末吳郡寶翰樓刊本。）

# 第七卷　賣油郎獨占花魁

年少爭誇風月，場中波浪偏多。有錢無貌意難和，有貌無錢不可。就是有錢有貌，還須著意揣摩。知情識趣俏哥哥，此道誰人賽我？

這首詞名為《西江月》，是風月機關中撮要之論。常言道：「妓愛俏，媽愛鈔。」所以子弟[1]行中有了潘安[2]般貌，鄧通[3]般錢，自然上和下睦，做得煙花寨內的大王，鴛鴦會上的主盟。然雖如此，還有個兩字經兒，叫做「幫襯」。幫者，如鞋之有幫；襯者，如衣之有襯。但凡做小娘[4]的，有一分所長，得人襯貼，就當十分。若有短處，曲意替他遮護，更兼低聲下氣，送暖偷

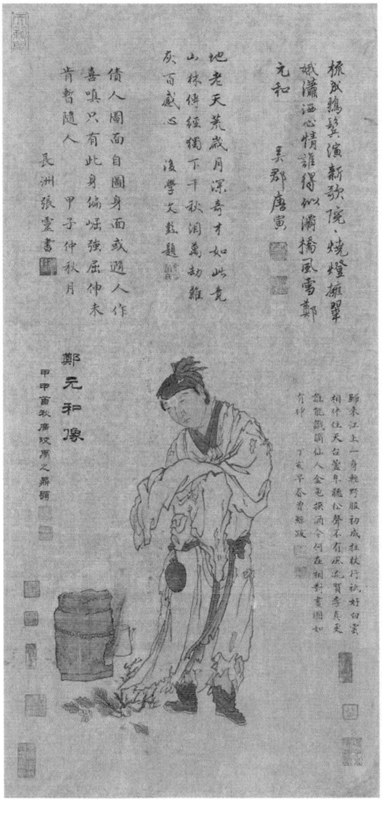


◆書生鄭元和與名妓李亞仙出自於明徐霖《繡襦記》，根據唐傳奇《李娃傳》而著，圖為明唐寅、文彭《鄭元和像》）

寒※5，逢其所喜，避其所諱，以情度情，豈有不愛之理？這叫做「幫襯」。風月場中，只有會幫襯的最討便宜，無貌而有貌，無錢而有錢。假如鄭元和※6在卑田院※7做了乞兒，此時囊篋※8俱空，容顏非舊，李亞仙於雪天遇之，便動了一個側隱之心，將繡襦包裹，美食供養，與他做了夫妻，這豈是愛他之錢？戀他之貌？只為鄭元和識趣知情，善於幫襯，所以亞仙心中舍他不得。你只看亞仙病中想馬板腸湯喫，鄭元和就把個五花馬殺了，取腸煮湯奉之。只這一節上，亞仙如何不念其情！後來鄭元和中了狀元，李亞仙封做汴國夫人，蓮花落打出萬年策，卑田院變做了白玉堂，一床錦被遮蓋，風月場中，反為美談。這是：

運退黃金失色，時來鐵也生光。

註

※1子弟：嫖客的另外一種稱呼。

※2潘安：晉代潘岳生得俊美，故後世形容美男子，多以潘安代稱。

※3鄧通：漢文帝的寵臣，文帝賞賜銅山給他，讓他可以自行鑄造錢幣，從此大富大貴。後世用來形容富可敵國，以鄧通代稱。

※4小娘：此指妓女。

※5送暖偷寒：奉承討好。

※6鄭元和：唐傳奇《李娃傳》與明小說《繡襦記》的男主角。敘述鄭元和與妓女李娃（李亞仙）的故事。

※7卑田院：古代收容乞丐的地方，也稱爲「養濟院」。

※8囊篋：此處借指錢財。篋，讀作「竊」。置物箱。

話說大宋自太祖開基，太宗嗣位，歷傳真、仁、英、神、哲，共是七代帝王，都則偃武修文，民安國泰。到了徽宗道君皇帝，信任蔡京、高俅、楊戩、朱勔之徒，大興苑囿，專務游樂，不以朝政為事。以致萬民嗟怨，金虜乘之而起，把花錦般一個世界，弄得七零八落，直至二帝蒙塵※9，高宗泥馬渡江※10，偏安一隅，天下分為南北，方得休息。其中數十年，百姓受了多少苦楚。正是：

甲馬叢中立命，刀鎗※11隊裡爲家。
殺戮如同戲耍，搶奪便是生涯。

內中單表一人，乃汴梁城※12外安樂村居住，姓莘，名善，渾家阮氏。夫妻兩口，開個糧食舖兒，雖則糶※13米為生，一應麥、豆、茶、酒、油、鹽、雜貨無所不備，家道頗頗得過。年過四旬，止生一女，小名叫做瑤琴，自小生得清秀，更且資性聰明。七歲上，送在村學中讀書，日誦千言；十歲時，便能吟詩作賦。曾有《閨情》一絕，為人傳

宋高宗趙構像，趙構為宋徽宗第九子，北宋滅亡後，在南京登基為帝，建立南宋。

誦，詩云：

朱簾寂寂下金鉤，香鴨※14沉沉冷畫樓。
移枕怕驚鴛並宿，挑燈偏惜蕊雙頭。

到十二歲，琴、棋、書、畫無所不通，若題起女工一事，飛針走線，出人意表。此乃天生伶俐，非教習之所能也。莘善因為自家無子，要尋個養女壻※15來家靠老。只因女兒靈巧多能，難乎其配，所以求親者頗多，都不曾許。不幸遇了金虜猖獗，把汴梁城圍困，四方勤王※16之師雖多，宰相主了和議，不許廝殺，以致虜勢愈甚，打破了京城，劫遷了二帝。那時城外百姓，一個個亡魂喪膽，攜老扶幼，棄家

註

※9二帝蒙塵：指宋欽宗與宋徽宗被金人俘虜一事。
※10泥馬渡江：民間傳說，靖康之難時，高宗趙構被當成人質囚禁在金國，後來得一逃脫機會，騎乘一馬渡江，過了江之後才發現所騎之馬是泥馬。
※11鎗：通「槍」。一種武器，前端有金屬尖端，下方爲木製長柄，用作刺擊。
※12汴梁城：古代開封的另一種稱呼。
※13糶：作「跳」。販賣穀物。
※14香鴨：鴨子形狀的香爐。
※15壻：同今婿字，是婿的異體字。女婿。
※16勤王：此指王室遭逢劫難，起兵救援平亂。

逃命。

卻說莘善領著渾家阮氏和十二歲的女兒，同一般逃難的背著包裹，結隊而走。

忙忙如喪家之犬，急急如漏網之魚，擔渴擔饑擔勞苦，此行誰是家鄉；叫天叫地叫祖宗，惟願不逢韃虜※17。正是：寧爲太平犬，莫作亂離人。

正行之間，誰想韃子到不曾遇見，卻逢著一陣敗殘的官兵，他看見許多逃難的百姓，多背得有包裹，假意吶喊道：「韃子來了！」沿路放起一把火來。◎1此時天色將晚，嚇得眾百姓落荒亂竄，你我不相顧。他就乘機搶掠，若不肯與他，就殺害了。這是亂中生亂，苦上加苦。

卻說莘氏瑤琴被亂軍衝突，跌了一交，爬起來，不見了爹娘，不敢叫喚，躲在道傍古墓之中過了一夜。到天明出外看時，但見滿目風沙，死屍橫路，昨日同時避難之人，都不知所往。瑤琴思念父母，痛哭不已。欲待尋訪，又不認得路徑，只得望南而行，哭一步挼一步，約莫走了二里之程。心上又苦，腹中又饑，望見土房一所，想必其中有人，欲待求乞些湯飲。及至向前，卻

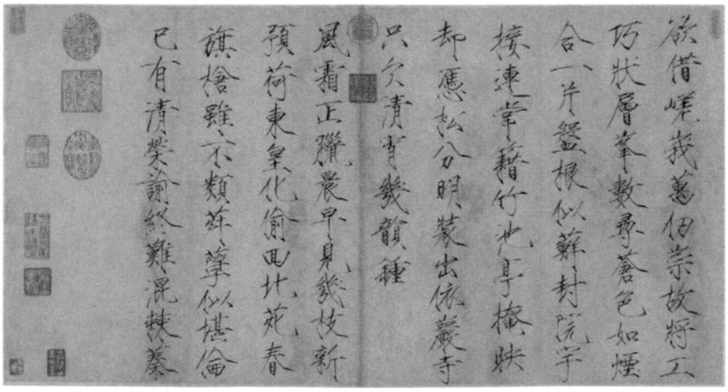

宋徽宗酷愛藝術，也是畫家、書法家、詩人、詞人和收藏家，書畫方面造詣極高，自創「瘦金書」字體，圖為宋徽宗瘦金體作品《欲借風霜二詩帖》。

是破敗的空屋，人口俱逃難去了。瑤琴坐於土牆之下，哀哀而哭。自古道：「無巧不成話」。恰好有一人從牆下而過。那人姓卜，名喬，正是莘善的近鄰；平昔是個游手游食，不守本分，慣喫白食用白錢的主兒，人都稱他是卜大郎。也是被官軍沖散了同夥，今日獨自而行，聽得啼哭之聲，慌忙來看。瑤琴自小相認，今日患難之際，舉目無親，見了近鄰，分明見親人一般。即忙收淚起身，相見問道：「卜大叔，可曾見我爹媽麼？」卜喬心中暗想：「昨日被官軍搶去包裹，正沒盤纏。天生這碗衣飯送來與我，正是奇貨可居。」便扯個謊，道：「你爹和媽尋你不見，好生痛苦！如今前面去了，分付我道：『倘或見我女兒，千萬帶了他來，送還了我。』許我厚謝。」瑤琴雖是聰明，正當無可奈何之際，君子可欺以其方※18，遂全然不疑，隨著卜喬便走。正是：

情知不是伴，事急且相隨。

卜喬將隨身帶的乾糧，把些與他喫了，分付道：「你爹媽連夜走的，若路上不

註

※17韃虜：此指金人、金兵，又作韃子。

※18君子可欺以其方：君子爲人正直，而歹人正利用這一點去欺騙他。

評點

◎1：亂離之苦，往往有此，所以御軍之法最要緊。（可一居士）

能相遇，直要過江到建康府※19方可相會。一路上同行，我權把你當女兒，你權叫我做爹。不然，只道我收留迷失子女，不當穩便。」瑤琴依允。從此陸路同步，水路同舟，爹女相稱。到了建康府，路上又聞得金兀朮※20四太子引兵渡江，眼見得建康不得寧息。又聞得康王即位，已在杭州駐蹕※21，改名臨安，遂趁船到潤州※22，過了蘇、常、嘉、湖，直到臨安地面，暫且飯店中居住。也虧卜喬，自汴京至臨安三千餘里，帶那莘瑤琴下來，身邊藏下些散碎銀兩，都用盡了，連身上外蓋衣服脫下准了店錢，止剩得莘瑤琴一件活貨，欲行出脫※23。訪得西湖上煙花王九媽家，要討養女，遂引九媽到店中，看貨還錢。九媽見瑤琴生得標緻，講了財禮五十兩，卜喬兌足了銀子，將瑤琴送到王家。原來卜喬有智，在王九媽前只說：「瑤琴是我親生之女，不幸到你門戶人家，須是款款的教訓※24他，自然從願，不要性急。」在瑤琴面前又只說：「九媽是我至親，權時把你寄頓他家，待我從容訪知你爹媽下落，再來領你。」以此，瑤琴欣然而去。◎2

可憐絕世聰明女，墮落煙花羅網中。

王九媽新討了瑤琴，將他渾身衣服，換個新鮮，藏於

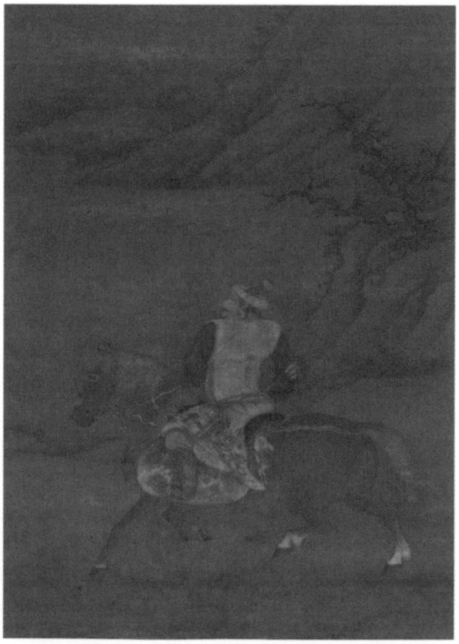

✦金朝為女真族所建立，攻滅遼朝後，又南下攻滅了北宋，圖為女真男子狩獵圖。

曲樓深處。終日好茶好飯去將息※25他，好言好語去溫暖他。瑤琴既來之，則安之。住了幾日，不見卜喬回信，思量爹媽，噙著兩行珠淚，問九媽道：「卜大叔怎不來看我？」九媽道：「那個卜大叔？」瑤琴道：「便是引我到你家的那個卜大郎。」九媽道：「他說是你的親爹。」瑤琴道：「他姓卜，我姓莘。」遂把汴梁逃難，失散了爹媽，中途遇見了卜喬引到臨安，並卜喬哄他的說話，細述一遍。九媽道：「原來恁地！你是個孤身女兒無腳蟹※26。我索性與你說明罷！那姓卜的把你賣在我家，得銀五十兩去了。我們是門戶人家，靠著粉頭過活，家中雖有三四個養女，並沒個出色的。愛你生得齊整，把做個親女兒相待；待你長成之時，包你穿好喫好，一生受用。」瑤琴聽說，方知被卜喬所騙，放聲大哭。九媽勸解，良久方止。自此九媽將瑤琴改做王美，一家都稱為美娘，教他吹彈歌舞，無不盡善。長成一十四

註

※19建康府：古代府名。今江蘇省江寧縣南。

※20金兀朮：即完顏宗弼，太祖完顏阿骨打第四個兒子，金朝名將，是金國的開國功臣。

※21駐蹕：帝王出巡時，在外停留住宿。蹕，讀作「必」。古時帝王外出巡幸時，爲保護帝王安全，禁止來往行人與車輛通行。

※22潤州：今江蘇鎮江市。

※23出脫：賣出、脫手。引用《中華民國教育部重編國語辭典修訂本》。

※24款款的教訓：耐心慢慢的教導。

※25將息：調養休息。引用《中華民國教育部重編國語辭典修訂本》。

評點

◎2：小人騙局，大致如此。(可一居士)

歲，嬌豔非常。臨安城中這些富豪公子，慕其容貌，都備著厚禮求見。也有愛清標的，聞得他寫作俱高，求詩求字的，日不離門，弄出天大的名聲出來，不叫他美娘，叫他做「花魁娘子」。西湖上子弟編出一隻《掛枝兒》※27，單道那花魁娘子的好處：

小娘中，誰似得王美兒的標緻？又會寫，又會畫，又會做詩，吹彈歌舞都餘事。常把西湖比西子，就是西子比他也還不如。那個有福的湯※28著他身兒也，情願一個死！

只因王美有了個盛名，十四歲上，就有人來講梳弄※29。一來王美不肯，二來王九媽把女兒做金子看成，見他心中不允，分明奉了一道聖旨，並不敢違拗。又過了一年，王美年方十五。原來門戶中梳弄，也有個規矩：十三歲太早，謂之「試花」。皆因鴇兒愛財，不顧痛苦。那子弟也只博個虛名，不得十分暢快取樂。十四

◆南宋首都位於杭州，鄰近的西湖也成為文人墨客聚集的中心，圖為宋夏珪《西湖柳艇圖》。

歲謂之「開花」，此時天癸※30已至，男施女受，也算當時了。到十五歲謂之「摘花」。在平常人家，還算年小；惟有門戶人家，以為過時。王美此時，未曾梳弄，西湖上子弟又編出一隻《掛枝兒》來：

王美兒似木瓜空好看；十五歲，還不曾與人湯一湯。有名無實成何干！便不是石女※31也是二行子※32的娘。若還有個好好的，羞羞也，如何熬得這些時癢？

王九媽聽得這些風聲，怕壞了門面，來勸女兒接客。王美執意不肯，說道：「要我會客時，除非見了親生爹媽，他肯做主時，方纔使得。」王九媽心裡又惱他，又不捨得難為他。捱了好些時，偶然有個金二員外，大富之家，情願出三百兩

註

※26無腳蟹：比喻孤苦無依的人。
※27掛枝兒：曲牌名。明代流行的一種通俗歌曲，多描寫男女情愛。
※28湯：原指接觸、碰觸，此指肌膚之親。
※29梳弄：也作「梳櫳」。指妓女初次接客與之交歡。接客之後，就跟已婚婦女一樣打扮，梳髮髻以示區別。
※30天癸：女子月事，生理期。
※31石女：先天陰道畸形無法有性行爲的女子。
※32二行子：俗稱陰陽人，兼具男性與女性的性別特徵。

銀子梳弄美娘。九媽得了這主大財，心生一計，與金二員外商議，若要他成就，除非如此如此。金二員外意會了。其日八月十五日，只說請王美湖上看潮，請至舟中，三四個幫閒，俱是會中之人，猜拳行令，做好做歉，將美娘灌得爛醉如泥，扶到王九媽家樓中，臥於床上，不省人事。此時天氣和暖，又沒幾層衣服，媽兒親手伏侍，剝得他赤條條，任憑金二員外行事。比及美娘夢中覺痛，醒將轉來，已被金二員外耍得夠了。欲待掙扎，爭奈手足俱軟，繇他輕薄了一回，直待綠暗紅飛，方始雨收雲散。正是：

雨中花蕊方開罷，鏡裡娥眉不似前。

五鼓時，美娘酒醒，已知鴇兒用計，破了身子。自憐紅顏命薄，遭此強橫。起來解手，穿了衣服，自在床邊一個斑竹榻上朝著裡壁睡了，暗暗垂淚。金二員外來親近他時，被他劈頭劈臉抓有幾個血痕。金二員外好生沒趣，捱得天明，對媽媽說聲：「我去

西湖的景緻在南宋留下許多描述，蘇堤春曉為西湖十景之首，圖為遠眺湖西湖蘇堤一景。

也。」媽兒要留他時，已自出門去了。從來梳弄的子弟，早起時，媽兒進房賀喜，行戶※33中都來稱慶，還要喫幾日喜酒。那子弟多則住一二月，最少也住半月二十日。只有金二員外侵早※34出門，是從來未有之事。王九媽連叫詫異，披衣起身上樓，只見美娘臥於榻上，滿眼流淚。九媽要哄他上行，連聲招許多不是。美娘只不開口。九媽只得下樓去了。美娘哭了一日，茶飯不沾，從此託病不肯下樓，連客也不肯會面了。九媽心下焦躁，欲待把他淩虐，又恐他烈性不從，反冷了他的心腸；欲待繇他，本是要他賺錢，若不接客時，就養到一百歲也沒用。躊躇數日，無計可施。忽然想起有個結義妹子，叫做劉四媽，時常往來，他能言快語，與美娘甚說得著，何不接取他來，下個說詞。若得他回心轉意，大大的燒個利市※35。當下叫保兒去請劉四媽，到前樓坐下，訴以衷情。劉四媽道：「老身是個女隨何※36、雌陸賈※37，說得羅漢思情、嫦娥想嫁。這件事，都在老身身上。」九媽道：「若得如此，做姐的情願與你磕頭！你多喫杯茶去，免得說話時口乾。」劉四媽道：「老身

註

※33行戶：其他妓院的人。
※34侵早：天將破曉時分。
※35燒個利市：店鋪開張時，燒紙拜神的儀式，祈求生意興旺。
※36隨何：秦末漢初，口才過人的外交官。劉邦跟項羽爭天下時，劉邦派他去淮南，挑撥英布和項羽的關係。
※37陸賈：秦末漢初，口才過人的外交官。

天生這副海口，便說到明日還不乾哩！」劉四媽喫了幾杯茶，轉到後樓，只見樓門緊閉。劉四媽輕輕的叩了一下，叫聲：「侄女！」美娘聽得是四媽聲音，便來開門。兩下相見了。四媽靠桌朝下而坐，美娘旁坐相陪。四媽看他桌上鋪著一幅細絹，纔畫得個美人的臉兒，還未曾著色。四媽稱讚道：「畫得好！真是巧手。九阿姐不知怎生樣造化，偏生遇著你這一個伶俐女兒，又好人物，又好技藝，就是堆上幾千兩黃金，滿臨安走遍，可尋出個對兒麼？」美娘道：「休得見笑。今日甚風吹得姨娘到來？」劉四媽道：「老身時常要來看你，只為家務在身，不得空閒。聞得你恭喜梳弄了，今日偷空而來，特特與九阿姐叫喜。」美娘聽得提起「梳弄」二字，滿臉通紅，低著頭不來答應。劉四媽知他害羞，便把椅兒掇上一步，將美娘的手兒牽著◎3，叫聲：「我兒，做小娘的，不是個軟殼雞蛋，怎的這般嫩得緊？似你恁地怕羞，如何賺得大主銀子？」美娘道：「我要銀子做甚？」四媽道：「我兒，你便不要銀子，做娘的看得你長大成人，難道不要出本？自古道：『靠山喫山，靠水喫水。』九阿姐家有幾個粉頭，那一個趕得上你的

✦1931年的杭州西湖。（圖片來源、攝影：福原信三）

腳跟來？一園瓜只看得你是個瓜種。九阿姐待你也不比其他。你是聰明伶俐的人，也須識些輕重。聞得你自梳弄之後，一個客人也不肯相接，是甚麼意兒？都像你的意時，一家人口似蠶一般，那個把桑葉餵他？做娘的抬舉你一分，你也要與他爭口氣兒，莫要反討眾丫頭們批點※38。」美娘道：「繇他批點，怕怎地！」劉四媽道：「阿呀，批點是個小事，你可曉得門戶中的行徑麼？」美娘道：「行徑便怎的？」劉四媽道：「我們門戶人家，喫著女兒，穿著女兒，用著女兒。僥倖討得一個像樣的，分明是大戶人家置了一所良田美產。年紀幼小時，巴不得風吹得大。到得梳弄過後，便是田產成熟，日日指望花利到手受用。前門迎新，後門送舊。張郎送米，李郎送柴，往來熱鬧，纔是個出名的姊妹行家。」美娘道：「羞答答，我不做這樣事！」劉媽掩著口，格的笑了一聲道：「不做這樣事，可是繇得你的？一家之中，有媽媽做主，做小娘的若不依他教訓，動不動一頓皮鞭，打得你不生不死，那時不怕你不走他的路兒。九阿姐一向不難為你，只可惜你聰明標致，從小嬌養的，要惜你的廉恥，存你的體面。方才告訴我許多話，說你不識好歹，放著鵝毛不知輕，頂著磨子不知重，心下好生不悅，叫老身來勸你。你若執意不從，惹他性起，一時翻

註

※38 批點：在背後批評別人，說三道四。

評點

◎3：絕高的說客。（可一居士）

過臉來，罵一頓，打一頓。你待走上天去！凡事只怕個起頭，若打破了頭時，朝一頓，暮一頓，那時熬這些痛苦不過，只得接客，卻不把千金聲價，弄得低微了，還要被姊妹中笑話。依我說，吊桶已自落在他井裡，掙不起了！不如千歡萬喜倒在娘的懷裡，落得自己快活。」

美娘道：「奴是好人家兒女，誤落風塵。倘得姨娘主張從良，勝造九級浮圖。若要我倚門獻笑、送舊迎新，寧甘一死，決不情願！」劉四媽道：「我兒，從良是個有志氣的事，怎麼說道不該。只是從良也有幾等不同。」美娘道：「從良有甚不同之處？」劉四媽道：「有個真從良，有個假從良，有個苦從良，有個樂從良，有個趁好的從良，有個沒奈何的從良，有個了從良，有個不了的從良。我兒，耐心聽我分說，如何叫做真從良？大凡才子，必須佳人。佳人必須才子，方成佳配。然而好事多磨，往往求之不得。幸然兩下相逢，你貪我愛，割捨不下，一個願討，一個願嫁。好像捉對的蠶蛾，死也不放。這個謂之真從良。怎麼叫做假從良？有等子弟，愛著小娘，小娘卻不愛那子弟。本心不願嫁他，只把個嫁字兒哄他心熱撒漫使錢，比及成交，卻又推故不就。又有一等癡心的子弟，曉得小娘心腸不對，他偏要

✦宋張擇端《清明上河圖》局部，描繪了當時的青樓門口擺飾。

娶他回去，拚著一主大錢，動了媽兒的火，不怕小娘不肯。勉強進門，心中不順，故意不守家規，小則撒潑放肆，大則公然偷漢。人家容留不得，多則一年，少則半載，依舊放他出來，為娼接客，把從良二字只當個撰錢※39的題目，這個謂之假從良。如何叫做苦從良？一般樣子弟愛小娘，小娘不愛那子弟，卻被他以勢凌之。媽兒懼禍，已自許了。做小娘的，身不繇主，含淚而行。一入侯門，如海之深，家法又嚴，抬頭不得。半妾半婢，忍死度日。這個謂之苦從良。如何叫做樂從良？做小娘的，正當擇人之際，偶然相交個子弟，見他情性溫和，家道富足；又且大娘子樂善，無男無女，指望他日過門與他生育，就有主母之分。以此嫁他，圖個日前安逸、日後出身。這個謂之樂從良。如何叫趁好的從良？做小娘的，風花雪月，受用已夠。趁這盛名之下，求之者眾，任我揀擇個十分滿意的嫁他，急流勇退，及早回頭，不致受人怠慢。這個謂之趁好的從良。如何叫做沒奈何的從良？做小娘的，原無從良之意，或因官司逼迫，或因強橫欺瞞，又或因負債太多，將為賠償不起。彆口氣，不論好歹，得嫁便嫁。買靜求安，藏身之法。這謂之沒奈何的從良。如何叫做了從良？小娘半老之際，風波歷盡，剛好遇個老成的孤老※40，兩下志同道合，收

註

※39 撰錢：同「賺錢」。

※40 孤老：宿娼所依靠的男人。

纏卷索，白頭到老。這個謂之了從良。如何叫做不了的從良？一般你貪我愛，火熱的跟他，卻是一時之興，沒有個長算。或者尊長不容，或者大娘妒忌，鬧了幾場，發回媽家，追取原價。又有個家道凋零，養他不活，苦守不過，依舊出來趕趁※41。這謂之不了的從良。」

美娘道：「如今奴家要從良，還是怎地好？」劉四媽道：「我兒，老身教你個萬全之策。」美娘道：「若蒙教導，死不忘恩。」劉四媽道：「從良一事，入門為淨。況且你身子已被人捉弄過了。就是今夜嫁人，叫不得個黃花女兒。千錯萬錯，不該落於此地，這就是你命中所招了。做娘的費了一片心機，若不幫他幾年，趁過千把銀子，怎肯放你出門？還有一件，你便要從良，也須揀個好主兒。這些臭嘴臭臉的，難道就跟他不成？你如今一下客也不接，曉得那個該從，那個不該從？假如你執意不肯接客，做娘的沒奈何，尋個肯出錢的主兒賣你去做妾，這也叫做從良。那主兒或是年老的，或是貌醜的，或是一字不識的村牛，你卻不骯髒了一世！比著把你料在水裡，還有『撲通』的一聲響，討得傍人叫一聲可惜。依著老身愚見，還是俯從人願，憑著做娘的接客。似你恁般才貌，等閒的料也不敢相扳，無非是王孫公子、貴客豪門，也不辱沒了你。一來風

✦宋劉宗古《瑤臺步月圖》，描繪了宋代女子的穿著與儀態。

花雪月，趁著年少受用；二來作成媽兒，起個家事；三來使自己也積趲※42些私房，免得日後求人。過了十年五載，遇上知心著意的，說得來，話得著，那時老身與你做媒，好模好樣的嫁去，做娘的也放得你下了，可不兩得其便？」美娘聽說，微笑而不言。劉四媽已知美娘心中活動了，便道：「老身句句是好話，你依著老身的話時，後來還要感激我哩。」一說罷起身。王九媽伏在樓門之外，一句句聽得的。美娘送劉四媽出房，劈面撞著了九媽，滿面羞慚，縮身進去。王九媽隨著劉四媽再到前樓坐下。劉四媽道：「侄女十分執意，被老身左說右說，一塊硬鐵看看熔做熱汁。你如今快快尋個覆帳※43的主兒，他必然肯就。那時做妹子的再來賀喜。」王九媽連連稱謝，是日備飯相待，盡醉而別。後來西湖上子弟們又有隻《掛枝兒》單說那劉四媽說詞一節：

劉四媽，你的嘴舌兒好不利害！便是女隨何、雌陸賈，不信有這大才！說著長，道著短，全沒些破敗。就是醉夢中被你說得醒，就是聰明的被你說得呆。好個

註

※41趕趁：重操舊業，此指又出來做妓女接客。

※42積趲：儲蓄、存錢。趲，讀作「攢」。

※43覆帳：妓女初次接客後，再次接第二個嫖客過夜。

烈性姑姑，也被你說得他心地改。

再說王美娘纔聽了劉四媽一席話兒，思之有理。以後有客求見，欣然相接。覆帳之後，賓客如市，捱三頂五，不得空閒，聲價愈重。每一晚白銀十兩，兀自你爭我奪。王九媽賺了若干錢鈔，歡喜無限。美娘也留心要揀個知心著意的急切難得。正是：

易求無價寶，難得有情郎。

話分兩頭。卻說臨安城清波門裡，有個開油店的朱十老。三年前過繼一個小廝，也是汴京逃難來的，姓秦名重。母親早喪，父親秦良，十三歲上，將他賣了，自己上天竺去做香火※44。朱十老因年老無嗣，又新死了媽媽，把秦重做親子看成，改名朱重，在店中學做賣油生意。初時父子坐店甚好，後因十老得了腰痛的病，十眠九坐，勞碌不得，另招個夥計，叫做邢權，在店相幫。

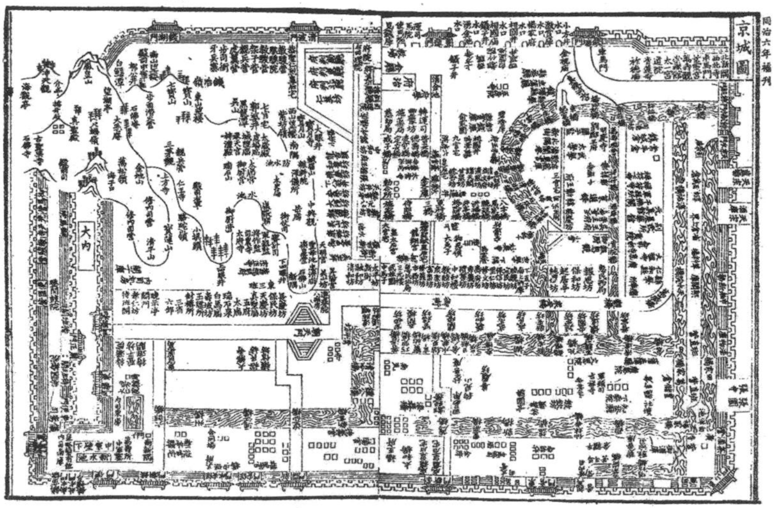


✦圖為臨安城地圖，清波門為臨安城之西門。

光陰似箭，不覺四年有餘。朱重長成一十七歲，生得一表人才。雖然已冠，尚未娶妻。那朱十老家有個侍女，叫做蘭花，年已二十之外，有心看上了朱小官人，幾遍的倒下鉤子去勾搭他。誰知朱重是個老實人，又且蘭花齷齪醜陋，朱重也看不上眼。以此落花有意，流水無情。那蘭花見勾搭朱小官不上，別尋主顧，就去勾搭那夥計邢權。邢權是望四之人，沒有老婆，一拍就上。兩個暗地偷情，不止一次，反怪朱小官人礙眼，思量尋事趕他出門。邢權與蘭花兩個，裡應外合，使心設計。蘭花便在朱十老面前，假意撇清，說小官人幾番調戲，好不老實。朱十老平時與蘭花也有一手，未免有拈酸※45之意。邢權又將店中賣下的銀子藏過，在朱十老面前說：「朱小官在外賭博，不長進。櫃裡銀子幾次短少，都是他偷去了。」初次朱十老還不信，接連幾次，朱十老年老糊塗，沒有主意，就喚朱重過來，責罵了一場。

朱重是個聰明的孩子，已知邢權與蘭花的計較，欲待分辨，惹起是非不小。萬一老者不聽，枉做惡人，心生一計，對朱十老說道：「店中生意淡薄，不消得二人。如今讓邢主管坐店，孩兒情願挑擔子出去賣油。賣得多少，每日納還。可不是兩重生意？」朱十老心下也有許可之意，又被邢權說道：「他不是要挑擔出去，幾

註

※44香火：廟裡負責添香油，點蠟燭、燒香、點燈的打雜人員。

※45拈酸：男女間產生嫉妒的情緒，俗稱「吃醋」。

年上偷銀子做私房，身邊積趲有餘了，又怪你不與他定親，心下怨悵，不願在此相幫，要討個出場，自去娶老婆做人家哩！」朱十老歎口氣道：「我把他做親兒看成，他卻如此歹意，皇天不佑！罷罷！不是自身骨血，到底粘連不上。繇他去罷！」遂將三兩銀子把與朱重，打發出門。寒夏衣服和被窩，都教他拿去。這也是朱十老好處。朱重料他不肯收留，拜了四拜，大哭而別。正是：

孝己※46殺身因謗語，申生※47喪命爲讒言；
親生兒子猶如此，何怪螟蛉※48受枉冤。

原來秦良上天竺做香火，不曾對兒子說知。朱重出了朱十老之門，在眾安橋下賃了一間小小房兒，放下被窩等件，買巨鎖兒鎖了門，便往長街短巷，訪求父親。連走幾日，全沒消息。沒奈何，只得放下。在朱十老家四年，赤心忠良，並無一毫私蓄，只有臨行時打發這三兩銀子，不勾※49本錢，做什麼生意好？左思右量，只有油行買賣是熟間※50。這些油坊，多曾與他識熟，還去挑個賣油擔子，是個穩足的道路。當下置辦了油擔家火，剩下的銀兩都交付

◆遊走於村屯鄉里、城鎮街巷，走街串巷，挑著扁擔叫賣的生意人被稱作「貨郎」。圖為蘇漢臣《貨郎圖》。

與油坊取油。那油坊裡認得朱小官是個老實好人，況且小小年紀，當初坐店，今朝挑擔上街，都因邢夥計挑撥他出來，心中甚是不平，有心扶持他，只揀窨清※51的上好淨油與他，簽子上又明讓他些。朱重得了這些便宜，自己轉賣與人，也放些寬。所以他的油，比別人分外容易出脫，每日所賺的利息，又且儉喫儉用，積下東西來置辦些日用家業，及身上衣服之類，並無妄廢。心中只有一件事未了：牽掛著父親，思想：「向來叫做朱重，誰知我是姓秦。倘若父親來尋訪之時，也沒有個因由。」遂復姓為秦。

說話的，假如上一等人，有前程的，要復本姓，或具劄子※52，奏過朝廷，或關白※53禮部、太學、國學等衙門，將冊籍改正，眾所共知。一個賣油的復姓之時，

註

※46孝己：殷高宗武丁長子，祖庚的兄長。孝己侍奉父親非常孝順，卻因繼母的誹謗，而被放逐，餓死在郊野。

※47申生：春秋時晉獻公的世子。獻公寵幸驪姬，姬驪想讓獻公立自己的兒子奚齊做儲君，不斷的在獻公面前毀謗申生，最後迫使申生自殺。

※48螟蛉：蜾蠃是一種昆蟲，牠常捕捉螟蛉飼養牠的孩子，古人誤以爲螟蛉就是蜾蠃的孩子，後因稱養子爲「螟蛉」。

※49勾：足夠。同「夠」。

※50熟閒：在行、熟悉的工作、職業。

※51窨清：放在地下貯藏室中，顏色澄清的油。窨，讀作「印」。

※52劄子：官府中的往來的書信、公文，也稱作「札子」。劄，讀作「札」。

※53關白：上報、通知稟告。

誰人曉得？他有個道理，把盛油的桶兒，一面大大寫個「秦」字，一面寫「汴梁」二字，將此桶做個標識，使人一覽而知。以此，臨安市上，曉得他本姓，都呼他為秦賣油。

時值二月，天氣不暖不寒。秦重聞知昭慶寺僧人要起個九晝夜功德，用油必多。遂挑了油擔，來寺中賣油。那些和尚們，也聞知秦賣油之名。他的油比別人又好又賤，單單作成他。所以一連這九日，秦重只在昭慶寺走動。正是：

刻薄不賺錢，忠厚不折本。

這一日是第九日了。秦重在寺出脫了油，挑了空擔出寺。其日，天氣晴明，遊人如蟻。秦重遶※54河而行，遙望十景塘桃紅柳綠，湖內畫船簫鼓，往來遊玩，觀之不足，玩之有餘。走了一回，身子困倦，轉到昭慶寺右邊，望個寬處，將擔兒放下，坐在一塊石上歇腳。近側有個人家，面湖而住，金漆籬門，裡面朱欄內一叢細竹，未知堂室何如，先見門庭清整。只見裡面三、四個戴巾的※55，從內而出；一個女娘，後面相送。到了門首，兩下把手一拱，說聲：「請了。」那女娘竟進去了。秦重定睛覷之，此女容顏嬌麗，

✦清明上河圖中的挑擔小販。

體態輕盈，目所未覩。准准的呆了半晌，身子都酥麻了。他原是個老實小官，不知有煙花行徑，心中疑惑，正不知是什麼人家？

方在凝思之際，只見門內又走出個中年的媽媽，同著一個垂髮的丫頭，倚門閒看。那媽媽一眼瞧著油擔，便道：「阿呀！方纔我家無油，正好有油擔子在這裡，何不與他買些。」那丫鬟取了油瓶出來，走到油擔子邊，叫聲：「賣油的！」秦重方纔聽見。回言道：「沒有油了。媽媽要用油時明日送來。」那丫鬟也認得幾個字，看見油桶上寫個秦字，就對媽媽道：「那賣油的姓秦。」媽媽也聽得人閒講有個秦賣油，做生意甚是忠厚。遂分付秦重道：「我家每日要油用，你肯挑來時，與你做個主顧。」秦重道：「承媽媽作成，不敢有誤。」那媽媽與丫鬟進去了。秦重心中想道：「這媽媽不知是那女娘的什麼人？我每日到他家賣油，莫說賺他利息，圖個飽看那女娘一回，也是前生福分。」正欲挑擔起身，只見兩個轎夫抬著一頂青絹幔的轎子，後邊跟著兩個小廝，飛也似跑來。到了其家門首，歇下轎子，那小廝走進裡面去了。秦重道：「卻又作怪！看他接什麼人？」少頃之間，只見兩個

註

※54遶：環繞、圍繞。同今「繞」字，是繞的異體字。
※55戴巾的：讀書人或達官貴人的代稱。

丫鬟，一個捧著猩紅的氈包[56]，一個拿著湘妃竹攢花的拜匣[57]，都交付與轎夫，放在轎座之下。那兩個小廝手中，一個包著琴囊，一個捧著幾個手卷，腕上掛碧玉簫一枝，跟著起初的女娘出來。女娘上了轎，轎夫抬起，望舊路而去。丫鬟小廝俱隨轎步行。秦重又得細覷一番，心中愈加疑惑，挑了油擔子，洋洋的去。不過幾步，只見臨河有一個酒館。秦重每常不喫酒，今日見了這女娘，心下又歡喜，又氣悶，將擔子放下，走進酒館，揀個小座頭坐了。酒保問道：「客人還是請客？還是獨酌？」秦重道：「有上好的酒拿來，獨飲三杯。時新果子一兩碟，不用葷菜。」酒保斟酒時，秦重問道：「那邊金漆籬門內，是什麼人家？」酒保道：「這是齊衙內[58]的花園。如今王九媽住下。」秦重道：「方纔看見有個小娘上轎，是什麼人？」酒保道：「這是有名的粉頭[59]，叫做王美娘，人都稱為花魁娘子。他原是汴京人，流落在此。吹彈歌舞、琴棋書畫，件件皆精。來往的都是大頭兒，要十兩放光，才宿一夜哩！可知小可的也近他不得。當初住在湧金門外，因樓房狹窄，齊舍人[60]與他相厚，半載之前，把這花園借與他住。」秦重聽得說是汴京

◆秦重遶河而行，遙望十景塘桃紅柳綠，湖內畫船簫鼓，往來遊玩，觀之不足，玩之有餘。（古版畫，選自《今古奇觀》明末吳郡寶翰樓刊本）

人，觸了個鄉里之念，心中更有一倍光景。喫了數杯，還了酒錢，挑了擔子，一路走，一路肚中打稿※61道：「世間有這樣美貌的女子，落於娼家，豈不可惜！」又自家暗笑道：「若不落於娼家，我賣油的怎生得見。」又想一回，越發痴起來了。道：「人生一世，草生一秋。若得這等美人，摟抱睡了一夜，死也甘心。」又想一回道：「呸！我終日挑這油擔子，不過日進分文，怎麼想這等非分之事！正是癩蝦蟆在陰溝裡想著天鵝肉喫，如何到口。」又想一回道：「他相交的都是公子王孫。我賣油的縱有了銀子，料他也不肯接我。」又想一回道：「我聞得做老鴇的專要錢鈔。就是個乞兒，有了銀子，他也就肯接了，何況我做生意的，青青白白之人。若有了銀子，怕他不接！只是那裡來這幾兩銀子？」一路上胡思亂想，自言自語。

你道天地間有這等痴人，一個小經紀※62的，本錢只有三兩，卻要把十兩銀子去嫖那名妓，可不是個春夢？自古道：「有志者，事竟成。」被他千思萬想，想出

註

※56氈包：用獸毛或毛氈編織成的袋子，外出或旅行時裝衣服用的。
※57拜匣：古代去拜訪或送禮時，投放拜帖、名片和禮品的盒子。
※58衙內：對富豪世家子弟或官僚子弟的稱呼。
※59粉頭：此指妓女。
※60舍人：原來是官職名稱。宋、元兩代時用作貴族世家子弟稱呼。
※61肚中打稿：在心中謀劃、盤算。
※62經紀：做買賣，經營小本生意。

一個計策來。他道：「從明日為始，逐日將本錢扣出，餘下的積趲。上去一日，積得一分，一年也有三兩六錢之數。只消三年，這事便成了。若一日積得二分，只消得年半；若再多得些，一年也差不多了。」◎4想來想去，不覺走到家裡，開鎖進門。只因一路上想著許多閒事，回來看了自家的睡鋪，慘然無歡，連夜飯也不要喫，便上了床。這一夜翻來覆去，牽掛著美人，那裡睡得著。正是：

只因月貌花容，引起心猿意馬。

捱到天明爬起來，就裝了油擔，煮早飯喫了，鎖了門，挑著擔子，一徑走到王九媽家去。進了門，卻不敢直入，舒著頭往裡面張望。王九媽恰纔起床，還蓬著頭，正分付保兒買飯菜。秦重識得聲音，叫聲：「王媽媽！」九媽往外一張，見是秦賣油，笑道：「好忠厚人！果然不失信。」便叫他挑擔進來，稱了一瓶，約有五斤多重，公道還錢。秦重並不爭論。王九媽甚是歡喜，道：「這瓶油，只勾我家兩日用。但隔一日，你便送來，我不往別處去買了。」秦重應諾，挑擔而出，只恨不曾遇

✦明計盛《貨郎圖》，貨郎圖屬於風俗畫，這一題材自宋代開始十分流行。

見花魁娘子。「且喜扳下主顧，少不得一次不見二次見，二次不見三次見。只是一件：特為王九媽一家，挑這許多路來，不是做生意的勾當。這昭慶寺是順路，今日寺中雖然不做功德，難道尋常不用油的？我且挑擔去問他，若扳得各房頭做個主顧，只消走錢塘門這一路，那一擔油，盡勾出脫了。」秦重挑擔到寺內問時，原來各房和尚也正想著秦賣油，來得正好，多少不等，各各買他的油。秦重與各房約定，也是間一日便送油來用。這一日是個雙日，自此日為始，但是單日，秦重別街道上做買賣；但是雙日，就走錢塘門這一路。一出錢塘門，先到王九媽家裡，以賣油為名，去看花魁娘子。有一日會見，也有一日不會見。不見時，費了一場思想；便見時，也只添了一層思想。正是：

天長地久有時盡，此恨此情無盡期。

再說秦重，到了王九媽家多次，家中大大小小，沒一個不認得是秦賣油。時光迅速，不覺一年有餘。日大日小，只揀足色細絲，或積三分，或積二分，再少也積下一分。湊得幾錢，又打做大塊包，日積月累，有了一大包銀子。零星湊集，連自己也不知多少。其日是單日，又值大雨，秦重不出去做買賣，看了這一大包銀子，

評點

◎4：若得工夫深，鐵槍磨了針。（可一居士）

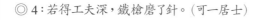

心中也自喜歡。趁今日空閒，我把他上一上天平，見個數目。打個油傘，走到對門傾銀鋪裡借天平兌銀。那銀匠好不輕薄，想著：「賣油的多少銀子，要架天平？只把個五兩頭等子與他，還怕用不著頭紐哩！」秦重把銀子包解開，都是散碎銀兩。大凡成錠的見少，散碎的就見多。銀匠是小輩，眼孔極淺，見了許多銀子，別是一番面目，想道：「人不可貌相，海水不可斗量。」慌忙架起天平，搬出若大若小許多法碼。秦重儘包而兌。一厘不多，一厘不少，剛剛一十六兩之數，上秤便是一斤。秦重心下想道：「除去了三兩本錢，餘下的做一夜花柳之費，還是有餘。」又想道：「這樣散碎銀子，怎好出手？拿出來也被人看低了。見成傾銀店中方便，何不傾成錠兒，還覺冠冕。」當下兌足十兩，傾成一個足色大錠；再把一兩八錢，傾成水絲一小錠。剩下四兩二錢之數，拈一小塊，還了火錢。又將幾錢銀子，置下鑲鞋淨襪，新褶了一頂萬字頭巾。回到家中，把衣服漿洗得乾乾淨淨，買幾根安息香，薰了又薰。揀個晴明好日，侵早打扮起來。

雖非富貴豪華客，也是風流好後生。

◆南宋龍泉窯青瓷瓶。

秦重打扮得齊齊整整，取銀兩藏於袖中，把房門鎖了，一徑望王九媽家而來。那一時，好不高興。及至到了門首，愧心復萌，想道：「時常挑了擔子在他家賣油，今日忽地去做闞客，如何開口？」正在躊躇之際，只聽得「呀」的一聲門響，王九媽走將出來。見了秦重，便道：「秦小官，今日怎的不做生意？打扮得恁般齊楚，往那裡去貴幹？」事到其間，秦重只得老著臉上前作揖。媽媽也不免還禮。秦重道：「小可並無別事，專來拜望媽媽。」那鴇兒是老積年※63，見貌辨色。見秦重恁般裝束，又說拜望：「一定是看上了我家那個丫頭，要闞一夜，或是會一個房※64。雖然不是個大勢主菩薩，搭在籃裡便是菜，捉在籃裡便是蟹。賺他錢把銀子，買蔥菜也是好的。」便滿臉堆下笑來道：「秦小官拜望老身，必有好處。」秦重道：「小可有句不識進退的言語，只是不好啟齒。」王九媽道：「但說何妨。且請到裡面客座裡細講。」秦重為賣油雖曾到王家准百次，這客座裡交椅還不曾與他屁股做個相識。今日是個會面之始。王九媽到了客座，不免分賓而坐，向著內裡喚茶。少頃，丫鬟托出茶來看時，卻是秦賣油，正不知什麼緣故，媽媽恁般相待？格格低了頭只是笑。王九媽看見，喝道：「有甚好笑！對客全沒些規矩。」丫鬟止住

註

※63老積年：閱歷豐富，老成世故的人。

※64會一個房：和妓女過一夜，發生一次性行爲。

笑，收了茶杯自去。王九媽方才開言問道：「秦小官有甚話要對老身說？」秦重道：「沒有別話，要在媽媽宅上請一位姐姐喫杯酒兒。」九媽道：「難道喫寡酒，一定要闞了。你是個老實人，幾時動這風流之興？」秦重道：「小可的積誠，也非止一日。」九媽道：「我家這幾個姐姐，都是你認得的，不知你中意那一位？」秦重道：「別個都不要，單單要與花魁娘子相處一宵。」九媽只道取笑他，就變了臉道：「你出言無度，莫非奚落老娘麼？」秦重道：「小可是個老實人，豈有虛情。」九媽道：「糞桶也有兩個耳朵，你豈不曉得我家美兒的身價？」倒了你賣油的竈，還不勾半夜歇錢哩！不如將就揀一個適興※65罷。」秦重把頭一縮，舌頭一伸道：「恁的好賣弄！不敢動問，你家花魁娘子，一夜歇錢要幾千兩？」九媽見他說耍話，卻又回嗔作喜，帶笑而言道：「那要許多，只要得十兩敲絲※66，其他東道※67雜費不在其內。」秦重道：「原來如此，不為大事。」袖中摸出這禿禿裡一大錠放光細絲銀子，遞與鴇兒道：「這一錠十兩重，足色足數，請媽媽收著。」又摸出一小錠來，也遞與鴇兒，又道：「這一小錠重有二兩，相煩備個小東，望媽媽成就小可這件好事，生死不忘，日後再有孝順。」

九媽見了這錠大銀已自不忍釋手，又恐怕他一時高興，日後沒

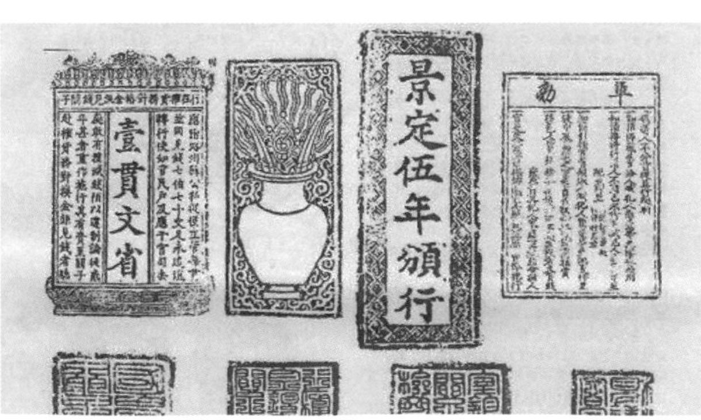


◆南宋除銀兩外，已經有了最早的紙幣，圖為紹興元年（1131年）發行的紙幣闗子。

了本錢，心中懊悔，也要儘他一句纔好。便道：「這十兩銀子，你做經紀的人，積趲不易，還要三思而行。」秦重道：「小可主意已定，不要你老人家費心。」九媽把這兩錠銀子收於袖中道：「是便是了，還有許多煩難哩。」秦重道：「媽媽是一家之主，有甚煩難？」九媽道：「我家美兒，往來的都是王孫公子，富室豪家，真個是『談笑有鴻儒，往來無白丁』※68。他豈不認得你是做經紀的秦小官，如何肯接你？」秦重道：「但憑媽媽怎的委曲宛轉，成全其事，大恩不敢有忘。」

九媽見他十分堅心，眉頭一皺，計上心來，扯開笑口道：「老身已替你排下計策，只看你緣法如何。做得成，不要喜；做不成，不要怪。美兒昨日在李學士家陪酒，還未曾回，今日是黃衙內約下游湖，明日是張山人一班請客邀他做詩社※69，後日是韓尚書的公子數日前送下東道在這裡。你且到大後日來看。還有句話：這幾日

註

※65適興：依上下文意，應解作「過過癮」。

※66敲絲：銀子的代稱。

※67東道：即東道主。作爲主人招待或宴請客人。典故出自《左傳．僖公三十年》：「若舍鄭以爲東道主，行李之往來，共其乏困，君亦無所害。」春秋時鄭大夫燭之武見秦穆公，說：「如果捨去鄭國不予攻打，那麼今後秦國的使者到鄭國出使，就由鄭國作爲東道（鄭國在秦國的東邊）的主人，款待秦國的使者。國君您也沒甚麼損失。」

※68談笑有鴻儒，往來無白丁：出自劉禹錫《陋室銘》。此指美兒來往的嫖客都是些有頭有臉的達官貴人或官宦世家子弟。白丁，指平民百姓。

※69詩社：詩人定期作詩、吟詠的聚會。

你且不要來我家賣油，預先留下個體面。又有句話，你穿著一身的布衣布裳，不像個上等闞客。再來時換件綢鍛衣服，教這些丫鬟們認不出你是秦小官，老娘也好與你裝謊。」秦重道：「小可一理會得。」說罷，作別出門，且歇這三日生理，不去賣油。到典鋪裡買了一件見成半新不舊的紬衣穿在身上，到街坊閒走，演習斯文模樣。正是：

未識花院行藏，先習孔門規矩。

丟過那三日不題。到第四日，起個清早，便到王九媽家去。去得太早，門還未開，意欲轉一轉再來。這番裝扮希奇，不敢到昭慶寺去，恐怕和尚們批點。且到十景塘散步，良久，又踅轉來，王九媽家門已開了。那門前卻安頓得有轎馬，門內有許多僕從在那裡閑坐。秦重雖然老實，心下倒也乖巧，且不進門，悄悄的招那馬夫問道：「這轎馬是誰家的？」馬夫道：「韓府裡來接公子的。」秦重已知韓公子夜來留宿，此時還未曾別。重復轉身，到一個飯店之中，喫了些見成茶飯。又坐了一回，方纔到王家探信，只見門前轎馬

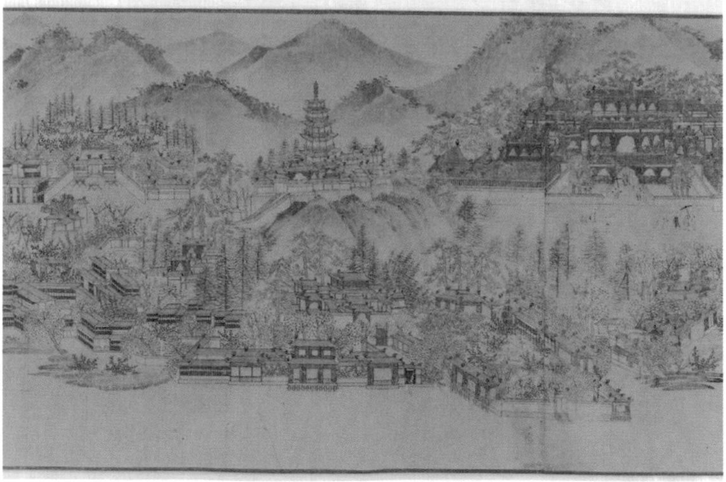

✦佚名《西湖清趣圖》局部，畫中包括了雷峰塔、淨慈寺等。

已自去了。進得門時，王九媽迎著便道：「老身得罪，今日又不得工夫了。恰纔韓公子拉去東莊賞早梅。他是個長闞，老身不好違拗。聞得說來日還要到靈隱寺訪個棋師賭棋哩。齊衙內又來約過兩三次了，是我家房主，又是辭不得的。他來時或三日五日的住了去，連老身也定不得個日子。秦小官，你真個要闞，只索耐心，再等幾日，不然，前日的尊賜分毫不動，要便奉還。」秦重道：「只怕媽媽不作成，若還遲終無失，就是一萬年，小可也情願等著。」九媽道：「恁地時，老身便好張主。」秦重作別，方欲起身，九媽又道：「秦小官人，老身還有句話：你下次若來討信，不要早了，約莫申牌時分，有客沒客，老身把個實信與你，倒是越晏些越好。這是老身的妙用，你休錯怪。」秦重連聲道：「不敢，不敢！」這一日，秦重不曾做買賣。次日整理油擔，挑往別處去生理※70，不走錢塘門一路。每日生意做完，傍晚時分，就打扮齊整到王九媽家探信。只是不得功夫，又空走了一月有餘。

那一日是十二月十五，大雪方霽。西風過後，積雪成冰，好不寒冷。卻喜地下乾燥。秦重做了大半日買賣，如前粧扮，又去探信。王九媽笑容可掬，迎著道：「今日你造化，已是九分九厘了。」秦重道：「這一厘是欠著什麼？」九媽道：

註

※70生理：生意、買賣。

「這一厘麼，正主兒還不在家。」秦重道：「可回來麼？」九媽道：「今日是俞太尉家賞雪，筵席就備在湖船之內。俞太尉是七十歲的老人家，風月之事，已自沒分。原說過黃昏送來。你且到新人房裡喫杯湯風酒，慢慢的等他。」秦重道：「煩媽媽引路。」王九媽引著秦重，彎彎曲曲走過許多房頭，到一個所在，不是樓房。卻是個平屋三間，甚是高爽。左一間是丫鬟的空房，一般有床榻桌椅之類，卻是備官鋪的。右一間是花魁娘子臥室，鎖著在那裡。兩旁又有耳房。中間客座上面，掛一幅名人山水，香几上，博山古銅爐※71燒著龍誕香餅。兩傍書桌，擺設些古玩，壁上貼許多詩稿。秦重愧非文人，不敢細看，心下想道：「外房如此整齊，內室鋪陳必然華麗，今夜儘我受用。十兩一夜，也不為多！」九媽讓秦小官坐於客位，自己主位相陪。少頃之間，丫鬟掌燈過來，抬下一張八仙桌兒，六碗時新果子，一架攢盒※72，佳餚美醞，未曾到口，香氣撲人。九媽執盞相勸道：「今日眾小女都有客，老身只得自陪，請開懷暢飲幾杯。」秦重酒量本不高，況兼正事在心，只喫半杯。喫了一會，便推不飲。

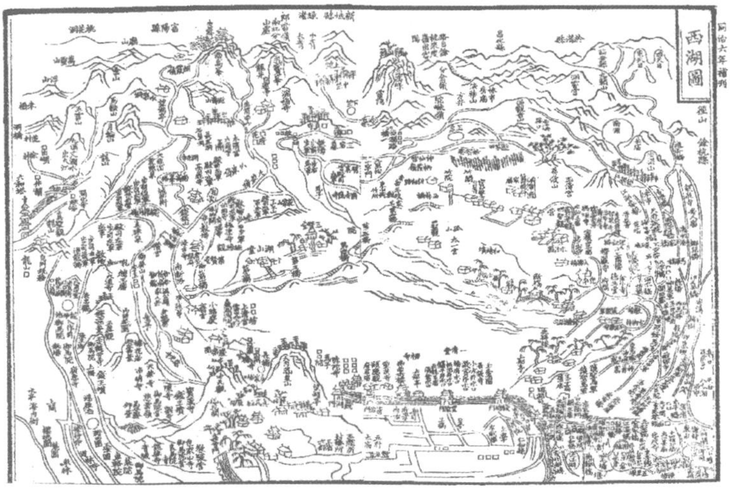


◆宋代西湖地圖，出自《咸淳臨安志》，清同治六年補刊。

九媽道：「秦小官想餓了，且用些飯再喫酒。」丫鬟捧著雪花白米飯，一喫一添，放於秦重面前。就是一盞雜和湯。鴇兒量高，不用飯，以酒相陪。秦重喫了一碗，就放箸。九媽道：「夜長哩，再請些。」秦重又添了半碗。丫鬟提個行燈來，說：「浴湯熱了，請客官洗浴。」秦重原是洗過澡來的，不敢推託，只得又到浴堂，肥皂香湯洗了一遍。重復穿衣入坐。九媽命撤去肴盒，用煖※73鍋下酒。此時黃昏已絕，昭慶寺裡的鐘都撞過了，美娘尚未回來。

玉人何處貪歡耍，等得情郎望眼穿！

常言道：等人心急。秦重不見表子回家，好生氣悶。卻被鴇兒夾七夾八說些風話※74勸酒，不覺又過了一更天氣。只聽外面熱鬧鬧的，卻是花魁娘子回家。丫鬟先來報了，九媽連忙起身出迎。秦重也離座而立。只見美娘喫得大醉，侍女扶將進來，到於門首，醉眼朦朧。看見房中燈燭輝煌，杯盤狼藉，立住腳問道：「誰在

註

※71博山古銅爐：重疊山形的香爐，用來焚燒薰香用的。
※72攢盒：有很多個格子，可用來盛裝各種類水果跟點心。
※73煖：同今暖字，是暖的異體字。
※74風話：有關男女之間風花雪月的言語。

這裡喫酒？」九媽道：「我兒，便是我向日與你說的那秦小官人。他心中慕你多時的，送過禮來。因你不得工夫，擔閣他一月有餘了。你今日幸而得空，做娘的留他在此伴你。」美娘道：「臨安郡中，並不聞說起有什麼秦小官人，我不去接他。」轉身便走。九媽雙手托開，即忙攔住道：「他是個至誠好人，娘不誤你。」美娘只得轉身，纔跨進房門，抬頭一看，那人有些面善，一時醉了，急切叫不出來。便道：「娘，這人我認得他的，不是有名稱的子弟。接了他，被人笑話。」九媽道：「我兒，這是湧金門內開緞鋪的秦小官人，當初我們住在湧金門時，想你也曾會過，故此面善。你莫識認錯了。做娘的見他來意志誠，一時許了他，不好失信。你看做娘的面上，胡亂留他一晚。做娘的曉得不是了，明日卻與你陪禮。」一頭說，一頭推著美娘的肩頭向前。美娘拗媽媽不過，只得進房相見。正是：

千般難出虔婆※75口，萬般難脫虔婆手。
饒君縱有萬千般，不如跟著虔婆走。

這些言語，秦重一句句都聽得，佯為不聞。美娘萬福過了，坐於側首。仔細看著秦重，好生疑惑。心裡甚是不悅，嘿嘿無言。喚丫鬟將熱酒來，斟著大鍾。鴇兒只道他

◆博山爐，又稱博山香爐，是中國古代焚香時使用的一種熏爐。圖為鑲有綠松石和紅玉髓的博山爐。

敬客，卻自家一飲而盡。九媽道：「我兒醉了，少喫些麼。」美兒那裡依他，答應道：「我不醉。」一連喫上十來杯。這是酒後之酒，醉中之醉。自覺立腳不住，喚丫鬟開了臥房，點上銀缸[※76]，也不卸頭，也不解帶，躧脫了繡鞋，和衣上床，倒身而臥。鴇兒見女兒如此做作，甚不過意。對秦重道：「小女平日慣了他，專會使性。今日他心中不知為什麼有些不自在，卻不干你事，休得見怪。」秦重道：「小可豈敢。」鴇兒又勸了秦重幾杯酒。秦重再三告止。鴇兒送入臥房，向耳旁分付道：「那人醉了，放溫存些。」又叫道：「我兒起來，脫了衣服，好好的睡。」美娘已在夢中，全不答應。鴇兒只得去了。丫鬟收拾了杯盤之類，抹了桌子，叫聲：「秦小官人，安置罷。」秦重道：「有熱茶要一壺。」丫鬟泡了一壺濃茶，送進房裡，帶轉房門，自去耳房中安歇。秦重看美娘時，面對裡床，睡得正熟，把錦被壓在身下。秦重想：「酒醉之人，必然怕冷。」又不敢驚醒他。忽見闌干上又放著一床大紅紵絲的錦被，輕輕的取下，蓋在美娘身上。把銀燈挑得亮亮的，取了這壺熱茶，脫鞋上床，捱在美娘身邊。左手抱著茶壺在懷，右手搭在美娘身上，眼也不敢閉一閉。正是：

註

※75 虔婆：妓院的鴇母。

※76 銀缸：燈。

未曾握雨攜雲，也算偎香倚玉。

卻說美娘睡到半夜，醒將轉來，自覺酒力不勝，胸中似有滿溢之狀。爬起來，坐在被窩中，垂著頭只管打乾噦※77。秦重慌忙也坐起來，知他要吐，放下茶壺，用手撫摩其背。良久，美娘喉間忍不住了，說時遲，那時快，美娘放開喉嚨便吐。秦重怕汙了被窩，把自己的道袍袖子張開，罩在他嘴上。美娘不知所以，盡情一嘔。嘔畢，還閉著眼，討茶嗽口。秦重下床，將道袍輕輕脫下，放在地平之上。摸茶壺還是煖的，斟上一甌香噴噴的濃茶，遞與美娘。美娘連喫了二碗。胸中雖然略覺豪燥，身子兀自倦怠，仍舊倒下，向裡睡去了。秦重脫下道袍，將吐下一袖的醃臢重重裹著，放於床側，依然上床，擁抱似初。美娘那一覺，直睡到天明方醒。覆身轉來，見旁邊睡著一個人，問道：「你是那個？」秦重答道：「小可姓秦。」美娘想起夜來之事，恍恍惚惚，不甚記得真了。便道：「我夜來好醉。」秦重道：「也不甚醉。」又問：

✦南宋景德鎮窯青白釉香鼎。（圖片來源：紐約大都會藝術博物館）

「可曾吐麼？」秦重道：「不曾。」美娘道：「這樣還好。」又想一想道：「我記得曾吐過的，又記得曾喫過茶來，難道做夢不成？」秦重方纔說道：「是曾吐來，小可見小娘子多了杯酒，也防著要吐，把茶壺煖在懷裡。小娘子果然吐後討茶，小可斟上。蒙小娘子不棄，飲了兩甌。」美娘大驚道：「髒巴巴的，吐在那裡？」秦重道：「恐怕小娘子汙了被褥，是小可把袖子盛了。」美娘道：「如今在那裡？」秦重道：「連衣服裹著，藏過在那裡。」美娘道：「可惜壞了你一件衣服。」秦重道：「這是小可的衣服有幸，得沾小娘子的餘瀝※78。」美娘聽說，心下想道：「有這般識趣的人。」心裡已有四五分歡喜了。

此時，天色大明。美娘起身下床小解，看著秦重，猛然想起是秦賣油。遂問道：「你實對我說是什麼樣人？為何昨夜在此？」秦重道：「承花魁娘子下問，小子怎敢妄言。小可實是常來宅上賣油的秦重。」遂將初次看見送客，又看見上轎，心下想慕之極，及積趲闞錢之事，備細述了一遍：「夜來得親近小娘子一夜，三生有幸，心滿意足。」美娘聽說，愈加可憐道：「我昨夜酒醉，不曾招接你。你乾折了多少銀子，莫不懊悔？」秦重道：「小娘子天上神仙，小可惟恐伏侍不周。但不

註

※77打乾噦：乾嘔。噁心想吐卻沒有吐出來。噦，讀作「約」。

※78餘瀝：原指殘酒，喝剩下的酒。依上下文意，此處應指嘔吐物。

見責，已為萬幸。況敢有非意之望！」美娘道：「你做經紀的人，積下些銀兩，何不留下養家？此地不是你來往的。」秦重道：「小可單只一身，並無妻小。」美娘頓了一頓，便道：「你今日去了，他日還來麼？」秦重道：「只這昨宵相親一夜，已慰生平，豈敢又作痴想。」美娘想道：「難得這好人，又忠厚，又老實，又且知情識趣，隱惡揚善，千百中難遇此一人。可惜是市井之輩。若是衣冠子弟，情願委身事之。」正在沉吟之際，丫鬟捧洗臉水進來，又是兩碗姜湯。秦重洗了臉，因夜來未曾脫幘※79，不用梳頭，呷了幾口姜湯，便要告別。美娘道：「少住不妨，還有話說。」秦重道：「小可仰慕花魁娘子，在傍多站一刻，也是好的。但為人豈不自揣？夜來在此，實是大膽。惟恐他人知道，有玷芳名，還是早些去了安穩。」美娘點了一點頭，打發丫鬟出房，忙忙的開了減粧※80，取出二十兩銀子，送與秦重道：「昨夜難為了你。這銀兩權奉為資本，莫對人說。」秦重那裡肯受。美娘道：「我的銀子，來路容易。這些須酬你一宵之情，休得固遜。若本錢缺少，異日還有助你之處。那件污穢的衣服，我叫丫鬟湔洗乾淨了還你罷。」秦重道：「粗衣不煩小娘子費心，小可自會湔洗。只是領賜不當。」美娘道：「說那裡話。」將銀子揌※81在秦重袖內，推他轉身。秦重料難推卻，只得受了，深深作

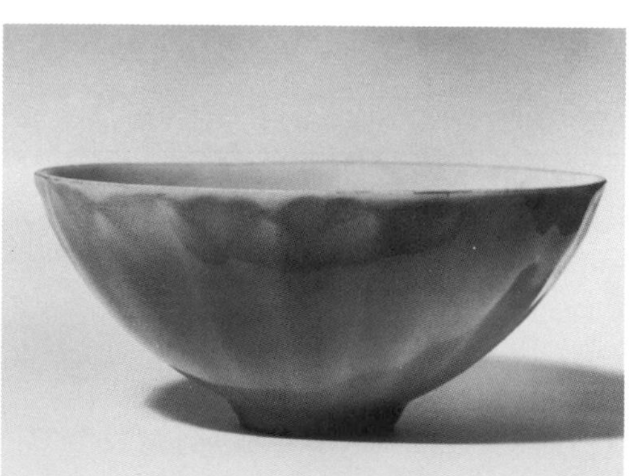

✦南宋龍泉窯青瓷蓮瓣碗。（圖片來源：紐約大都會藝術博物館）

揖。捲了脫下這件齷齪道袍，走出房門，打從鴇兒房前經過。鴇兒看見，叫聲：「媽媽秦小官去了。」王九媽正在淨桶解手，口中叫道：「秦小官，如何去得恁早？」秦重道：「有些賤事，改日特來稱謝。」

不說秦重去了，且說美娘與秦重，雖然沒點相干，見他一片誠心，去後好不過意。這一日，因害酒辭了客，在家將息。千個萬個孤老都不想，倒把秦重，整整的想了一日。有《掛枝兒》為證：

俏冤家，須不是串花家※82的子弟。你是個做經紀本分人兒，那匡※83你會溫存，能軟款知心如意。料你不是個使性的，料你不是個薄情的。幾番待放下思量也，又不覺思量起。

話分兩頭。再說邢權在朱十老家，與蘭花情熟。見朱十老病廢在床，全無顧

註

※79幘：讀作「則」。包頭髮的布巾。
※80減粧：古代婦女盛裝梳頭和化妝用品的匣子。
※81掗：讀作「訝」。硬塞東西給人。
※82花家：花街柳巷。
※83匡：料想得到。

忌。十老發作了幾場。兩個商量出一條計策來，俟夜靜更深，將店中資本席捲，雙雙的逃之夭夭，不知去向。次日天明，十老方知，央及鄰里出了個失單，尋訪數日，並無動靜。深悔當日不合為邢權所惑，逐了朱重。如今日久見人心，聞說朱重賃居眾安橋下，挑擔賣油，不如仍舊收拾他回來，老死有靠。只怕他記恨在心，教鄰舍好生勸他回家，但記好，莫記惡。秦重一聞此言，即日收拾了傢伙，搬回十老家裡，相見之間，痛哭了一場。十老將所存囊橐※84，盡數交付秦重。秦重自家又有二十餘兩本錢，重整店面，坐櫃賣油。因在朱家，仍稱朱重，不用秦字。不上一月，十老病重，醫治不痊，嗚呼哀哉！朱重捶胸大慟，如親父一般殯殮成服，七七做了些好事。朱家祖墳在清波門外，朱重舉喪安葬，事事成禮。鄰里皆稱其厚德。事定之後，仍先開店。原來這油鋪是個老店，從來生意原好，卻被邢權刻剝存私，將主顧弄斷了多少。今見朱小官在店，誰家不來作成？所以生理比前越盛。朱重單身獨自，急切要尋個老成幫手。有個慣做中人的叫做金中，忽一日引著一個五十餘歲的人來。原來那人正是莘善，在汴梁城外安樂村居住，因那年避亂南奔，被官兵沖散了女兒瑤琴，夫妻兩口，淒淒惶惶，東逃西竄，胡亂過了幾年。今日聞臨安興旺，南渡人民，大半安插在彼，誠恐女兒流落此

南宋李嵩的《西湖圖卷》，完整描繪出了古代西湖的全貌。

地，特來尋訪，又沒消息。身邊盤纏用盡，欠了飯錢，被飯店中終日趕逐，無可奈何。偶然聽見金中說起朱家油鋪，要尋個賣油幫手，自己曾開過六陳鋪子，賣油之事，都則在行。況朱小官原是汴京人，又是鄉里，故此央金中引薦到來。朱重問了備細，鄉人見鄉人，不覺感傷：「既然沒處投奔，你老夫妻兩口，只住在我身邊，只當個鄉親相處，慢慢的訪著令愛消息，再作區處。」當下取兩貫錢，把與莘善去還了飯錢，連渾家阮氏，也領將來，與朱重相見了。收拾一間空房，安頓他老夫婦在內。兩口兒也盡心竭力，內外相幫。朱重甚是歡喜。

光陰似箭不覺一年有餘。多有人見朱小官年長朱娶，家道又好，做人又志誠，情願白白把女兒送他為妻。朱重因見了花魁娘子，十分容貌，等閒的不看在眼，立心要訪求個出色的女子，方纔肯成親。以此日復一日，擔閣下去。◎5正是：

曾經滄海難爲水，除卻巫山不是雲。

再說王美娘在九媽家，盛名之下，朝歡暮樂，真個口厭肥甘，身嫌錦繡。然雖

註

※84 囊橐：借指積蓄、存款。橐，讀作「陀」，袋子。

評點

◎5：明朱重未娶之故。（可一居士）

如此，每遇不如意之處，或是子弟們任情使性，喫醋挑槽※85，或自己病中醉後，半夜三更，沒人疼熱，就想起秦小官人的好處來，只恨無緣再會。也是他桃花運盡，合當變更。一年之後，生出一段事端來。

卻說臨安城中，有個吳八公子。父親吳岳，見為福州太守。這吳八公子新從父親任上回來，廣有金銀。平昔間也喜賭錢喫酒，三瓦兩舍※86走動。聞得花魁娘子之名，未曾識面，屢屢遣人來約，欲要闞他。王美娘聞他氣質不好，不願相接，託故推辭，非止一次。那吳八公子也曾和著閑漢們親到王九媽家，幾番都不曾會。其時清明節屆，家家掃墓，處處踏青。美娘因連日游春困倦，且是積下許多詩畫之債，未曾完得，分付家中：「一應客來，都與我辭去！」閉了房門，焚起一爐好香，擺設文房四寶。方欲舉筆，只聽得外面沸騰，卻是吳八公子領著十餘個狠僕，來接美娘游湖。因見鴇兒每次回他，在中堂行兇，打家打伙，直鬧到美娘房前，只見房門鎖閉。原來妓家有個回客法兒，小娘躲在房內，卻把房門反鎖，支吾客人，只推不在。那老實的，就被他哄過了。吳公子是慣家，這些套

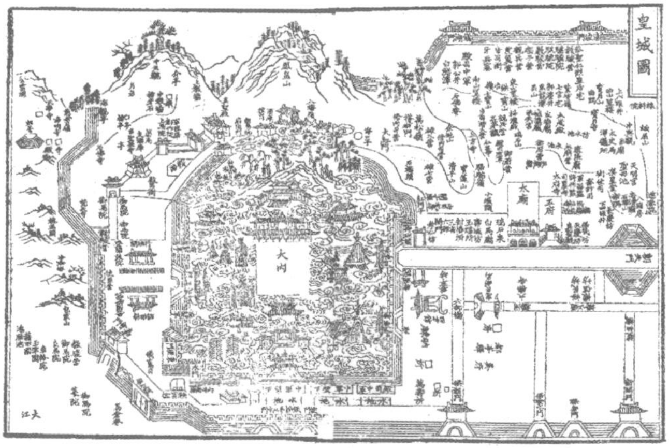


南宋臨安城皇城圖，中央為南宋皇宮，朱家祖墳在清波門外，清波門為圖右上方城門。（選自《咸淳臨安志》）

子，怎地瞞得？分付家人扭斷了鎖，把房門一腳踢開。美娘躲身不迭，被公子看見，不由分說，教兩個家人，左右牽手，從房內直拖出房外來，口中兀目亂嚷亂罵。王九媽欲待上前陪禮解勸，看見勢頭不好，只得閃過。家中大小，躲得沒半個影兒。吳家狠僕，牽著美娘，出了王家大門，不管他弓鞋窄小，望街上飛跑。八公子在後，揚揚得意，直到西湖口，將美娘攙下了湖船，方纔放手。美娘十二歲到王家，錦繡中養成，珍寶般供養，何曾受恁般淩賤？下了船，對著船頭，掩面大哭。吳八公子全不放下面皮，氣忿忿的，像關雲長單刀赴會，一把交椅朝外而坐。狠僕侍立於傍。一面分付開船，一面數一數二的發作一個不住：「小賤人，小娼根！不受人抬舉，再哭時就討打了！」美娘那裡怕他，哭之不已。船至湖心亭，吳八公子分付，擺盒在亭子內，自己先上去了，卻分付家人：「叫那小賤人來陪酒！」美娘抱住了欄干，那裡肯去，只是嚎哭。吳八公子也覺沒興，自己喫了幾杯淡酒，收拾下船，自來扯美娘。美娘雙腳亂跳，哭聲愈高。吳八公子大怒，叫狠僕撥去簪珥。美娘蓬著頭跑到船頭上，就要投水，被家童們扶住。公子道：「你撒賴便怕你不成？就是死了，也只費得我幾兩銀子，不為大事。只是送你一條性命，也是罪過。

註

※85 挑槽：嫖客拋棄原來相好之人，去跟別的妓女另結新歡。
※86 三瓦兩舍：此指妓院。

你住了啼哭時，我就放你回去，不難為你。」美娘聽說放他回去，真個住了哭。八公子分付，移船到清波門外僻靜之處，將美娘繡鞋脫下，去其裹腳，露出一對金蓮如兩條玉筍相似。教狠僕扶他上岸，罵道：「小賤人，你有本事，自走回家。我卻沒人相送。」說罷，一篙子撐開，再向湖中而去。正是：

焚琴煮鶴※87從來有，惜玉憐香幾個知？

美娘赤了腳，寸步難行。思想：「自己才貌兩全，只為落於風塵，受此輕賤。平昔枉自結識許多王孫貴客，急切用他不著。受了這般凌辱，就是回去，如何做人？到不如一死為高。只是死得沒些名目，枉自享個盛名。到此地位，看著村莊婦人，也勝我十二分。這都是劉四媽這個花嘴，哄我落坑墮塹，致有今日。自古紅顏薄命，亦未必如我之甚！」越思越苦，放聲大哭。

事有偶然，卻好朱重那日到清波門外朱十老的墳上祭掃過了，打發祭物下船，自己步回，從此經過。聞得哭聲，上前看時，雖然蓬頭垢面，那玉貌花容，從來無兩，如何不認得！喫了一驚道：「花魁娘子，如何這般模樣？」美娘哀哭之際，聽得

中國從古至今，從宮廷到民間，都有焚香淨氣、焚香撫琴、吟詩作畫和焚香靜坐健身的習俗。圖為宋代瓷香爐。

聲音廝熟。止啼而看，原來正是知情識趣的秦小官。美娘當此之際，如見親人，不覺傾心吐膽，告訴他一番。朱重心中十分疼痛，亦為之流淚，袖中帶得有白綾汗巾一條，約有五尺多長，取出劈半扯開，奉與美娘裹腳，親手與他拭淚。又與他挽起青絲，再三把好言寬解。◎6等待美娘哭定，忙去喚個煖轎，請美娘坐了，自己步送，直到王九媽家。

九媽不得女兒消息，在四處打探，慌迫之際，見秦小官送女兒回來，分明送一顆夜明珠還他，如何不喜！況且鴇兒一向不見秦重挑油上門，多曾聽得人說，他承受了朱家的店業，手頭活動，體面又比前不同，自然刮目相待。◎7又見女兒這等模樣，問其緣故，已知女兒喫了大苦，全虧了秦小官，深深拜謝，設酒相待。日已向晡※88，秦重略飲數杯，起身作別。美娘如何肯放，道：「我一向有心於你，恨不得你見面。今日定然不放你空去！」鴇兒也來扳留。秦重喜出望外。是夜，美娘吹彈歌舞，曲盡生平之技，奉承秦重。◎8秦重如做了一個遊仙好夢，喜得魄蕩魂消，手舞足蹈。夜深酒闌，二人相挽就寢。雲雨※89之事，其美滿更不必言。

註

※87焚琴煮鶴：燒毀琴，烹煮野鶴。比喻不懂風雅。
※88晡：讀作「步」的一聲，下午三點到五點這段時間。
※89雲雨：比喻男女性交過程，典故出自《文選・宋玉・高唐賦・序》，即戰國時，楚襄王夢見巫山神女而與之交歡的傳說。後便以「巫山雲雨」形容男女歡愛。

評點

◎6：眞正相愛，不爲肉麻。（可一居士）
◎7：人情所同，不獨妓家。雖然，如此人情，即呼爲妓家，胡不可。（可一居士）
◎8：士爲知己者死，女爲悅己者容。（可一居士）

一個是足力後生，一個是慣情女子。這邊說：三年懷想，費幾多役夢勞魂；那邊說，一載相思，喜僥倖粘皮貼肉。一個謝前番幫襯，合今番恩上加恩；一個謝今夜總成，比前夜愛中添愛。紅粉妓傾翻粉盒，羅帕留痕；賣油郎打潑油瓶，被窩沾濕。可笑村兒乾折本，作成小子弄風流。

雲雨已罷，美娘道：「我有句心腹之言與你說，你休得推託。」秦重道：「小娘子若用得著小可時，就赴湯蹈火，亦所不辭，豈有推託之理！」美娘道：「我要嫁你。」秦重笑道：「小娘子就嫁一萬個，也還數不到小可頭上，休得取笑，枉自折了小可的食料。」美娘道：「這話實是真心，怎說取笑二字。我自十四歲，被媽媽灌醉，梳弄過了，此時便要從良。只為未曾相處得人，不辨好歹，恐誤了終身大事。以後相處的雖多，都是豪華之輩、酒色之徒，但知買笑追歡的樂意，那有憐香惜玉的真心。看來看去，只有你

✦是夜，美娘吹彈歌舞，曲盡生平之技，奉承秦重。（古版畫，選自《今古奇觀》明末吳郡寶翰樓刊本。）

是個志誠君子。況聞你尚未娶親。若不嫌我煙花賤質，情願舉案齊眉※90，白頭奉侍。你若不允之時，我就將三尺白羅，死於君前，表白我一片誠心，也強如昨日死于村郎之手，沒名沒目，惹人笑話。」說罷，嗚嗚的哭將起來。秦重道：「小娘子休得悲傷。小可承小娘子錯愛，將天就地，求之不得，豈敢推託。只是小娘子千金聲價，小可家貧力薄，如何擺佈，也是力不從心了。」美娘道：「這卻不妨。不瞞你說，我只為從良一事，預先積趲些東西，寄頓在外。贖身之費，一毫不費你心力。」秦重道：「就是小娘子自己贖身，平昔住慣了高堂大廈，享用了錦衣玉食，在小可家，如何過活？」美娘道：「布衣蔬食，死而無怨！」秦重道：「小娘子雖然，只怕媽媽不從。」美娘道：「我自有道理。」如此如此，這般這般。兩個直說到天明。

原來黃翰林的衙內，韓尚書的公子，齊太尉的舍人，這幾個相知的人家，美娘都寄頓得有箱籠。美娘只推要用，陸續取到，密地約下秦重，叫他收置在家，然後一乘轎子，抬到劉四媽家，訴以從良之事。劉四媽道：「此事老身前日原說過的，

註

※90 舉案齊眉：典故出自《後漢書．梁鴻傳》。講述東漢時，有個妻子叫孟光，她每次吃飯時，總是將木盤高舉到和眉毛等高，才將成裝食物的盤子遞給丈夫梁鴻，以示對丈夫的敬重。後比喻夫妻互敬互愛。

只是年紀還早，又不知你要從那一個？」美娘道：「姨娘，你莫管是甚人，少不得依著姨娘的言語，是個真從良、樂從良、了從良，不是那不真、不假、不了、不絕的勾當。只要姨娘肯開口時，不愁媽媽不允。做侄女的，別沒孝順，只有十兩金子，奉與姨娘，隨便打些釵子。是必在媽媽面前，做個方便。事成之時，媒禮在外。」劉四媽看見這金子，笑得眼兒沒縫，便道：「自家兒女，又是美事，如何要你的東西！這金子權時領下，只當與你收藏。此事都在老身身上。只是你的娘把你當個搖錢之樹，等閒也不輕放你出去，怕不要千把銀子，那主兒可是肯出手的麼？也得老身見他一見，與他講通方好。」美娘道：「姨娘莫管閒事，只當你侄女自家贖身便了。」劉四媽道：「媽媽可曉得你到我家來？」美娘道：「不曉得。」四媽道：「你且在我家便飯，待老身先到你家，與媽媽講。講得通時，然後來報你。」

劉四媽僱乘轎子擡到王九媽家。九媽相迎入內。劉四媽問起吳八公子之事，九媽告訴了一遍。四媽道：「我們行戶人家，倒是養成個半低不高的丫頭，儘可賺錢，又且

清代書畫家董邦達《西湖十景圖卷》局部，畫中央為湖心亭。

安穩。不論什麼客就接了，倒是日日不空的。侄女只為聲名大了，好似一塊鯗魚，落地螞蟻兒都要鑽他。雖然熱鬧，卻也不得自在。說便許多一夜，也只是個虛名。那些王孫公子，來一遍，動不動有幾個幫閒，連宵達旦，好不費事！跟隨的人又不少，個個要奉承得他到，一些不到之處，口裡就出粗哩嗹囉嗹的罵人，還要暗損你傢伙，又不好告訴得他家主，受了若干悶氣。況且山人墨客、詩社棋社，少不得一月之內，又有幾時官身※91。這些富貴子弟，你爭我奪，依了張家，違了李家，一邊喜，少不得一邊怪了。就是吳八公子這一個風波，嚇殺人的，萬一失差，卻不連本送了？官宦人家，與他打官司不成，只索忍氣吞聲。今日還虧著你家時運高，太平沒事，一個霹靂，空中過去了。倘然山高水低，悔之無及！◎9妹子聞得吳八公子不懷好意，還要與你家索鬧。侄女的性氣又不好，不肯奉承人。第一是這件，乃是個惹禍之本。」九媽道：「便是這件，老身好不擔憂。就是這八公子，也是有名有稱的人，又不是微賤之人，這丫頭抵死不肯接他，惹出這場寡氣。當初他年紀小時，還聽人教訓。如今有了個虛名，被這些富貴子弟誇他獎他，慣了他情性，驕了他氣質，動不動自作自主。逢著客來，他要接便接；他若不情願時，便是九牛也休

註

※91官身：元明時代的妓女，按照慣例必須列名於官府，隨時聽候徵調，到宴會上表演歌舞助興。

評點

◎9：彎彎曲曲，放他美兒出籠。（可一居士）

想牽得他轉。」劉四媽道：「做小娘的，略有些身分，都則如此。」王九媽道：「我如今與你商議，倘若有個肯出錢的，不如賣了他去，倒得乾淨，省得終身擔著鬼胎過日。」劉四媽道：「此言甚妙！賣了他一個，就討得五六個。若湊巧撞得著相應的，十來個也討得的。這等便宜的事如何不做！」王九媽道：「老身也曾算計過來，那些有勢有力的，不肯出錢，專要討人便宜。及至肯出幾兩銀子的，女兒又嫌好道歉，做張做智※92的不肯。若有好主兒，妹子做媒作成則個。倘若這丫頭不肯時節，還求你攛掇這丫頭，做娘的話也不聽，只你說得他信，話得他轉。」劉四媽呵呵大笑道：「做妹子的此來，正為與侄女做媒。你要許多銀子，便肯放他出門？」九媽道：「妹子，你是明理的人。我們這行戶中，只有賤買，那有賤賣？況且美兒數年盛名滿臨安，誰不知他是花魁娘子，難道三百四百就容他走動？少不得要他千金。」劉四媽道：「待妹子去講，若肯出這個數目，做妹子的便來多口；若合不著時，就不來了。」臨行時又故意問道：「侄女今日在那裡？」王九媽道：「不要說起，自從那日喫了吳八公子的虧，怕他還來淘氣，終日裡抬個轎子，各宅去分訴。前日在齊太尉家，昨日在黃翰林家，今日又不知在那家去了。」劉四媽道：「有了你老人家做主，按定了坐盤星※93，也不容侄女不

南宋吉州窯月影梅紋瓷盒。（圖片來源：紐約大都會藝術博物館）。

肯。萬一不肯時，做妹子自會勸他，只是尋得主顧來，你卻莫要捉班做勢。」九媽道：「一言既出，並無他說。」九媽送至門首。劉四媽叫聲「聒噪」，上轎去了。這纔是：

數黑論黃雌陸賈，說長話短女隨何。
若還都像虔婆口，尺水能興萬丈波。

劉四媽回到家中，與美娘說道：「我對你媽媽如此說，這般講，你媽媽已自肯了，只要銀子見面，這事立地便成！」美娘道：「銀子已曾辦下，明日姨娘千萬到我家來，玉成其事，不要冷了場，改日又費講。」四媽道：「既然約定，老身自然到宅。」美娘別了劉四媽回家，一字不題。

次日午牌時分，劉四媽果然來了。王九媽問道：「所事如何？」四媽道：「十有八九，只不曾與侄女說過。」四媽來到美娘房中，兩下相叫了，講了一回說話。四媽道：「你的主兒到了不曾？那話兒在那裡？」美娘指著床頭道：「在這幾隻皮

註
※92做張做智：裝模作樣。依據《中華民國教育部重編國語辭典修訂本》解釋。
※93坐盤星：做了決定，不會更改。

箱裡。」美娘把五、六隻皮箱一時都開了，五十兩一封，搬出十三四封來。又把些金珠寶玉算價，足勾千金之數。把個劉四媽驚得眼中出火，口內流涎。想道：「小小年紀，這等有肚腸，不知如何設法積下許多東西？我家這幾個粉頭，一般接客，趕得著他那裡！不要說不會生發※94，就是有幾文錢在荷包裡，閒時買瓜子磕，買糖兒喫，兩條腳布破了，還要做媽的與他買布哩！偏生九阿姐造化，討得著。年時賺了若干錢鈔，臨出門還有這一注大財。又是取諸宮中※95，不勞餘力。」這是心中暗想之語，卻不曾說出來。

美娘見劉四媽沉吟，只道作難索謝，慌忙又取出四疋潞紬、兩股寶釵、一對鳳頭玉簪放在桌上道：「這幾件東西，奉與姨娘為伐柯※96之敬！」劉四媽歡天喜地，對王九媽說道：「侄女情願自家贖身，一般身價，並不短少分毫，比著孤老贖身更好，省得閒漢們從中說合，費酒費漿，還要加一加二的謝他！」◎10王九媽聽得說女兒皮箱內有許多東西，倒有個怫然※97之色。你道卻是為何？世間只有鴇兒最狠。做小娘的設法些東西，都送到他手裡纔是快活。也有做些私房在箱籠內，鴇兒曉得些風聲，專等女兒出門，掫※98開鎖鑰，翻箱倒籠，取個罄空。只為美娘盛名之下，相交都是大頭兒，替做娘的掙得錢鈔，又且性格有些古怪，等閒不

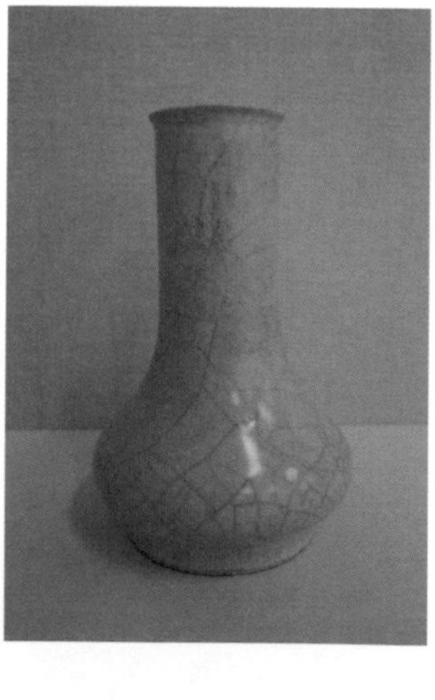

◆南宋官窯青瓷直頸瓶。（圖片來源：紐約大都會藝術博物館）。

敢觸他，故此臥房裡面，鴇兒的腳也不搠[※99]進去。誰知他如此有錢！劉四媽見九媽顏色不善，便猜著了。連忙道：「九阿姐，你休得三心兩意。這些東西都是侄女自家積下的，也不是你本分之錢。他若肯花費時，也花費了。或是他不長進，把來津貼了得意的孤老，你也那裡知道？這還是他做家的好處。況且小娘自己手中沒有錢鈔，臨到從良之際，難道赤身趕他出門？少不得頭上腳下，都要收拾得光鮮，等他好去別人家做人。如今他自家拿得出這些東西，料然一絲一線不費你的心。這一主銀子，是你完完全全鼈在腰胯裡的。他就贖身出去，怕不是你女兒？倘然他掙得好時，時朝月節，怕他不來孝順的？就是嫁了人時，他又沒有親爹親娘，你也還去做得著他的外婆，受用處正有哩！」只這一套話，說得王九媽心中爽然，當下應允。劉四媽就去搬出銀子，一封封兌過，交付與九媽。又把這些金珠寶玉，逐件指物作

註

※94生發：尋找賺錢的門路。

※95取諸宮中：從自己家裡拿出來。語出《孟子‧滕文公上》：「且許子何不爲陶冶，舍皆取諸其宮中而用之？」

※96伐柯：幫人作媒。出自《詩經‧豳風‧伐柯》：「伐柯如何？匪斧不克；取妻如何？匪媒不得。」一把好斧頭，需有一個相襯的斧柄；如同男子娶妻，需經迎娶程序才行，媒人則是此程序中的重要環節。意即，男子娶妻需有媒人作媒。

※97怫然：心中不悅，惱怒。怫，讀作「福」。

※98捵：讀作「嗔」。扯。

※99搠：讀作「碩」。伸；插。

評點

◎ 10：劉四媽說話，句句入情，所以多無不售。（可一居士）

價，對九媽說道：「這都是你做妹子的故意估下他些價錢，若換與人，還便宜得幾十兩銀子。」王九媽雖同是個鴇兒，倒是個老實頭兒，憑劉四媽說話，無有不納。

劉四媽見王九媽收了這注東西，便叫亡八※100寫了婚書，交付與美兒。美兒道：「趁姨娘在此，奴家就拜別了爹媽出門，借姨娘家住一兩日，擇吉從良。未知姨娘允否？」劉四媽得了美娘許多謝禮，生怕九媽翻悔，巴不得美娘出了他門，完成一事。說道：「正該如此。」當下美娘收拾了房中自己的梳臺拜匣、皮箱鋪蓋之類，但是鴇兒家中之物，一毫不動。收拾已完，隨著四媽出房，拜別了假爹假媽，和那姨娘行中，都相叫了。王九媽一般哭了幾聲。美娘喚人挑了行李，欣然上轎，同劉四媽到劉家去。四媽出一間幽靜的好房，安頓下美娘行李。眾小娘都來與美娘叫喜。是晚，朱重差莘善到劉四媽家討信，已知美娘贖身出來，擇了吉日，笙簫鼓樂娶親。劉四媽就做大媒送親，朱重與花魁娘子花燭洞房，歡喜無限。

雖然舊事風流，不減新婚佳趣。

次日，莘善老夫婦請新人相見，各各相認，喫了一驚！問起根由，至親三口，抱頭而哭。朱重方纔認得是丈人丈母，請他上

✦南宋黑面剔犀山茶紋漆盒。（圖片來源：紐約大都會藝術博物館）。

坐。夫妻二人，重新拜見。親鄰聞知，無不駭然。是日整備筵席，慶賀兩重之喜，飲酒盡歡而散。三朝之後，美娘教丈夫備下幾副厚禮，分送舊相知各宅，以酬其寄頓箱籠之恩，並報他從良信息。此是美娘有始有終處。王九媽、劉四媽家，各有禮物相送，無不感激。滿月之後，美娘將箱籠打開，內中都是黃白之資，吳綾蜀錦，何止百計，共有三千餘金，都將鑰匙交付丈夫，慢慢的買房置產，整頓家當。油鋪生理，都是丈人莘公管理，不上一年，把家業掙得花錦般相似，驅奴使婢，甚有氣象。

朱重感謝天地神明保佑之德，發心于各寺廟喜捨合殿油燭一套，供琉璃燈油三個月，齋戒沐浴，親往拈香禮拜。先從昭慶寺起，其他靈隱、法相、淨慈、天竺等寺，以次而行。就中單說天竺寺，是觀音大士的香火，有上天竺、中天竺、下天竺，三處香火俱盛，卻是山路，不通舟楫。朱重叫從人挑了一擔香燭、三擔清油，自己乘轎而往。先到上天竺來，寺僧迎接上殿。老香火秦公點燭添香。此時朱重居移氣，養移體※101，儀容魁岸，非復幼時面目。秦公那裡認得他是兒子。只因油桶上有個大大的秦字，又有「汴梁」二字，心中甚以為奇。也是天然湊巧，剛剛到上

註

※100 亡八：舊時指妓院裡的管事。

※101 居移氣，養移體：意即更換居住的地方，吃穿用度都與以前不同，氣質與身體也隨之改變。《孟子•盡心上》：「孟子自范之齊，望見齊王之子。喟然歎曰：『居移氣，養移體，大哉居乎！夫非盡人之子與？』」

天竺，偏用著這兩隻油桶。朱重拈香已畢，秦公托出茶盤，主僧奉茶。秦公問道：「不敢動問施主，這油桶上為何有此三字？」朱重聽得問聲帶著汴梁人的土音，忙問道：「老香火，你問他怎麼？莫非也是汴梁人麼？」秦公道：「正是。」朱重道：「你姓甚名誰？為何在此出家？共有幾年了？」秦公把自己姓名、鄉里，細細告訴。某年上避兵來此，因無活計，將十三歲的兒子秦重過繼與朱家，如今有八年之遠。一向為年老多病，不曾下山問得信息。

朱重一把抱住，放聲大哭道：「孩兒便是秦重，向在朱家挑油買賣，正為要訪求父親下落，故此於油桶上寫『汴梁秦』三字做個標識。誰知此地相逢，真乃天與其便！」眾僧見他父子別了八年，今朝重會，各各稱奇。朱重這一日，就歇在上天竺，與父親同宿，各敘情節。次日，取出中天竺、下天竺兩個疏頭※102換過，內中朱重仍改做秦重，復了本姓。兩處燒香禮拜已畢，轉到上天竺，要請父親回家安樂供養。秦公出家已久，喫素持齋，不願隨兒子回家。秦重道：「父親別了八年，孩兒有缺侍奉。況孩兒新娶媳婦，也得他拜見公公方是。」秦公只得依允。秦重將轎子讓與

圖為清董邦達《西湖十景圖卷》局部 ，正中處為三天竺，三天竺是上天竺（法喜寺）、中天竺（法淨寺）、下天竺（法鏡寺）的總稱。

父親乘坐，自己步行，直到家中。秦重取出一套新衣，與父親換了。中堂設坐，同妻莘氏，雙雙參拜。親家莘公、親母阮氏，齊來見禮。此日大排筵席，秦公不肯開葷，素酒素食。次日，鄰里斂財稱賀，一則新婚，二則新娘子家眷團圓，三則父子重逢，四則秦小官歸宗復姓，共是四重大喜。一連又喫了幾日喜酒。

秦公不願家居，思想上天竺故處清淨出家。秦重不敢違親之志，將銀二百兩，於上天竺另造淨室一所，送父親到彼居住。其日用供給，按月送去。每十日親往候問一次，每一季同莘氏往候一次。那秦公活到八十餘，端坐而化，遺命葬於本山。此是後話。

卻說秦重和莘氏夫妻偕老，生下兩個孩兒，俱讀書成名。至今風月中市語，凡誇人善於幫襯，都叫做「秦小官」，又叫「賣油郎」。有詩為證：

春來處處百花新，蜂蝶紛紛競採春；
堪愛豪家多子弟，風流不及賣油人！

註

※102 疏頭：和尚、道士在誦經前，焚化時的祝禱詞，向上天說明祭拜原因。

# 第八卷　灌園叟晚逢仙女

連宵風雨閉柴門，落盡深紅只柳存。
欲掃蒼苔且停箒，階前點點是花痕。

這首詩為惜花而作。昔唐時有一處士[※1]，姓崔名玄微，平昔好道，不娶妻室，隱於洛東。所居庭院寬敞，遍植花卉竹木。構一室在萬花之中，獨處於內。童僕都居苑外，無故不得輒入。如此三十餘年，足跡不出園門。時值春日，院中花木盛開，玄微日夕徜徉其間。一夜，風清月朗，不忍舍花而睡，乘著月色獨步花叢中。忽見月影下，一青衣[※2]冉冉[※3]而來。玄微驚訝道：「這時節，那得有女子到此行動？」心下雖然怪異，又想道：「且看他到何處去。」那青衣不往東，不往西，徑至玄微面前，深深道個萬福。玄微還了禮，問道：「女郎是誰家宅眷？因何深夜至此？」那青衣啟一點朱唇，露兩行碎玉道：「兒家與處士相近，

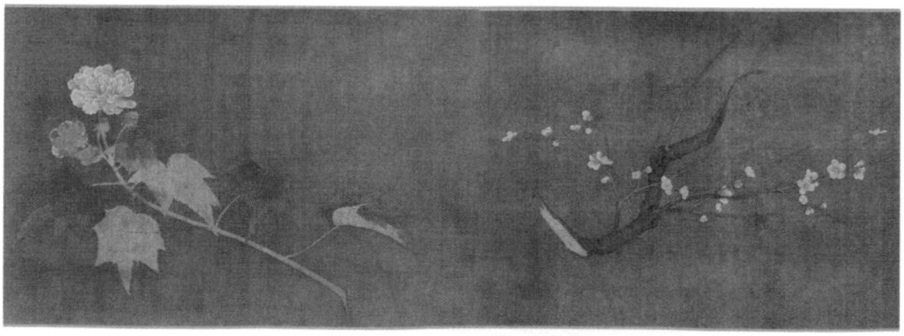

✦ 北宋趙昌《花卉四段圖卷》局部。右為梅花，左為芙蓉。

今與女伴過上東門訪表姨，欲借處士院中暫憩，不知可否？」玄微見來得奇異，欣然許之。青衣稱謝，原從舊路轉去。不一時，引一隊女子，分花約柳而來，與玄微一一相見。玄微就月下仔細看時，一個個姿容媚麗，體態輕盈，或濃或淡，粧束不一。隨從女郎，盡皆妖豔，正不知從那裡來的。相見畢，玄微邀進室中，分賓主坐下，開言道：「請問諸位女娘姓氏。今訪何姻戚，乃得光降敝園？」一衣綠裳者答道：「妾乃楊氏。」指一穿白的道：「此位李氏。」又指一衣絳服的道：「此位陶氏。」遂逐一指示。最後到一緋衣小女，乃道：「此位姓石，名阿措。我等雖則異姓，俱是同行姊妹。因封家十八姨，數日云欲來相看，不見其至。今夕月色甚佳，故與姊妹們同往候之。二來素蒙處士愛重，妾等順便相謝。」玄微方待酬答，青衣報導：「封家姨至。」眾皆驚喜出迎。玄微閃過半邊觀看。眾女子相見畢，說道：「正要來看十八姨，為主人留坐，不意姨至，足見同心。」各向前致禮。十八姨道：「屢欲來看卿等，俱為使命所阻。今乘閒至此。」眾女道：「如此良夜，請姨寬坐，當以一尊為壽※4。」遂授旨青衣去取。十八姨問道：「此地可坐否？」楊氏

註

※1處士：不在朝爲官的知識份子。
※2青衣：指婢女，古時婢女穿青色衣服。
※3冉冉：形容走路舒緩的樣子。
※4壽：祝福延年益壽。

道：「主人甚賢，地極清雅。」十八姨道：「主人安在？」玄微趨出相見，舉目看十八姨，體態飄逸，言詞泠泠※5，有林下風氣※6。近其傍，不覺寒氣侵肌，毛骨竦然。遜入堂中，侍女將桌椅已是安排停當。請十八姨居於上席，眾女挨次而坐，玄微末位相陪。不一時，眾青衣取到酒肴，擺設上來。佳餚異果，羅列滿案。酒味醇醲，其甘如飴，俱非人世所有。此時，月色倍明，室中照耀，如同白日。滿坐芳香，馥馥※7襲人。賓主酬酢，盃觥交雜。酒至半酣，一紅裳女子滿斟大觥，送與十八姨道：「兒有一歌，請為歌之。」歌云：

絳衣披拂露盈盈，淡染胭脂一朵輕。
自恨紅顏留不住，莫怨春風道薄情。

歌聲清婉，聞者皆淒然。又一白衣女子送酒道：「兒亦有一歌。」歌云：

皎潔玉顏勝白雪，況乃當年對芳月。
沉吟不敢怨春風，自歎容華暗消歇。

✦李花。

其音更覺慘切。那十八姨性頗輕佻，卻又好酒。多了幾盃，漸漸狂放。聽了二歌，乃道：「值此芳辰美景，賓主正歡，何遽作傷心語？歌旨又深刺予，殊為慢客。須各罰以大觥，當另歌之。」遂手斟一杯遞來。酒醉手軟，持不甚牢，盃纔舉起，不想袖上筋在一兜，撲碌的連盃打翻。這酒若翻在別個身上，卻也罷了，恰恰裡盡潑在阿措身上。阿措年嬌貌美，性愛整齊，穿的卻是一件大紅簇花緋衣。那紅衣最忌的是酒，纔沾滴點，其色便改，怎經得這一大杯酒？況且阿措也有七八分酒意，見汙了衣服，作色道：「諸姊妹便有所求，吾不畏爾！」即起身往外就走。十八姨也怒道：「小女弄酒，敢與吾為抗耶？」亦拂衣而起。眾子留之不住，齊勸道：「阿措年幼，醉後無狀，望勿記懷。明日當率來請罪。」相送下階。十八姨忿忿向東而去。眾女子與玄微作別，向花叢中四散行走。

玄微欲觀其蹤跡，隨後送之。步急苔滑，一交跌倒。掙起身來看時，眾女子俱不見了。心中想道：「是夢卻又未曾睡臥，若是鬼，又衣裳楚楚，言語歷歷。是人，如何又倏然無影？」胡猜亂想，驚疑不定。回入堂中，桌椅依然，擺設盃盤，

註

※5泠泠：擬聲詞。此處形容說話音調清脆，激揚高亢。
※6林下風氣：形容婦女氣韻如同山林中的清幽高雅之士，行爲舉止風雅脫俗。
※7馥馥：香味很濃郁。

一毫已無！惟覺餘馨滿室。雖異其事，料非禍祟，卻也無懼。

到次晚，又往花中步玩。見諸女子已在，正勸阿措往十八姨處請罪。阿措怒道：「何必更懇此老嫗？有事只求處士足矣！」眾皆喜道：「妹言甚善。」齊向玄微道：「吾姊妹皆住處士苑中，每歲多被惡風所撓，居止不安，常求十八姨相庇。昨阿措誤觸之，此後應難取力。處士倘肯庇護，當有微報耳。」玄微道：「某有何力，得庇諸女？」阿措道：「但求處士每歲元旦作一朱幡※8，上圖日月五星之文，立於苑東，吾輩則安然無恙矣！今歲已過，請於此月廿一日平旦※9，微有東風即立之，可免本日之難。」玄微道：「此乃易事，敢不如命。」齊聲謝道：「得蒙處士慨允，必不忘德。」言訖而別。其行甚疾，玄微隨之不及。忽一陣香風過處，各失所在。

玄微欲驗其事，次日即製辦朱幡。候至二十一日，清早起來，果然東風微拂。急將幡豎立苑東。少頃，狂風振地，飛沙走石。自洛南一路，摧林折樹；惟苑中繁花不動。玄微方悟諸女皆眾花之精也。緋衣名阿措，即安石榴也。封十八姨，乃風神也。到次晚，眾女各裹桃李花數斗來，謝道：「承處士脫某等大難，無以為報。餌此花英，可延年卻老，願長如此衛護某等，亦可致長生。」玄微依其言服之，果

◆石榴花。

然容顏轉少，如三十許人。後得道仙去。有詩為證：

洛中處士愛栽花，歲歲朱幡繪采茶。
學得餐英堪不老，何須更覓棗如瓜※10。

列位莫道小子說風神與花精往來，乃是荒唐之語。那九州四海之中，目所未見、耳所未聞、不載史冊、不見經傳、奇奇怪怪、蹺蹺蹊蹊的事，不知有多多少少。就是張華的《博物志》※11，也不過志其一二，虞世南的行書廚※12也包藏不得許多。此等事甚是平常，不足為異。然雖如此，又道是「子不語怪」※13，且閣過一

註

※8朱幡：一種朱紅色長條形，直立垂掛的旗幟。
※9平旦：天剛亮的時候。
※10棗如瓜：典故出自《史記．封禪書》：李少君告訴皇帝說，他曾到海上遊覽，見到安期生吃的棗子像瓜一樣大，吃了可以長生不老。後世用棗如瓜指長生不老的神仙傳說。
※11博物志：西晉張華撰，志怪筆記小說。描寫奇人軼事，神仙傳說，以及奇珍異草與飛禽走獸的記載。
※12行書廚：因虞世南博學多聞，故有活動的藏書櫥櫃之稱。典故出自《大唐新語》。
※13子不語怪：典故出自《論語．述而》：「子不語怪力亂神。」孔子不談論無法依憑經驗而認知的事情，鬼神、靈異事件不屬於我們感官知覺可以感知的範圍，屬於不予談論。

邊。只那惜花致福、損花折壽，乃見在功德，須不是亂道。列位若不信時，還有一段〈灌園叟晚逢仙女〉的故事，待小子說與列位看官們聽。若平日愛花的聽了，自然將花分外珍重；內中或有不惜花的，小子就將這話勸他惜花起來。雖不能得道成仙，亦可以消閒遣悶。

你道這段話文出在那個朝代？何處地方？就在大宋仁宗年間，江南平江府※14東門外長樂村中。這村離城只去二里之遠，村上有個老者，姓秋名先，原是莊家出身，有數畝田地，一所草房。媽媽水氏已故，別無兒女。那秋先從幼酷好栽花種果，把田業都撇棄了，專於其事。若偶覓得種異花，就是拾著珍寶也沒有這般歡喜。隨你極緊要的事，出外路上逢著人家有樹花兒，不管他家容不容，便陪著笑臉捱進去求玩。若平常花木，或家裡也在正開，還轉身得快。倘然是一種名花，家中沒有的，雖或有已開過了，便將正事撇在半邊，依依不捨，永日忘歸。人都叫他是「花癡」。或遇見賣花的有株好花，不論身邊有錢無錢，一定要買。無錢時便脫身上衣服去解當。也有賣

清汪士慎《山水花卉圖冊》。

花的，知他僻性，故高其價，也只得忍貴買回。又有那破落戶，曉得他是愛花的，各處尋覓好花折來，把泥假捏個根兒哄他，少不得也買。有恁般※15奇事：將來種下，依然肯活。日積月累，遂成一個大園。那園周圍編竹為籬，籬上交纏薔薇、荼蘼、木香、刺梅、木槿、棣棠、金雀，籬邊撒下蜀葵、鳳仙、雞冠、秋葵、鶯粟等種。更有那金萱、百合、剪春羅、剪秋羅、滿地嬌、十樣錦、美人蓼、山躑躅※16、高良姜、白蛺蝶、夜落金錢、纏枝牡丹等類，不可枚舉。遇開放之時，爛如錦屏。遠籬數步，盡植名花異卉。一花未謝，一花又開。向陽設兩扇柴門，門內一條竹徑，兩邊都結柏屏遮護。轉過柏屏，便是三間草堂。房雖艸※17覆，卻高爽寬敞，窗槅※18明亮。堂中掛一幅無名小畫，設一張白木臥榻桌凳之類，色色潔淨。打掃得地下無纖毫塵垢。堂後精舍數間，臥室在內。那花卉無所不有，十分繁茂。真個四時不謝，八節※19長春。但見：

註

※14平江府：今江蘇省、上海市兩境內。

※15恁般：這樣。恁，讀作「任」。

※16山躑躅：一種植物名。長得像杜鵑花，夏初開。躑躅，讀作「直竹」。

※17艸：同「草」。

※18窗槅：指窗格。

※19八節：即立春、春分、立夏、夏至、立秋、秋分、立冬、冬至等八個節氣。

梅標清骨，蘭挺幽芳；茶呈雅韻，李謝濃粧。杏嬌疏雨，菊傲嚴霜。水仙冰肌玉骨，牡丹國色天香。玉樹亭亭階砌，金蓮冉冉池塘。芍藥芳姿少比，石榴麗質無雙。丹桂飄香月窟，芙蓉冷艷寒江。梨花溶溶夜月，桃花灼灼朝陽。山茶花寶珠稱貴，臘梅花磬口方香。海棠花西府爲上，瑞香花金邊最良。玫瑰杜鵑爛如雲錦，繡毬[※20]郁李點綴風光。說不盡千般花卉，數不了萬種芬芳。

籬門外正對著一個大湖，名為「朝天湖」，俗名「荷花蕩」。這湖東連吳淞江[※21]，西通震澤，南接龐山湖。湖中景致，四時晴雨皆宜。秋先於岸傍堆土作堤，廣植桃柳。每至春時，紅綠間發，宛似西湖勝景。沿湖遍插芙蓉，湖中種五色蓮花。盛開之日，滿湖錦雲爛熳，香氣襲人。小舟蕩槳，采菱歌聲泠泠，遇斜風微起，偎船競渡，縱橫如飛。柳下漁人艤船[※22]晒網。也有戲魚的、結網的，醉臥船頭的、沒水賭勝的，歡笑之音不絕。那賞蓮遊人，畫船蕭管鱗集。至黃昏回棹[※23]，燈火萬點，間以星影螢光，錯落難辨。深秋時，霜風初起，楓林漸染黃碧，野岸衰柳芙蓉，雜間白蘋紅蓼，掩映水際；蘆葦中鴻雁群集，嘹嚦干雲[※24]，哀聲動人。隆冬天

◆籬門外正對著一個大湖，名為「朝天湖」，俗名「荷花蕩」。（古版畫，選自《今古奇觀》明末吳郡寶翰樓刊本）

氣，彤雲密佈，六花飛舞，上下一色。那四時景致，言之不盡。有詩為證：

朝天湖畔水連天，不唱漁歌即採蓮。
小小茅堂花萬種，主人日日對花眠。

按下散言。且說秋先，每日清晨起來，掃淨花底落葉，汲水逐一灌溉。到晚上又澆一番。若有一花將開，不勝歡躍。或煖壺酒兒，或烹甌※25茶兒，向花深深作揖，先行澆奠，口稱「花萬歲」三聲，然後坐於其下，淺斟細嚼。酒酣興到，隨意歌嘯。身子倦時，就以石為枕，臥在根傍。自半含至盛開，未嘗暫離。如見日色烘烈，乃把棕※26拂蘸水※27沃之。遇著月夜，便連宵不寐。倘值了狂風暴風，即披蓑

註

※20繡毬：此指繡球花。繡球花的花形是圓形成團，故名。
※21吳淞江：位於今江蘇省境內。
※22艤船：船停靠在岸邊。艤，讀作「已」。
※23棹：讀作「趙」。船槳。
※24嘹嚦干雲：雁群叫聲直衝雲霄。嘹嚦，擬聲詞，依上文文意，是雁叫的聲音。
※25甌：讀作「歐」。此指茶杯。
※26棕：一種植物，葉似車輪。
※27蘸水：沾水。蘸，讀作「站」。

頂笠，周行花間檢視，遇有欹枝※28，以竹扶之，雖夜間還起來巡看幾次。若花到謝時，則累日歎息，常至墮淚，又不捨得那些落花，以棕拂輕輕拂來，置於盤中，時嘗觀玩。直至乾枯，裝入淨甕。滿甕之日，再用茶酒澆奠，慘然若不忍釋。然後親拜其甕，深埋長堤之下，謂之「葬花」。倘有花片被雨打泥汙的，必以清水再四滌淨，然後送入湖中，謂之「浴花」。平昔最恨的是攀枝折朵。他也有一段議論：「凡花一年止開得一度，四時中只占得一時，一時中又只占得數日。他熬過了三時的冷淡，纔討得這數日的風光。看他隨風而舞，迎人而笑，如人正當得意之境，忽被摧殘。巴此數日甚難，一朝折損甚易。花若能言，豈不嗟歎？況就此數日間，先猶含蕊，後復零殘。盛開之時，更無多了。又有蝶攢蜂採，鳥啄蟲鑽，日炙風吹，霧迷雨打，全仗人去護惜他。卻反恣意拗折，於心何忍？且說此花自芽生根，生根生本，強者為幹，弱者為枝，一幹一枝，不知養成了多少年

清居廉《花卉蟲草》圖冊。

月。及候至花開，供人清玩，有何不美？定要折他。花一離枝，再不能上枝。枝一去幹，再不能附幹。如人死不可復生，刑不可復贖。花若能言，豈不悲泣？又想他折花的，不過擇其巧幹，愛其繁枝，插之瓶中，置之席上，或供賓客片時侑酒※29之歡，或助婢妾一日梳粧之飾；不思客觴可飽玩於花下，閨粧可借巧於人工。手中折了一枝，樹上就少了一枝。今年伐了此幹，明年便少了此幹。何如延其性命，年年歲歲，玩之無窮乎？還有未開之蕊，隨花而去，此蕊竟槁滅枝頭，與人之童夭何異？又有原非愛玩，趁興攀折。既折之後，揀擇好歹，逢人取討，即便與之。或隨路棄擲，略不顧惜，如人橫禍枉死，無處申冤。花若能言，豈不痛恨？」◎1

他有了這段議論，所以生平不折一枝，不傷一蕊。◎2就是別人家園上，他心愛著那一種花兒，寧可終日看玩。假饒那花主人要取一枝一朵來贈他，他連稱罪過，決然不要。若有傍人要來折花者，只除他不看見罷了；他若見時，就把言語再三勸止。人若不從其言，他情願低頭下拜，代花乞命。人雖叫他是花癡，多有可憐他一片誠心，因而住手者。他又深深作揖稱謝。又有小廝們要折花賣錢的，他便將錢與之，不教折損。或他不在時被人折損，他來見有損處，必淒然傷感，取泥封

註

※28 攲枝：傾斜不正的枝幹。攲，讀作「一」。

※29 侑酒：宴席之間，用以助賓客酒興。侑，讀作「又」。

評點

◎1：看此段議論，袁石公《瓶史》可鑑。（可一居士）

◎2：以此類推，萬物莫不皆然。暴殄天物，不可不痛戒。（可一居士）

之，謂之「醫花」。為這件上，所以自己園中，不輕易放人遊玩。偶有親戚鄰友要看，難好回時，先將此話講過，纔放進去。又恐穢氣觸花，只許遠觀，不容親近。倘有不達時務的，捉空摘了一花一蕊，那老頭便要面紅頸赤，大發喉急※30。下次就打罵他，也不容進去看了。後來人都曉得了他的性子，就一葉兒也不敢摘動。

大凡茂林深樹，便是禽鳥的巢穴，有花果處，越發千百為群。如單食果實，倒還是小事，偏偏只揀花蕊啄傷。惟有秋先，卻將米穀置於空處飼之，又向禽鳥祈祝。那禽鳥卻也有知覺，每日食飽，在花間低飛輕舞，宛囀嬌啼，並不損一朵花蕊，也不食一個果實。故此產的果品最多，卻又大而甘美。每熟時，就先望空祭了花神，然後敢嘗。又遍送左近鄰家試新，餘下的方鬻※31。一年到有若干利息。那老者因得了花中之趣，自少至老，五十餘年，略無倦怠，筋骨愈覺強健。粗衣淡飯，悠悠自得。有得贏餘，就把來周濟村中貧乏。自此合村無不敬仰，又呼為「秋公」。他自稱為灌園叟。有詩為證：

清居廉《花卉蟲草》圖冊。

朝灌園兮暮灌園，灌成園上百花鮮。
花開每恨看不足，爲愛看園不肯眠。

話分兩頭。卻說城中有一人，姓張名委，原是個宦家子弟。為人奸狡詭譎，殘忍刻薄。恃了勢力，專一欺鄰嚇舍，扎害良善。觸著他的，風波立至，必要弄得那人破家蕩產方纔罷手。手下用一班如狼似虎的奴僕，又有幾個助惡的無賴子弟，日夜合做一塊，到處闖禍生災。受其害者無數。不想卻遇了一個又狠似他的，輕輕捉去，打得個臭死。及至告到官司，又被那人弄了些手腳，反問輸了。因裝了幌子※32，自覺無顏，帶了四五個家人，同那一班惡少，暫在莊上遣悶。那莊正在長樂村中，離秋公家不遠。一日早飯後，吃得半酣光景，向村中閒走，不覺來到秋公門首。只見籬上花枝鮮媚，四圍樹木繁翳※33，齊道：「這所在倒也幽雅。是那家的？」家人道：「此是種花秋公園上，有名叫做花癡。」張委道：「我常聞得說：

註

※30大發喉急：大發脾氣。
※31鬻：讀作「玉」，賣。
※32裝了幌子：出洋相，丟人現眼。
※33繁翳：枝葉繁茂，形成濃密樹蔭。翳，讀作「億」。遮蔽。

庄邊有什麼秋老兒，種得異樣好花。原來就住在此。我們何不進去看看。」家人道：「這老兒有些古怪，不許人看的。」張委道：「別人或者不肯，難道我也是這般？快去敲門！」那時，園中牡丹盛開。秋公剛剛澆灌完了，正將著一壺酒兒、兩碟果品，在花下獨酌，自取其樂。飲不上三盃，只聽得鬧鬧的敲門響，放下酒盃走出來開門一看，見站著五六個人，酒氣直沖。秋公料道必是要看花的，便攔住門口問道：「列位有甚事到此？」張委道：「你這老兒不認得我麼？我乃城裡有名的張衙內。那邊張家莊，便是我家的。聞得你園中好花甚多，特來遊玩。」秋公道：「告衙內，老漢也沒種甚好花，不過是桃杏之類，都已謝了。如今並沒別樣花卉。」張委睜起雙眼道：「這老兒恁般可惡！看看花兒打甚緊！卻便回我沒有。難道喫了你的？」秋公道：「不是老漢說謊，果然沒有。」張委那裡肯聽，向前叉開手，當胸一攙，秋公站立不牢，踉踉蹌蹌直撞過半邊。眾人一齊擁進。秋公見勢頭兇惡，只得讓他進去，把籬門掩上，隨著進來，向花下取過酒果，站在旁邊。眾人看那四邊，花草甚多，惟有牡丹最盛。那花不是尋常玉樓春之類，乃五種有名異品。那五種？

◆牡丹花。

黃樓子、綠蝴蝶、西瓜穰※34、舞青猊、大紅獅頭。

這牡丹乃花中之王，惟洛陽為天下第一，有姚黃、魏紫※35名色，一本價值五千。你道因何獨盛於洛陽？只為昔日唐朝有個武則天※36皇后，淫亂無道，寵幸兩個官兒，名喚張易之、張昌宗，於冬月之間，要遊後苑，寫出四句詔來道：

來朝游上苑，火速報春知。
百花連夜發，莫待曉風吹。

不想武則天原是應運之主，百花不敢違旨，一夜發蕊開發。次日駕幸後苑，只見千紅萬紫，芳菲滿目。單有牡丹花有些志氣，不肯奉承女主、倖臣，要一根葉兒也沒有。則天大怒，遂貶於洛陽。故此洛陽牡丹，冠於天下。有一隻《玉樓春》詞

註

※34 穰：瓜類水果的果肉。通「瓤」。

※35 姚黃、魏紫：兩者皆是名貴的牡丹花品種。

※36 武則天：名曌，唐文水人（今山西省文水縣）。歷史上第一位女皇帝，唐太宗時入宮爲才人，太宗駕崩後出家爲尼。高宗即位後，又入宮，立爲皇后。高宗駕崩，自立爲皇帝，改國號爲周。史稱「武則天」。也稱爲「武后」。

單贊牡丹花的好處。詞云：

名花綽約東風裡，占斷韶華都在此。芳心一片可人憐，春色三分愁雨洗。玉人盡日懨懨地，猛被笙歌驚破睡。起臨粧鏡似嬌羞，近日傷春輸與你。

那花正種在草堂對面，周遭以湖石攔之，四邊豎個大架子，上覆布幔，遮蔽日色。花本高有丈許，最低亦有六七尺。其花大如丹盤，五色燦爛，光華奪目。眾人齊贊：好花。張委便踏上湖石去嗅那香氣。秋先極怪的是這節，乃道：「衙內※37站遠些看，莫要上去。」張委惱他不容進來，心下正要尋事。又聽了這話，喝道：「你那老兒住在我庄邊，難道不曉得張衙內名頭麼？有恁樣好花，故意回說沒有，不計較就勾※38了，還要多言。那見得聞一聞就壞了花？你便這般說，我偏要聞。」遂把花逐朵攀下來，一個鼻子湊在花上去嗅。那秋公在傍，氣得敢怒而不敢言。也還道略看一回就去，誰知這廝故意賣弄道：「有恁樣好花，如何空過？須把酒來賞玩。」分付家人快去取。秋公見要取酒來賞，更加煩惱，向前道：「所在蝸窄※39，沒有坐處。衙內止看看花兒，

◆牡丹花。

酒還到貴莊上去喫。」張委指著地上道：「這地下儘好坐。」秋公道：「地上齷齪，衙內如何坐得？」張委道：「不打緊，少不得有氈※40條遮襯。」不一時，酒餚取到，鋪下氈條，眾人團團圍坐，猜拳行令，大呼小叫，十分得意。只有公骨篤※41了嘴，坐在一邊。

那張委看見花木茂盛，就起個不良之念，思想要吞占他的。斜著醉眼向秋公道：「看你這蠢老兒不出，倒會種花，卻也可取。賞你一盃酒。」秋公那有好氣答他，氣忿忿的道：「老漢天性不會飲酒，衙內自請。」張委又道：「你這園可賣麼？」秋公見口聲來得不好，老大驚訝，答道：「這園是老漢的性命，如何捨得賣？」張委道：「什麼性命不性命，賣與我罷了！你若沒去處，一發連身歸在我家，又不要做別事，單單替我種些花木，可不好麼？」眾人齊道：「你這老兒好造化！難得衙內恁般看顧，還不快些謝恩。」秋公看見逐步欺負上來，一發氣得手足痳，也不去睬他。張委道：「這老兒可惡！肯不肯，如何不答應我？」秋公道：

註

※37衙內：對富豪世家子弟或官僚子弟的稱呼。
※38勾：足夠。同「夠」。
※39蝸窄：形容地方狹窄。
※40氈：同今氈字，是氈的異體字。
※41骨篤：又作「骨嘟」，形容心情不佳時撅嘴的樣子。

「說過不賣了，怎的只管問？」張委道：「放屁！你若再說句不賣，就寫帖兒送到縣裡去！」秋公氣不過，欲要搶白幾句，又想一想：「他是有勢力的人，卻又醉了，怎與他一般樣見識。且哄了去再處。」忍著氣答道：「衙內總要買，也須從容一日，豈是一時急驟的事。」眾人道：「這話也說得是。就在明日罷。」

此時都已爛醉，齊立起身。家人收拾傢伙先去。秋公恐怕折花，預先在花邊防護。那張委真個走向前，便要踹上湖石去採。秋先扯住道：「衙內，這花雖是微物，但一年間不知廢多少工夫，纔開得這幾朵。不爭※42折損了，深為可惜。況折去不過一二日就謝的，何苦作這樣罪過。」張委喝道：「胡說！有甚罪過？你明日賣了，便是我家之物。就都折盡，與你何干？」把手去推開。秋公揪住，死也不放。道：「衙內，便殺了老漢，這花決不與你摘的。」眾人道：「這老兒其實可惡！衙內採朵花兒，值什麼大事？粧出許多模樣。難道怕你就不摘了？」遂齊走上前亂摘。把那老兒急得叫屈連天，捨了張委，拚命去攔阻。◎3扯了東邊，顧不得西首。頃刻間，摘下許多。秋公心疼肉痛，罵道：「你這班賊男女！無事登門，將我欺負，要這性命何用！」趕向張委身邊，撞了滿懷。去得勢猛，張委又多了幾盃酒，把腳不住，翻觔斗跌倒。眾人都道：「不好了！衙內打壞也！」齊將花撇下，一趕過來要打秋公。內中有一個老成些的，見秋公年紀已老，恐打出事來。勸住眾人，扶起張委。張委因跌了這交※43，心中轉惱，趕上前打得個隻蕊不留，撒作遍地，意尤未足。又向花中踐踏一回。可惜好花，正是：

老拳毒手交加下，翠葉嬌花一旦休。
好似一番風雨惡，亂紅零落沒人收。

當下只氣得個秋公，愴地呼天，滿地亂滾。鄰家聽得秋公園中喧嚷，齊跑進來。看見花枝滿地狼藉，眾人正在行兇。鄰里盡喫一驚，上前勸住，問知其故，內中倒有兩三個是張委的租戶，齊替秋公陪個不是，虛心冷氣，送出籬門。張委道：「你們對那老賊說，好好把園送我，便饒了他；若說半個不字，須教他仔細著！」恨恨而去。鄰里們見張委醉了，只道酒話，不在心上。覆身轉來，將秋公扶起，坐在階沿上，那老兒放聲號慟。眾鄰里勸慰了一番，作別出去，與他帶上籬門。一路行走，內中也有恠※44秋公平日不容看花的，便道：「這老官兒※45真個忒煞※46

註

※42不爭：此處作假如解。
※43交：跌倒、摔跤。同「跤」。
※44恠：同今怪字，是怪的異體字。
※45老官兒：老頭子。
※46忒煞：太。

評點

◎3：有憐香的，定有逐臭的；有憐才的，定有欲殺的。此亦陰陽對代之理。（可一居士）

古怪，所以有這樣事。也得他經一遭兒，警戒下次。」內中又有直道的道：「莫說這沒天理的話！自古道：『種花一年，看花十日。』那看的但覺好看，贊聲好花罷了；怎得知種花的煩難。只這幾朵花，正不知費了許多辛苦，纔培值得恁般茂盛，如何怪得他愛惜。」

不題眾人。且說秋公不捨得這些殘花，走向前將手去撿起來看，見踐踏得凋殘零落，塵垢沾汙，心中淒慘。又哭道：「花阿！我一生愛護，從不曾損壞一瓣一葉，那知今日遭此大難！」正哭之間，只聽得背後有人叫道：「秋公為何恁般痛哭？」秋公回頭看時，乃是一個女子，年約二八，姿容美麗，雅淡梳粧，卻不認得是誰家之女。乃收淚問道：「小娘子是那家？至此何幹？」那女子道：「我家居在左近。因聞你園中牡丹花茂盛，特來遊玩，不想都已謝了。」秋公題起「牡丹」二字不覺又哭起來。女子道：「你且說有甚苦情，如此啼哭？」秋公將張委打花之事說出。那女子笑道：「原來為此緣故。你可要這花原上枝頭麼？」秋公道：「小娘子休得取笑，那有落花返枝的理？」女子道：「我祖上傳得個落花返枝的法術，

◆秋公對女子倒身下拜。（古版畫，選自《今古奇觀》明末吳郡寶翰樓刊本）

屢試屢驗。」秋公聽說，化悲為喜道：「小娘子真個有這術法麼？」女子道：「怎的不真。」秋公倒身下拜道：「若得小娘子施此妙術，老漢無以為報，但每一種花開，便來相請賞玩。」女子道：「你且莫拜，去取一碗水來。」秋公慌忙跳起去取水，心下又轉道：「如何有這樣妙法？莫不是見我哭泣，故意取笑？」又想道：「這小娘子從不相認，豈有耍我之理？還是真的。」急舀了一碗清水出來。抬頭不見了女子，只見那花都已在枝頭，地下並無一瓣遺存。起初每本一色，如今卻變做紅中間紫，淡內添濃，一本五色俱全，比先更覺鮮妍。有詩為證：

曾聞湘子將花染※47，又見仙姬會返枝。
信是至誠能動物，愚夫猶自笑花癡。

當下秋公又驚又喜，道：「不想這小娘子果然有此妙法。」只道還在花叢中，放下水前來作謝。園中團團尋遍，並不見影。乃道：「這小娘子如何就去了？」又想道：「必定還在門口，須上去求他傳了這個法兒。」一徑趕至門邊，那門卻又掩

註

※47曾聞湘子將花染：民間流傳的故事。韓湘子位列八仙，要點化叔父韓愈，宴會中用火盆栽花，花馬上就開了，上面顯示一首詩，預言韓愈的命運吉凶。

著。拽開看時，門首坐著兩個老者，就是左近鄰家。一個喚做虞公，一個叫做單公，在那裡看漁人晒網。見秋公出來，齊立起身拱手道：「聞得張衙內在此無理，我們恰往田頭沒有來問得。」秋公道：「不要說起，受了這班潑男女的毆氣※48，虧著一位小娘子走來，用個妙法，救起許多花朵，不曾謝得他一聲，徑出來了。二位可看見往那一邊去的？」二老聞言，驚訝道：「花壞了有甚法兒救得？這女子去幾時了？」秋公道：「剛方出來。」二老道：「我們坐在此好一回，並沒個人走動，那見什麼女子？」秋公聽說，心下恍悟道：「恁般說，莫不這位小娘子是神仙下降？」二老問道：「你且說怎的救起花兒？」秋公將女子之事，敘了一遍。二老道：「有如此奇事，待我們去看看。」秋公將門拴上，一齊走至花下，看了連聲稱異道：「這定然是個神仙，凡人那有此法力！」秋公即焚起一爐好香，對天叩謝。二老道：「這也是你平日愛花心誠，所以感動神仙下降，明日索性到教張衙內這幾個潑男女看看，羞殺了他！」秋公道：「莫要莫要！此等人即如惡犬，遠遠見了就該避之；豈可還引他來。」二老道：「這話也有理。」秋公此時非常歡喜，將先前那瓶酒熱將起來，留二老在花下玩賞，至晚而別。

二老回去即傳，合村人都曉得，明日俱要來看，還恐秋公不許。誰知秋公原是有意思的人，因見神仙下降，遂有修世之念，一夜不寐，坐在花下存想。想至張委這事，恁地開悟道：「此皆是我平日心胸褊窄，故外侮得至。若神仙汪洋度量，無所不容，安得有此？」至次早，將園門大開，任人來看。先有幾個進來打探，見秋公對花而坐，但分付道：「任憑列位觀看，切莫要採便了。」眾人得了這話，互相傳開。那村中男子婦女，無有不至。

按下此處。且說張委至次早對眾人道：「昨日反被那老賊撞了一交，難道輕恕了不成？如今再去要他這園，不肯時，多教些人從，將花木打個希爛，方出這氣。」眾人道：「這園在衙內庄邊，不怕他不肯。只是昨日不該把花都打壞，還留幾朵，後日看看便是。」張委道：「這也罷了，少不得來年又發。我們快去，莫要他停留長智。」

眾人一齊起身，出得庄門，就有人說：「秋公園上神仙下降，落下的花，原都上了枝頭，卻又變做五色。」張委不信道：「這老賊有何好處，能感神仙下降。況且不前不後，剛剛我們打壞，神仙就來，難道這神仙是養家的不成？一定是怕我們又去，故此謅這話來，央人傳說。見得他有神仙護衛，使我們不擺布他。」眾人道：「衙內之言極是。」頃刻，到了園門口。見兩扇柴門大開，往來男女，絡繹不絕，都是一般說話。眾人道：「原來真有這等事！」張委道：「莫管他，就是神仙

註

※48毆氣：即嘔氣。

見坐著，這園少不得要的。」彎彎曲曲，轉到草堂前看時，果然話不虛傳。這花卻也奇怪，見人來看，姿態愈艷，光采倍生，如對人笑的一般。張委心中雖十分驚訝，那呑占念頭，全然不改。看了一回，忽地又起一個惡念，對眾人道：「我們且去。」一齊出了園門。眾人問道：「衙內如何不與他要園？」張委道：「我想得個好策在此，不消與他說得，這園明日就歸於我。」眾人道：「衙內有何妙筭[※49]？」張委道：「見今貝州王則謀反[※50]，專行妖術。樞密府[※51]行下文書，普天下軍[※52]州嚴禁左道[※53]，捕緝妖人。本府見出三千貫賞錢，募人出首。我明日就將落花上枝為由，教張霸到府首他以妖術惑人。這個老兒，熬刑不過，自然招承下獄。這園必定官賣。那時誰個敢買他的？少不得讓與我。還有三千貫賞錢哩！」眾人道：「衙內好計！事不宜遲，就去打點起來。」當時即進城寫下首狀，次早教張霸到平江府出首。這張霸是張委手下第一出尖的人，衙內情熟，故此用他。

大尹正在緝訪妖人，聽說此事合村男女都見的，不繇不信。即差緝捕使臣[※54]帶領幾個做公的[※55]，押張霸作眼，前去捕獲。張委將銀佈置停當，讓張霸與緝捕使臣先行，自己與眾子弟隨後也來。緝捕使臣一徑到秋公園上，那老兒還道是

✦清金農《梅花圖冊》。

看花的，不以為意。眾人發一聲喊，趕上前，一索捆翻。秋公喫這一嚇不小，問道：「老漢有何罪犯？望列位說個明白。」眾人口口聲聲罵做妖人反賊，不繇分訴，擁出門來。鄰里看見，無不失驚，齊上前詢問。緝捕使臣道：「你們還要問麼？他所犯的事也不小，只怕連村人都有分哩！」那些愚民被這大話一嚇，心中害怕，盡皆洋洋走開，惟恐累及。只有虞公、單老同幾個平日與秋公相厚的，遠遠跟來觀看。

且說張委，俟秋公去後，便與眾子弟來鎖園門。恐還有人在內，又檢點一過，將門鎖上，隨後趕至府前。緝捕使臣已將秋公解進，跪在月臺上，見傍邊又跪著一人，卻不認得是誰。那些獄卒都得了張委銀子，已備下諸般刑具伺候。大尹喝道：「你是何處妖人？敢在此地方上將妖術煽惑百姓？有幾多黨羽？從實招來！」秋公

註

※49 筭：同今算字，是算的異體字。

※50 貝州王則謀反：王則是涿州（今河北涿州）農民，宋仁宗時發動兵變，以「釋迦佛衰謝，彌勒佛當持世」爲口號，逮捕知州張得一。他被推舉爲東平郡王。參知政事文彥博前往鎮壓，王則等人被俘，最後被處斬。

※51 樞密府：樞密院，古代官署名稱，掌管中央機密政務。宋代執掌軍事機密與邊防。

※52 軍：宋代地方行政區的名稱。（參考李平校注，《今古奇觀》，三民書局出版。）

※53 左道：邪門歪道。

※54 緝捕使臣：負責抓捕人犯，領頭的衙役。

※55 做公的：衙門差役。

聞言，恰如黑暗中聞個火炮，正不知從何處起的？稟道：「小人家世住于長樂村中，並非別處妖人，也不曉得什麼妖術。」大尹道：「前日你用妖術使落花上枝，還敢抵賴！」秋公見說到花上，情知是張委的緣故，即將張委要占園打花，並仙女下降之事，細訴一遍。不想那大尹性是偏執的，那裡肯信！乃笑道：「多少慕仙的，修行至老，尚不能得遇神仙。豈有因你哭，花仙就肯來？既來了，必定也留個名兒，使人曉得，如何又不別而去？這樣話哄那個！不消說得，定然是個妖人。快夾起來！」獄卒們齊聲答應，如狼虎一般，蜂擁上來，揪翻秋公，扯腿拽腳。剛要上刑，不想大尹忽然一個頭暈，險些兒跌下公座！自覺頭目森森※56，坐身不住。分咐上了枷紐，發下獄中監禁，明日再審。

獄卒押著，秋公一路哭泣出來。看見張委，道：「張衙內，我與你前日無怨，往日無仇，如何下此毒手，害我性命？」張委也不答應，同了張霸和那一班惡少，轉身就走。虞公、單老接著秋公，問知其細，乃道：「有這等冤枉的事！不打緊，明日同合村人具張連名保結，管你無事。」秋公哭道：「但願得如此便好。」獄卒喝道：「這死囚還不走，只管哭什麼！」秋公含著

瑤池王母畫像，日本江戶時代畫家尾形光琳繪。

眼淚進獄。鄰里又尋些酒食，送至門上。那獄卒誰個拿與他吃？竟接來自去受用。到夜間將他上了囚床，就如活死人一般，足不能少展。心中苦楚，想道：「不知那位神仙救了這花，卻又被那廝借此陷害。神仙呵！你若憐我秋先，亦來救拔性命，情願棄家入道。」

一頭正想，只見前日那仙女冉冉而至。秋公急叫道：「大仙救拔弟子秋先則個！」仙女笑道：「汝欲脫離苦厄麼？」上前把手一指，那枷紐紛紛自落。秋先爬起來向前叩頭道：「請問大仙姓氏。」仙女道：「吾乃瑤池王母座下司花女。憐汝惜花志誠，故令諸花返本，不意反資奸人讒口。然亦汝命中合有此災，明日當脫。張委損花害人，花神奏聞上帝，已奪其算※57。助惡黨羽，俱降大災。汝宜篤志修行，數年之後，吾當度汝。」秋先又叩首道：「請問上仙修行之道。」仙子道：「修仙徑路甚多，須認本源。汝原以惜花有功，今亦當以花成道。汝但餌百花，自能身輕飛舉。」遂教其服食之法。秋先稽首叩謝起來，便不見了仙子。抬頭觀看，卻在獄牆之上，以手招道：「汝亦上來，隨我出去。」秋光便向前攀援了一大回，還只到得半牆，甚覺喫力。漸漸至頂，忽聽得下邊一棒鑼聲，道：「妖人走了，快

註

※56森森：全身發冷，此處形容極度害怕。

※57其算：壽命。

拿下！」秋公心下驚慌，手酥腳軟，倒撞下來，撒然驚覺，原在囚床之上。想起夢中言語，歷歷分明，料必無事，心中稍寬。正是：

但存方寸※58無私曲，料得神明有主張。

且說張委見大尹已認做妖人，不勝歡喜。乃道：「這老兒許多清奇古怪，今夜且請在囚床上受用一夜，讓這園兒與我們樂罷。」眾人都道：「前日還是那老兒之物，未曾盡興。今日是大爺的了，須要盡情歡賞。」張委道：「言之有理！」遂一齊出城，教家人整備酒肴，徑至秋公園上，開門進去。那鄰里看見是張委，心下雖然不平，卻又懼怕，誰敢多口。

且說張委同眾子弟走至艸堂前，只見牡丹枝頭，一朵不存，原如前日打下時一般，縱橫滿地。眾人都稱奇怪。張委道：「看起來，這老賊果係有妖法的，不然，如何半日上倏爾又變了？難道也是神仙打的。」有一個子弟道：「他曉得衙內要賞花，故意弄這法兒來羞我們。」張委道：「他便弄這法兒，我們就賞落花。」當下依原鋪設氈條，席地而坐，放開懷

✦梅樹與梅花。

抱恣飲。也把兩瓶酒賞張霸到一邊去喫。看看飲至日色矬西，俱有半酣之意，忽地起一陣大風。那風好利害：

善聚庭前草，能開水上萍。
腥聞群虎嘯，響合萬松聲。

那陣風卻把地下這些花朵吹得都直豎起來，眨眼間，俱變做一尺來長的女子。眾人大驚，齊叫道：「怪哉！」言還未畢，那些女子迎風一幌，盡已長大，一個姿容美麗，衣服華艷，團團立做一大堆。眾人因見恁般標緻，通看呆了。內中一個紅衣女子，卻又說起話來道：「吾姊妹居此數十餘年，深蒙秋公珍重護惜。何意驀遭狂奴俗氣熏熾，毒手摧殘。復又誣陷秋公，謀吞此地。今仇在目前，吾姊妹曷不戮力擊之，上報知己之恩，下雪摧殘之恥，不亦可乎？」眾女郎齊聲道：「阿妹之言有理！須速下手，毋使潛遁！」說罷，一齊舉袖撲來。那袖似有數尺之長，如風翻亂飄，冷氣入骨。眾人齊叫：「有鬼！」撇了傢伙，望外亂跑，彼此各不相顧。也

註

※58方寸：指心。

有被石塊打腳的，也有被樹枝抓面的，也有跌而復起、起而復跌的。亂了多時，方纔收腳。點檢人數都在，單不見了張委、張霸二人。

此時，風已定了，天色已昏。這班子弟各自回家，恰像撿得性命一般，抱頭鼠竄而去。家人喘息定了，方喚幾個生力庄客，打起火把，覆身去找尋。直到園上，只聽得大梅樹下有呻吟之聲，舉火看時，卻是張霸被梅根絆倒，跌破了頭，掙扎不起。莊客著兩個先扶張霸歸去。眾人周圍走了一遍，但見靜悄悄的，萬籟無聲。牡丹棚下，繁花如故，並無零落。草堂中杯盤狼藉，殘羹淋漓。眾人莫不吐舌稱奇。一面收拾家伙，一面重復照看。這園子又不多大，三回五轉，毫無蹤影。難道是大風吹去了？女鬼吃去了？正不知躲在那裡。延捱了一會，無可奈何，只索回去過夜，再作計較。

方欲出門，只見門外又有一夥人，提著行燈進來。不是別人，卻是虞公、單老，聞知眾人遇鬼之事，又聞說不見了張委，在園上找尋，不知是真是假，合著三鄰四舍，進園觀看。問明了眾庄客，方知此事果真。二老驚詫不已，教眾庄客：「且莫回去，老漢們同列位還去找尋一遍。」眾人又細細照看了一下，正是興盡而歸。歎了口氣，齊出園門。二老

✦清金農《梅花圖冊》。

道：「列位今晚不來了麼？老漢們告過，要把園門落鎖，沒人看守得，也是我們鄰里的干係。」此時莊客們蛇無頭而不行，已不似先前聲勢了，答應道：「但憑，但憑。」兩邊人猶未散。只見一個庄客在東邊牆角下叫道：「大爺有了！」眾人蜂擁而前，莊客指道：「那槐枝上掛的，不是大爺的軟翅紗巾※59麼？」眾人道：「既有了巾兒，人也只在左近。」沿牆照去，不多幾步，只叫得聲：「苦也！」原來東角轉彎處，有個糞窖。窖中一人，兩腳朝天，不歪不斜，剛剛倒種在內。庄客認得鞋襪衣服，正是張委。顧不得臭穢，只得上前打撈起來。虞、單二老，暗暗念佛，和鄰舍們自回。眾莊客抬了張委，在湖邊洗淨。先有人報去庄上，合家大小，哭哭啼啼，置備棺衣入殮，不在話上。其夜，張霸破頭傷重，五更時亦死。此乃作惡的見報，正是：

兩個凶人離世界，一雙惡鬼赴陰司。

次日，大尹病癒陞堂，正欲吊審秋公之事，只見公差稟道：「原告張霸同家長

註

※59軟翅紗巾：古代官吏所戴的一種頭巾。（參考李平校注，《今古奇觀》，三民書局出版。）

張委，昨晚都死了。」如此如此，這般這般。大尹大驚，不信有此異事。須臾間，又見里老鄉民共有百十人連名具呈前事，訴說秋公平日惜花行善，竝非妖人。張委設謀陷害，神道報應。前後事情，細細分剖。大尹因昨日頭暈一事，亦疑其枉，到此心下豁然。還喜得不曾用刑，即于獄中吊出秋公，當堂釋放。又給印信告示與他園門張掛，不許閒人侵損他花木。眾人叩謝出府。秋公向鄰里作謝，一路同回。虞、單二老，開了園門，同秋公進去。秋公見牡丹茂盛如初，傷感不已。眾人治酒與秋公壓驚。秋公又答席，一連喫了數日酒席。◎4

閒話休題。自此之後，秋公日餌百花，漸漸習慣，遂謝絕了煙火之物。所鬻果實錢鈔，悉皆布施。不數年間，發白更黑，顏色轉如童子。一日，正值八月十五，麗日當天，萬里無瑕。秋公正在花下趺坐※61然祥風微拂，彩雲如蒸；空中音樂嘹喨，異香撲鼻；青鸞白鶴，盤旋翔舞，漸至庭前。雲中正立著司花女，兩邊幢幡寶蓋※62仙女數人，各奏樂器。秋公看見，撲翻身便拜。司花女道：「秋先，汝功行圓滿，吾已奏聞。上帝有旨封汝為護花使者，專管人間百花。令汝拔宅上升。但有愛花惜花的，加之以福；殘花毀花的降之以災。」秋公向

✦北宋趙昌《牡丹圖》

空叩首謝恩訖，隨著眾仙登雲，草堂花木，一齊冉冉升起，向南而去。虞公、單老和那合村之人都看見的，一齊下拜。還見秋公在雲中舉手謝眾人，良久方沒。此地遂改名升仙里，又謂之百花村云。

園公一片惜花心，道感仙姬下界臨。
草木同升隨汝宅，淮南不用鍊黃金。

註
※61趺坐：盤腿打坐。趺，作「夫」。
※62寶蓋：用金玉珍寶裝飾的傘蓋，是一種儀仗器具。

評點
◎4：看張委及花癡，賞花如彼，惜花如此，眞正是個花報。（可一居士）

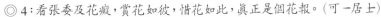

# 參考書目

1. 李平校注，抱甕老人原著，《今古奇觀》（台北：三民書局出版，二〇一六年六月。）
2. 吳書蔭校注，馮夢龍原著，無礙居士點評，《三言：警世通言》（北京：中華書局出版，二〇一五年六月。）
3. 吳書蔭校注，凌濛初原著，即空觀主人點評，《二拍：二刻拍案驚奇》（北京：中華書局出版，二〇一五年六月。）
4. 張明高校注，馮夢龍原著，可一居士點評，《三言：醒世恆言》（北京：中華書局出版，二〇一五年六月。）
5. 邱燮友、周何、田博元等編著，《國學導讀一—五冊》（台北：三民書局出版，二〇〇〇年十月。）
6. 馬積高、黃鈞主編，《中國古代文學史一—四冊》（台北：萬卷樓圖書股份有限公司，二〇〇三年）
6. 張明高校注，凌濛初原著，即空觀主人點評，《二拍：初刻拍案驚奇》（北京：中華書局出版，二〇一五年六月。）
7. 陳熙中校注，馮夢龍原著，綠天館主人點評，《三言：喻世明言》（北京：中華書局出版，二〇一五年六月。）

## 電子工具書：

1.《警世通言四十卷》明王氏三桂堂刊本，收錄於東京大學東洋文化研究所所藏《雙紅堂文庫全文影像資料庫》http://hong.ioc.u-tokyo.ac.jp/main_p.php
2.《醒世恆言四十卷》清衍慶堂刊本，收錄於東京大學東洋文化研究所所藏《雙紅堂文庫全文影像資料庫》http://hong.ioc.u-tokyo.ac.jp/main_p.php
3.《拍案驚奇三十六卷》消閒居刊本，收錄於東京大學東洋文化研究所所藏《雙紅堂文庫全文影像資料庫》http://hong.ioc.u-tokyo.ac.jp/main_p.php
4.教育部重編國語辭典修訂本 http://dict.revised.moe.edu.tw/cbdic/
5.教育部異體字字典 http://dict.variants.moe.edu.tw/
6.佛光大辭典 https://www.fgs.org.tw/fgs_book/fgs_drser.aspx
7.百度百科 http://baike.baidu.com/
8.維基百科 https://zh.wikipedia.org/zh-tw/
9.中央研究院漢籍電子文獻 https://www.google.com.tw/#q=%E7%80%9A%E5%85%B8
10.漢語大辭典 http://www.guoxuedashi.com/

國家圖書館出版品預行編目資料

今古奇觀. 一 / 抱甕老人原著 ; 曾珮琦編註. -- 初版. --
臺中市 : 好讀, 2018.11

面 ;　公分. --（圖說經典 ; 35）

ISBN 978-986-178-473-1（平裝）

857.41　　　　107016819

好讀出版

圖說經典 35

# 今古奇觀（一）

## 【十娘沉寶】

原　　著／（明）抱甕老人
編　　註／曾珮琦
總 編 輯／鄧茵茵
文字編輯／莊銘桓
行銷企劃／劉恩綺
封面設計／黃聖文
發 行 所／好讀出版有限公司
台中市407西屯區工業30路1號
台中市407西屯區大有街13號（編輯部）
TEL:04-23157795 FAX:04-23144188　　http://howdo.morningstar.com.tw
（如對本書編輯或內容有意見，請來電或上網告訴我們）
法律顧問 陳思成律師

總經銷／知己圖書股份有限公司
106台北市大安區辛亥路一段30號9樓
TEL：02-23672044　23672047 FAX：02-23635741
407台中市西屯區工業30路1號1樓
TEL：04-23595819 FAX：04-23595493
E-mail：service@morningstar.com.tw
網路書店 http://www.morningstar.com.tw
讀者專線：04-23595819 # 230
郵政劃撥 ：15060393（知己圖書股份有限公司）
印刷／上好印刷股份有限公司

線上讀者回函：
請掃描QRCODE

初版／西元2018年11月15日
定價：299元


Published by How-Do Publishing Co., Ltd.
2018 Printed in Taiwan

ISBN 978-986-178-473-1